JN128867

篠《ささ》屋《や》宗《そう》磵《かん》とその周縁

近世初頭・京洛の儒生

長坂成行著

汲古書院刊

目次

凡例

○使用資料のうち、宗碩宛および関係の書翰、詩文稿などを掲載する古書目録については煩瑣を避け、【略称】を使用し、掲載番号、品名、掲載頁、注記などを記す。

・『弘文荘待賈古書目』一四号（一九四〇・五）　→【待賈14】
・『弘文荘待賈古書目二二号　新収古書販売目録』（一九五二・七）　→【待賈22・新収古書】
・『弘文荘待賈古書目』三六号（一九六九・一二）　→【待賈36】
・『弘文荘名家真蹟図録』弘文荘待賈古書目四三号（一九七二・六）　→【待賈43・名家真蹟】
・『弘文荘古文書目録』弘文荘待賈古書目四四号（一九七三・一）　→【待賈44・古文書】
・『弘文荘善本目録　待賈古書目五〇号記念』（一九七七・二訂正再版）　→【待賈50・善本】
・『弘文荘待賈古書目　名家自筆本・書簡専集』四九号（一九七七・六）　→【待賈49・名家自筆】
・『弘文荘古書販売目録　日本の自筆本第二集』（一九八一・一〇）　→【自筆本二集】
・『思文閣古書資料目録』一七五号（二〇〇二・一）　→【思文閣175】
・『筑波書店古書目録　新収近世諸家自筆本他99点』四六号（一九九一年末頃）　→【筑波46】
・『筑波書店古書目録』七九号〔自筆本　手紙〕（二〇〇四年頃）　→【筑波79】
・『玉英堂稀覯本書目・古典籍』一三九号（一九八一・四）　→【玉英堂139】

・『古典籍四六〇品 玉英堂稀覯本書目（巻頭特集・善本百品）』三一二号（二〇一三・四）→【玉英堂312】

・『展観入札目録』（一九六八・六、東京古典会）→【東京古典会1968】

・『東京古典会 一〇月二〇日市出品抄』（一九六八・一〇、東京古典会）→【東京古典会1968・10月市抄】

・『古典籍展観大入札会目録』（一九八〇・一一、東京古典会）→【東京古典会1980】

・『展観入札目録』（一九九八・六、東京古典会）→【東京古典会1998】

・『古典籍展観大入札会目録』（二〇〇三・一一、東京古典会）→【東京古典会2003】

・『古典籍展観大入札会目録』（二〇一六・一一、東京古典会）→【東京古典会2016】

・『明治古典会 七夕古書大入札会』（明治古典会）→【明治古典会・開催年】

・『善本精選一万点 古書籍大即売会フェーアー 出品／目録』
（一九六二・五・二九〜六・三、文車の会、於日本橋白木屋）→【白木屋フェーアー1962】

・『善本精選一万点 古書籍大即売会フェーアー 出品／目録』
（一九六三・一二・一三〜二〇、文車の会、於日本橋白木屋）→【白木屋フェーアー1963】

・『第56回東西老舗大古書市出品目録抄』（京王百貨店新宿店、二〇〇六・七・二七〜八・二）
→【東西老舗・京王2006】

○記録類・文集などは以下の資料により、引用箇所の冊・頁数または丁数を示す。

・『大雲山誌稿』（東京大学史料編纂所の写真）

・『鹿苑日録』（続群書類従完成会）

・『お湯殿上日記』（続群書類従、補遺）

・『中院通村日記』（東京大学史料編纂所の写真、京都大学附属図書館URL）
・『兼見卿記』（史料纂集）
・『舜旧記』（史料纂集）
・『泰重卿記』（史料纂集）
・『言緒卿記』（大日本古記録）
・『時慶記』（臨川書店）　＊『大日本史料』所収、または写本によるものは『時慶卿記』とした。
・『隔蓂記』（思文閣出版）
・『本光国師日記』（続群書類従完成会）
・『当代記　駿府記』（史籍雑纂、続群書類従完成会）
・『続史愚抄』（新訂増補国史大系、吉川弘文館）
・『大日本史料』（東京大学出版会）
・『史料総覧』（東京大学出版会）
・『尺五堂先生全集』〔近世儒家文集集成　第11巻〕（二〇〇〇・一〇、ぺりかん社）
・『林羅山文集　完』（一九三〇・七、弘文社）
・『羅山先生詩集』第三（一九二〇・七、平安考古学会）
・『羅山先生詩集』（一九二一・六、平安考古学会）
・『図書寮叢刊　智仁親王詠草類二』（二〇〇〇・四、明治書院）
・『図書寮叢刊　智仁親王詠草類三』（二〇〇一・三、宮内庁書陵部）

○漢籍・漢詩の類は、岩波文庫・筑摩学芸文庫・講談社学術文庫・中国古典選（朝日新聞社）・中国詩人選集（岩波書店）・中国詩文選（筑摩書房）・漢詩大系（集英社）・鑑賞中国の古典（角川文庫）・中国の詩人（集英社）・漢詩大観（井田書店）・全釈漢文大系（集英社）・新釈漢文大系（明治書院）などによる。

○〔　〕内は、原則として注記（長坂）で、引用文の語句の読み・意味などを記す。

○原文引用の際、／は改行、」は改丁を示し、読点、傍線は私意による。

篠屋宗礀《ささやそうかん》とその周縁

近世初頭・京洛の儒生

はじめに

篠屋宗礀の名は名鑑・事典・系図類に見出し難く、管見の限りでは芳賀矢一編『日本人名辞典』（一九六九・一二複刻、思文閣）に、「ソウカン　宗間（篠屋）儒者。京都の人。己陳齋と號す。八條親王に侍して史記を講ず。林羅山の友。慶長頃の人。」（五四四頁中）とあるのが唯一で、この記述の依拠資料は、後で触れる宗礀宛林羅山書翰と思われる。

最初に結論を言えば、宗礀は慶長・元和の頃、京都において儒者にして医にも理解が及んだ人物と思われる。若年の林羅山と知り合い、智仁親王に漢籍を講じ、公家や五山僧・連歌師などと文事を中心に多彩な交際圏を持った。儒を以て肥後の加藤清正に仕え、のちには加賀の前田利常にも招かれたが、京都に拠点を置いた、おそらくは裕福な町衆であっただろう。また従来印主が確定されていない「多福文庫」印は、宗礀の印かと推測される。本書はほとんど忘れ去られた宗礀の事績を追尋し、その周縁で関わりを持った人物との交流を探り、近世初期の京洛の学芸文事に、重要な足跡を残した文化人として定位させることを目標とする。併せて「多福文庫」印のある書物を紹介し、散逸した多福文庫のささやかな復元を試みる。宗礀の事績は、従来まったく注目されておらず、本書では彼に関わる未紹介の資料、あるいは断片的なものについても意を用い、その注解的な記述も試みたゆえ、いささか煩瑣な論述になることをお断りしておく。

第一章　宗礀探索の発端と資料

一　『大雲山誌稿』多福の記事から

そもそも宗礀に注目したのは、京都龍安寺・西源院に蔵される西源院本『太平記』の伝来について記された、『参考太平記凡例藁本』（写本一冊、水府明徳会彰考館文庫蔵、丑一二一）のうち、凡例二十三条の、後から四番目にある、つぎの記事がきっかけである。

一　所謂西源院本者、元傳㆓蔵于京洛ノ儒生／篠屋宗礀ノ家ニ㆒者也、及㆓宗礀没㆒遺言ソ蔵㆓龍」安寺中西源院ニ㆒、而使ム㆑傳ヘ㆓于後世ニ㆒、因テ稱㆓西源院本ニ㆒、

版本『参考太平記』凡例は、傍線部を「龍安寺中西源院所蔵也、因稱之」（国書刊行会本、四頁上）とするのみで宗礀に関する記事はない。ある程度流布した版本『参考太平記』で傍線部が削除されたことが、彼についての詮索が等閑に付され、宗礀の名が世に埋もれた一因とも言えようか。

まず龍安寺の寺誌『大雲山誌稿』(1)の記事を紹介する。同書は「文政庚寅季春望后三日」（文政十三年〔一八三〇〕三月十八日）の年紀がある序文によれば、十三歳で出家し龍安寺西源院に住すること二十四年になる玄彰中厳（三十七歳か）が、寺の事蹟や伝承の散逸を恐れてまとめた編纂物ではあるが、他書に見られない記事を含み、龍安寺の歴史を知る上で貴重な資料（全三十七冊）である。その二一「多福」の項にある以下の記事が、宗礀の略歴および多福文庫の成り立ちを伝えている（括弧内アラビア数字は写真の頁数）。

一　雲宗礀居士　俗称未詳、初以儒仕加藤清正／朝臣、大阪方敗北後、祝髪寓居多福、為檀越、寛永二／年乙丑
六月三日卒、／
梅窓宗薫禪定尼　宗礀室寛永十六己卯六月／七日卒／
向齋宗榮居士　宗礀男寛永十八壬午正月十／五日卒／
祥雲壽慶禪定尼　宗榮室延寶三乙卯十月八／日卒／
随縁妙慶禪定尼　宗榮女延寶四丙辰六月廿」(48)二日卒

多福文庫／
宗礀再興多福院側構書庫蔵、和漢群書焉、礀之／曾孫者散失　蔵本毎〔「無」ヲミセケチニシテ〕巻首押多福文庫
四字朱印／記也、」
今西源所蔵秦漢印統之書、亦多福文庫之内矣、／
譲天老漢、頃年於市間得斯印記書數本、以置西／源焉、　舊記曰、多福文庫明暦二年頽廢／印記／多福文庫

〔陰文〕」

至聖先師孔子神位〔右横書き、吊金具の図あり〕／

右簡板今在西源、按宗礀所持　文政十一戊子／中秋九日午時　是庵冩／

○

此八代集、堀河宰相具世卿筆跡也、往年宗礀法師／感得之、携来正真贋於亡父卿、攀頻引證決疑矣、惜」（49）

哉古今半部亡失而闕焉、堀河中院依有一源分派／之好随、予改補之、仍凌休暇、而書以足成之、次令校／合了／

慶長辛亥夷則下浣／羽林次源通村（花押）

宗礀曾孫沽却之節、予臨席惜之哀嘆之次令冩奥／書者也、於戯々々／

寛文六午年仲春日　天寧書／

右天寧所冩、文化年中西源修理歩障之日得」之、故録于此／

通村卿　中院通勝子也、名也足軒法名後十輪／院、名和歌能書称通村様出于世尊寺流　西／源蔵通村書數道贈

偏易者書中多説有職事／

中院系　通勝　通村　通純　通茂

○

多福押印之書、先師天寧納于西源書蔵知是、有其／心之深、本宗礀居士書、而息宗榮居士所持乎、向来／就于西

源祠堂祭礀榮二居士霊、不可怠慢／

梁谷宗怊證」（50）

右梁谷和尚自筆書在西源

傍線部を中心に大意を摘記する。宗碙は始め儒者として加藤清正に仕え、大坂方敗北（大坂冬の陣・夏の陣か）後は、落飾出家し、龍安寺多福院に住んだ。多福院を再興し、傍らに書庫を構え、和漢の群書を蔵し、蔵本の巻首に「多福文庫」の朱印記を捺した。現在（当時）、西源院にある『秦漢印統』などは、もとは多福文庫にあったものである。譲天は、巷間でこの印記の押された数本を見つけては、買い戻して西源院に置いたという。曾孫も亡くなり、旧記によれば多福文庫は明暦二年（一六五六）頃には廃絶した。文庫には「至聖先師孔子神位」という簡板も掲げられていた。宗碙が所持していたと推測されるこの簡板は、今も西源院にあり、文政十一年（一八二八）八月九日正午に是庵がこの文字を書写したとある。

中ほどには、堀河具世筆の『八代集』の筆跡の件で、宗碙が中院通勝にその真贋を確認しに来たこと、欠けていた『古今集』の半分を中院通村が書写して校合を加えたこと、などが書かれている中院通村奥書を、寛文六年（一六六六）二月に天寧が写し取っていた、と記される。また偏易は西源院蔵の通村の書を贈られたとあるが、これに関連する件については後で触れることになる。最後に、多福印のある書物を大切に扱い、西源院に祀られる宗碙・宗栄の供養を怠るなかれ、という梁谷和尚の自筆証書を載せる。

以上の記事から西源院における宗碙の事績の大略が窺える。多福文庫を構え多くの蔵書を擁したが、歳月と共に子孫も絶え書籍も散逸した。しかし西源院にはある時期まで、彼の偉業を知り、顕彰する寺僧が輩出し丁重に供養されていたと理解してよいだろう。

二　宗碩宛書翰の存在

宗碩の事績を知る手がかりとしては、約六十点余の資料の断片的記述が残る。五山僧や公家の日記、歌集、聯句会の記録、書物の奥書など様々なものがあるが、宗碩宛書翰（多くは古書目録に載る）がかなりの知見をもたらしてくれるのが特徴的である。前述のように彼は龍安寺西源院の傍らに多福文庫を構える蔵書家であり、彼宛の書翰はおそらくそこに収められ、しかし没後巷間に流出したと想像される。幾多の転変ののち一部が古書肆の許に流れ、そのうちいくつかが今日まで伝存したのであろう。筑波書店の高野哲夫氏の御厚意で借覧でき、その後稿者も入手した、一九五〇年代半ばごろの『追加出品目録』（B５判謄写印刷全一三頁）[2]につぎのようにある。

五八　畊庵宗碩宛諸名家書状　二十五通一巻　一五〇〇〇円
中院通勝五通、同通村二通、烏丸光広一通、里村紹巴、同昌叱各二通、清韓長老三通、林羅山一通、玉仲二通、永哲三通等々。いずれも長文にして内容見るべし。

五九　畊庵宗碩宛諸名家詩文　二七通　一〇〇〇〇円
羅山、涸轍子、清韓、永哲、守藤等、五山僧のもの多く、王国鼎のものも交れり。羅山の文二、いずれも頗る長文にて良。（四頁）

このように畊庵宗碩宛の書状・詩文五十二通もが、当時は存在したようだが、主に『弘文荘待賈古書目』などによって、現在何らかの知見が得られるものは二十点ほどである。また所在がわかるものは架蔵の四点（後述する文英清韓、林羅山、水宿子長向書翰）、池田温氏蔵と推測される王国鼎書翰二通、および前田育徳会尊経閣文庫蔵『十五首和歌』（藤原定家自筆）に付属する烏丸光広書翰と某書翰の、計八通のみである。上記目録中の、昌叱（里村紹巴の娘婿）・涸轍子（林羅山と交流あった祖愽、足利学校に学び古活字版に関与）・守藤（五山僧、東福寺二二三世、道号・集雲）の書翰には、それによってのみ知られる事績が書かれていたかもしれない。また中院通勝の宗礀宛書翰は現在二通を知るが、未知の三通にあるいは後述する『源氏物語』講釈に関する重要な記事があったかとも想像される。宗礀自身の著作は、ごくわずかの詩文しか見出せず、宗礀が発した書翰はほとんど管見に入らなかったが、これは宛名が著名人であっても、差出人の宗礀が無名であったために反故にされたゆえであろうか。

三　宗礀の生没年

宗礀は、ほかに畊（耕）庵、過陳斎（または已陳斎）の名を持つ。比較的早い時期（慶長年間を想定している）の資料には畊庵の宛名が多いが、これが宗礀と同一人であることは、某年九月二十二日、休閑からの書翰に「耕庵老人」「宗礀老人」と両名が併記されることでわかる（本書二〇頁）。また慶長十八年（一六一三）九月二十一日、林羅山「答宗礀叟」の宛名は「已陳斉宗礀叟」とあり、刊本『林羅山文集』巻三所収の同文では、題の下に「洛人篠屋と号し、已陳斎と称す」（二九頁上）と注記される。篠屋は屋号で、あるいは京の町名に由来するのだろうか。『中院通村日記』元和九年（一六二三）十二月二日条に「宗礀子サ、ヤ甚蔵」とあり、代々篠屋を号したかと思われる。

宗礀の没年は前に紹介した『大雲山誌稿』により寛永二年（一六二五）六月三日とわかり、これは松永昌三の「宗礀老生誄并叙」(『尺五堂先生全集』)の冒頭にも「寛永二年六月三日庚申井口氏宗礀老儒卒、嗚呼哀哉」(一八五頁上)とあり動かないであろう。また『中院通村家集　下』(古典文庫643、二〇〇〇・六)に、

宗礀法師百ケ日

1646　なへてふる比をもまたすしくれけり雲もかなしき別をや思ふ　(三三二頁)

という弔歌があり、通常の時雨の時期と忌日とを勘案すると矛盾はなく、これも六月没であることの一つの傍証になるだろう。このように没年は特定できるのだが、生誕がいつなのかは少しく検討を要する。彼の年齢を具体的に知る資料はなく、わずかに上記「宗礀老生誄并叙」の冒頭近くに、つぎのようにあるのが注意される。

斯る吉士を殲す　誰か尽傷せざる　艾余《がいよ》にして冥に即く　(一八五頁下)

「艾余」は、頭髪がよもぎ色になることから老人の謂だが、年齢としては五十歳、七十歳の二説がある。これを五十歳〔A〕、七十歳〔B〕のどちらに解すべきだろうか。宗礀は一六二五年没であるから、〔B〕ならば一五五五年生れ、〔A〕ならば一五七五年生れとなる。仮に〔B〕と想定して、宗礀と関連のあった人物の年齢と見比べてみることにする。以下に、それら主要人物をほぼ出生年順に並べ、生没年と没年齢を示す。とくに宗礀との年齢差を推測する手がかりになるのは、□で囲んだ人物とのかかわりで、＊に事項を注記する(詳しくは後述)。

《宗碩関係者の生存年代》

里村紹巴（一五二四〜一六〇二、七十八歳）

＊一五九三年に宗碩宛書翰あり、修善寺紙を贈られる。〔A〕ならば宗碩十八歳で、紹巴から贈物をもらうには若すぎる。

梅仙東逋（一五二九〜一六〇八、八十歳）

惟杏永哲（　？　〜一六〇三）

細川幽斎（一五三四〜一六一〇、七十七歳）

曲直瀬玄朔（一五四九〜一六三一、八十三歳）

西洞院時慶（一五五二〜一六三九、八十八歳）

＊一六〇二年に初めて時慶（五十歳）を訪問、〔B〕ならば宗碩四十七歳。

中院通勝（一五五六〜一六一〇、五十五歳）

＊一六〇九年に通勝（五十四歳）と同席、〔B〕ならば宗碩五十五歳。

加藤清正（一五六二〜一六一一、五十歳）

＊〔A〕とすると宗碩は清正より十三歳年少となる。清正は宗碩を師として厚遇したわけで、この想定は不自然。

剛外令柔（一五六三〜一六二七、六十五歳）

伊達政宗（一五六七〜一六三六、七十歳）

＊一五九一年に伊達政宗入洛。この時、甚蔵（宗碩子）が接待、〔B〕としてこの時宗碩三十六歳、かりに甚蔵十歳ならば接待可能であろう。

文英清韓（　？　～一六二一）
下津棒庵（一五七〇～一六三一、六十二歳）
玄仲（一五七八～一六三八、六十一歳）
智仁親王（一五七九～一六二九、五十一歳）
＊〔A〕としたら宗磵が智仁親王より四歳年長となる。〔B〕ならば二十四歳年長で、親王へ講釈する師として穏当。
烏丸光広（一五七九～一六三八、六十歳）
林羅山（一五八三～一六五七、七十五歳）
＊一六一二年、林羅山の駿府赴任を送別する。羅山は宗磵とは「二七年前〔十四年前〕」からの知己と推定される。即ち一五九八年（〔B〕として宗磵四十三歳、羅山十六歳）からの知人。
土御門泰重（一五八六～一六六一、七十六歳）
中院通村（一五八八～一六五三、六十五歳）
松永昌三（一五九二～一六五七、六十六歳）
＊一六二三年（昌三、三十一歳）、共に加賀に赴く。〔B〕ならば宗磵六十八歳。
豊臣秀頼（一五九三～一六一五、二十三歳）
前田利常（一五九三～一六五八、六十六歳）
　各人との関係の具体については、後の行論の中で触れる予定であるが、以上のうち＊を付した項目から総合的に判断すれば、没時の「艾余」はひとまず七十歳とみるのが妥当と思われ、以下宗磵は一五五五年生れとして論述を進め

【宗磵関係者生没年】

（西暦）	生年	没年
里村紹巴	1524	1602
梅仙東逋	1529	1608
惟杏永哲	？	1603
細川幽斎	1534	1610
曲直瀬玄朔	1549	1631
西洞院時慶	1552	1639
篠屋宗磵	1555？	1625
中院通勝	1556	1610
加藤清正	1562	1611
剛外令柔	1563	1627
伊達政宗	1567	1636
文英清韓	？	1621
下津棒庵	1570	1631
玄仲	1578	1638
智仁親王	1579	1629
烏丸光広	1579	1638
林羅山	1583	1657
土御門泰重	1586	1661
中院通村	1588	1653
松永昌三	1592	1657
豊臣秀頼	1593	1615
前田利常	1593	1658

る。

注

（1）東京大学史料編纂所蔵（二〇一五・五七・三七）の写真による。

（2）高野哲夫氏の御教示によれば、新興古書展の追加目録かとのこと。新興古書展は『和洋古書大即売会出品目録』（B6判三九頁、一九五〇・一二、新興古書会、於高島屋）をさすらしいが（反町茂雄編『日本古書目録年表』、一九六八・九、文車の会、一九頁参照）、その目録自体は未見。

第二章　五山僧との交流、漢和聯句会への参加

書翰には年次が記されないのが普通で、正確に何年と特定できず、また十分に読めていない資料が多いが、比較的早い時期の宗礀は五山僧の詩の会に招かれることが多かったようである。慶長年間かと推測される畊庵宛書翰からは、作詩や聯句の会をめぐる五山僧との交流が窺える。

一　玉仲宗琇からの書翰

「大徳寺玉仲宗琇自筆書状」【東京古典会1968】No.301（一八頁、図版なし）は「抄春十日畊庵宛」とあるのみで、玉仲宗琇の没（慶長九年〔一六〇四〕十一月十六日）以前の三月十日としか特定できず、内容は未詳である。玉仲宗琇は臨済宗の禅僧で大永二年（一五二二）生れ、慶長九年（一六〇四）没、八十三歳。永禄十三年（一五七〇）二月十三日に大徳寺に住し一一二世となり、天正九年（一五八一）正親町天皇から禅師号を賜る。

二　惟杏永哲から詩会への招聘

惟杏永哲（東福寺二一八世）からは三通の書翰が知られる。「惟杏永哲禅師自筆書状」【待賈43・名家真蹟】No.110（八二頁下、図版は八五頁下）は聯句の会への出席を促すもので、「来十五日名月於当院聘会、興行次之題、谷鳥驚棋響、一首吟案、必々御出座所希候（中略）八月六日　正統院　永哲（花押）畊庵　玉案下（追而書）会席無員候、必々奉願候」とあり、来る八月十五日の名月の聯句会の招待で、追而書は参加者の少ないのを危惧するような文面である。詩題の「谷鳥驚棋響」は、蘇軾の五言律詩「次韻子由緑筠堂詩」（『蘇東坡詩集』巻六）の第五句・第六句に「谷鳥驚棋響〔碁を打つ響き〕　山蜂識酒香」とあるのによるか。

永哲は生年未詳、慶長八年（一六〇三）六月十二日没。東福寺正統院の住僧、天正元年（一五七三）東福寺二一八世となり、同十八年（一五九〇）南禅寺住持に任命される。同二十年（一五九二）、豊臣秀吉の朝鮮出兵の際、名護屋に赴き通訳を務める。また豊臣秀次の『謡抄』の編纂にも参加した。（中略）とした部分に剛外の文字も見え、これは東福寺二三〇世になった剛外令柔（永禄六年〔一五六三〕～寛永四年〔一六二七〕八月七日没、六十五歳）と思われ、彼も共に招聘されたものだろう。この書翰は永哲が東福寺にいた天正年間のものと思われ、とすると宗礀の事績がわかる最も早い徴証といえる。中本大「豊臣秀次と文禄年間の五山の文事」(1)に、豊臣秀次の主導で始められた文禄年間の五山詩会の詠出者の一覧が載る。それによれば、永哲は文禄二年（一五九三）十二月十日の会から、同三年十二月の毎月の会に参加しており、その力量が認められていたことが窺える。

「惟杏永哲禅師自筆書状」【待賈43・名家真蹟】No.114（八六頁下、図版は八八頁下。【思文閣175】No.34、一九頁上にも）は、文中に「六句興行」「小春朔」と読め、これも聯句会への招待であろう（某年十月一日）。もう一つ、「建仁寺永哲長老自筆書状」【待賈22・新収古書】№182（三七頁下）は図版はなく、解説につぎのように見える。

一八二　建仁寺永哲長老自筆書状　正月十八日／畊庵宛　一通　一〇〇〇〇円

紙高一四糎、横三一・五糎、折紙半切、十三行。「二絶遂披見候、何も殊勝候。初詩可然候哉、少加筆候」云々。

畊庵が自作の絶句二首の講評を乞うた、その返事らしい。一首目が良い、少し加筆するという内容である。

このほか、「惟杏永哲禅師　墨跡」として出品された一幅（【東西老舗・京王2006】№Ａ808、八五頁上）には、畊庵が永哲に詩を贈り、それに対し「乱道」と謙遜しつつ、永哲が返した七言絶句が載る。

遮鶯餘声六出斜　　鶯の餘声　六出〔雪〕を斜に遮る
試毫佳作幾題哉　　試毫の佳作　幾題哉
吟中為待催芳雨　　吟中待たんとす　芳雨の催すを
高捲珠簾占夢霞　　高く珠簾を捲き　夢に霞を占ふ

年次や状況はわからないが、宗磵と永哲はこうした詩の遣り取りをする間柄であったとはいえる。

三　鹿児島から剛外令柔の書翰

また「広済寺令集禅師自筆書状」【待賈43・名家真蹟】No.113（八六頁上、図版は八八頁上）も宗磵に関わる書翰らしい。「六月廿七日之書簡八月廿七日於鹿児嶋……」で始まるが全文は解読できていない。日付「仲秋念七」、差出「広済寺／令柔（花押）／薩州伊集院之内／広済寺」、宛名「已陳斎」とあり、某年八月二十七日付の書翰である。目録の解説には、「端書に「薩州伊集院之内広済寺」としてあるから、薩摩の禪僧であろう。あての過（ママ）陳斎は恐らく宗磵で、令集は或は宗磵が慶長十年代に加藤清正に従つて九州熊本に下つた時の知己であろうか」（八六頁上）とあるが、「令集」は「令柔」とも読め、ならば剛外令柔のことか。剛外令柔は永禄六年（一五六三）～寛永四年（一六二七）八月七日没。慶長十五年（一六一〇）東福寺二三〇世となる。前に触れた文禄年間（一五九二～九六）の五山月次聯句会の常連で、前出の永哲書翰にも名が出る。[2] 年齢的にも宗磵と近い。『鹿児島県の地名　日本歴史地名大系47』（一九九八・七、平凡社）の、「広済寺跡」に「慶長一〇年（一六〇五）には京都東福寺住職の剛外を当寺に招聘している」（三二一頁上）とある。『伊集院由緒記』[3] に「一　京都東福寺中龍眠庵ゟ剛外和尚を従」（四〇頁）とあり、慶長十年五月、島津義久の意向で剛外が招かれ、東福寺と兼住であったという。『鹿苑日録』を検すると、剛外令柔は文禄三年（一五九四）正月二十五日条に「恵日剛外自去秋在國于西州也」（三・一四八頁上）、慶長十四年（一六〇九）九月晦日に「於恵日不二庵請剛外西庵、自薩州帰而言句」（五・一九頁上）と見え、薩摩と往来したことが確認できる。

四　某休閑の宗碉宛書翰

つぎに紹介する、【筑波46】[4] 所載の「№2　某休閑書簡」は、「巻紙を上下二段に継いで後に書したもの。全文一筆、慶長頃。あては畊庵宗碉、史伝共に不詳」（一頁）とある書翰で、年次も特定できず、宗碉の生涯の中のどこに配すべきか判断に困るが、文中に前出の龍眠剛外の名が見えており、仮にここに置き検討したい。現在の所在は未詳なので、古書目録の図版を拡大複写し読み得た範囲で翻刻を示す。読点、段落は私意による。

[一] 爾来音耗疎闊、不耐景／慕、去夏過高軒立談纔、／廣厦下経営事落成否、／小子仕途〔仕官の道〕踵、常貧窮無／隙、終不見輪奐〔壮大な建物のさま〕之美、不／效《いたさず》燕雀之賀〔わずかな祝い〕、良有以□〔未読〕、／

[二] 小子自去月初、／入傷風國、踞病床者五十餘蓂乎、以薬功病鬼暫去、経五六日／入湯浴室洗除病垢、以太早／計、自翌之日、復得再發入／冥幾度、雖然恁麼《いんも》、意安／法眼、以霊薬力、病鬼去天／涯、今則安矣、餘気猶添食／味如嚼蠟、形容枯槁、垢面蓬／頭、三閭邪餓鬼、誰敢弁之、／可憐生也、々々々々、小奚奴〔下僕〕路／遠、則薬信動隔日有断、／以故病中輦下〔京の中〕僦〔借りる〕蝸屋〔小家〕／近良醫門、

[三] 病餘日永無／約消之材、□〔闕字〕公有望蒙／許可、則大慈与楽大悲抜／苦乎、先年觸耳幻書十三」冊抜萃、在龍眠〔傍線ノ二字見セケチ〕剛外和尚、／公寫秘焉、小子所知也、若以高／慈、一二冊預恩借、陟猟送／居諸〔日月〕、則何賜加之、天幸〔上天のめぐみ〕々々、

[四] 餘緒無尽束而閣焉、維時／残菊傲霜〔霜の寒さにも屈しない菊〕、早梅〔早咲きの梅〕小春、自／愛珎濇《ちんしょく》、恐惶不

宣、／

季秋廿二蓂　休閑〔花押〕／

拝覆　耕庵老人　烏皮几下／

［五］楮國〔紙〕餘白以狂句代／野詩〔素朴な詩〕／吁吾多病孟／始信故人疎／

宗磵老人／書机下

日付は九月二十二日〔年次については後述〕、「拝覆」とあり、宗磵から送られた書翰に対する返事のようである。

［一］無沙汰の挨拶に始まる。過ぐる夏の訪問の際、少し立ち話をした。お家は完成したのかどうか。私は仕官の道をたずね貧乏隙なし、建物の完成も見ずお祝いもせずに過ぎた。

［二］私は先月はじめから風邪をひき五十日ほど寝込んだ。薬の効で病も癒えたので、五、六日して入浴し垢を落とした。ところが急ぎすぎたようで、翌日からぶり返し何度も死にかけた。けれどもこのように、意安法眼の霊薬のおかげで病鬼は去り穏やかになった。しかし風邪の名残で、食い物は味がしないし、枯木のように衰えて垢だらけの私と、憔悴した屈原〔三閭太夫〕や邪餓鬼とを、誰が見分けられようか。憐れむべき生である。召使の童にとっては医者までの道が遠いので、薬が隔日で途絶えてしまう。そこで病気を理由に都の中、良医の門近くに小家を借りた。

〔意安法眼は医師吉田宗恂（一五五八～一六一〇）であろう。吉田宗桂の二男で、角倉了以の弟。豊臣秀次に仕え、慶長五年（一六〇〇）後陽成天皇に薬を献じて効あり、勅命にて意安と改名、法印に進んだ。徳川家康に仕え江戸・駿府に往住した。本書翰では意安法眼とあり、この記事が正確ならば、法印に昇進する以前となり、年次がある程度限定できるかもしれない。意安が法眼に任じた時期は、正確には未詳だが、『官医家譜』に「天文（正）十三酉年（一五八五）、秀吉公へ召出され、侍医（脱字か）直し法眼に叙し」（『大日本史料』十二之七、一八四頁）とある。〕

［三］病余、時間だけはあるのだが、それを費やす材料がない。そこであなたに願いを聞いてもらいたい。公の慈悲心は楽しみを与えてくれ、苦からお救い下さることになる。先年耳にした幻の本十三冊の抜粋が、剛外和尚の許にあり、あなたが書写して秘蔵していなさる由、それをわたしは知っている。慈悲によりその内一、二冊でもお借りでき、読みあさる日々を送るならば、これ以上の幸はない。

〔剛外和尚（一五六二〜一六二七）は、先に鹿児島から畊庵に宛てた書翰で紹介した、東福寺の禅僧で、宗礀とは詩歌会で同席している。見セケチの龍眠は東福寺での剛外の住庵である。幻の本十三冊とは何であろうか。〕

［四］言い残したことはあるが、この辺で筆をおく。残菊は霜を恐れず、早咲きの梅が見られる小春の季節である、自愛下さい。（日付、署名）

［五］紙の余白に、拙い詩の代わりとして、病多きことを狂句に記す。

〔「吁吾多病孟／始信故人疎」は、孟浩然の「歳暮帰南山」（唐詩三百首・五律）の第三・四句「不才明主棄て　多病故人疎なり」（才なく明君から見捨てられ、病がちで旧友からも疎遠になった）をふまえるか。『詩人玉屑』十五、孟浩然「坐詩窮」。〕

概ねこんな意味であろう。差出人の休閑は何人であろうか。彼の名が見える資料をあげてみるが、該当するかの確証はなく、やや不安が残る。『連歌総目録』によれば、慶長六年（一六〇一）九月十八日、何路百韻〔発句は秀就、脇句秀元で、毛利家関係の会か〕に七句を詠出（六六九頁）、慶長十二年（一六〇七）二月一日の『白山万句』のうち（白山比咩神社四六八)、百韻(三字中略、夕霞)の発句「春はたた霞にまたき夕哉」を詠んでいる(七〇七頁)。この百韻を載せる『白山万句 資料と研究』(5)によれば、休閑(浮田)はこの興行の主催者のようである。『鹿苑日録』慶長十年(一六〇五)正月十四日条では、雲泉軒(相国寺)での雅会に出席している(四・一二三頁上)。同席は鶴首座(建仁寺)・惟月(圓光寺)・千公(鼎千、常在光寺)・玄由(法眼、寿徳庵)。また『羅山先生詩集』巻十五に「休閑春首試毫の詩韻を和す」と題する詩が載り、「慶長年中作、時に駿府に在り」と注され(一六二頁上)、休閑は羅山と年頭詩の交換をする間柄でもあったらしい。

宗礀宛書翰から、休閑について、読み取り得ることを要約すれば、仕官の口を探しており浪人中か。洛中に小家を借りることができ、意安法眼の投薬を受けるとあり、ある程度の財力がある。書翰の内容からは高い教養の持ち主で、漢詩も詠めるかなり身分のある人物で、宗礀とはごく親しい気の置けない間柄と思われる。前出『白山万句 資料と研究』の「第二部 研究編」所収の諸論によれば、休閑は「関ヶ原合戦以後加賀藩に身を寄せる旧宇喜多家家臣浮田休閑」(三一五頁)で、一五〇〇石取りであったが、キリシタンのゆえのちに取り締まりにあい、幕府に引き渡されたという(三一〇頁・三一五頁・三三一頁)。かれこれ併せ考えるとこの人物は、関ヶ原合戦で敗れた宇喜多秀家一門で、一時期京都へのがれ、のちに加賀前田家に身を寄せた浮田休閑とみなしてよいのかもしれない(6)。

他に書翰の年代を特定する材料はないが、冒頭近くに「経営の事落成や否や」「終に輪奐之美を見ず」「燕雀之賀を效さず」とあるあたり、宗礀が家を建築中であった、と解してよいのだろう。いずれも後で触れるが、林羅山「宗礀に寄する序」(第六章)の始めに、自宅を開放して講義を行ったとあることから想定される、受講生のための改築をさすか。あるいは松永昌三の「宗礀老生誄并叙」(第十章)の最後近くに、晩年に龍安寺付近で僧房を建築した、とある。この二つが考えられるが、休閑や意安の活動年代(主に慶長年間)を勘案すれば前者、すなわち宗礀が肥後に招かれる以前のことであろうか。仮に、この書翰の年次を想定すると、関ヶ原の軍（慶長八年〔一六〇〇〕）以降、意安法眼の没年（慶長十五年〔一六一〇〕四月十七日）以前となろうか。

五　近衛信尋邸での詩歌会

上記の、惟杏永哲など五山僧との詩歌会よりは大分後になるが、宗礀は公家主催の会からも招聘されている。『鹿苑日録』元和三年（一六一七）十月二十六日の条を引く。

斎了於近衛殿有詩歌御会。詩之衆。東福不二庵集雲和尚・龍眠剛外和尚。其外宗礀・奇斎伺候。歌之衆。冷泉院中納言・西洞院・中院・滋野井・松梅院・兼与也。愚詩之題落葉・野亭聞鐘両首也。（五・一八八頁下）

近衛殿は近衛信尋（一五九九〜一六四九）、後陽成天皇の第四皇子、後水尾天皇の弟、近衛信尹の養嗣子となる。この年、正二位右大臣左大将で十九歳。集雲（守藤）は東福寺二二三世（一五八三〜一六二二）、龍眠剛外は前出の令柔で、五山僧。奇斎は三宅亡羊（一五八〇〜一六四九）、堺出身の漢学者にして茶道の世界でも著名、後に触れることになる。冷泉院中納言は冷泉為満（一五五九〜一六一九）でこの年正三位、西洞院は時慶、中院は通村、滋野井は季吉（一五八六〜一六五五）、元和三年に従四位上右中将。松梅院は北野天満宮祠官禅昌、紹巴と親しく『北野社家日記』[7]がある。兼与（一五八四〜一六三二）は猪苗代兼如の子で、同家六代の連歌師、細川幽斎門、伊達家に仕え、烏丸光広らとも親交があった。慶長十六年（一六一一）には近衛信尹から古今伝授を受けている。

この翌月、元和三年十一月二十六日午後にも、陽明〔近衛邸〕で詩歌会が催され、「保長老〔有節瑞保〕・柔長老〔剛外令柔〕・愚拙〔昕叔顕晫〕詩之衆也、其余町之衆二三人在之」（一八九頁下）とある。町の衆の中にあるいは宗礀が交っていたかもしれない。

近衛信尋邸では、元和四年（一六一八）九月十九日にも百韻漢和連歌が行われた。岩国徴古館蔵『和漢一会記』（〇二・一六・五二六）(8)は墨付約一〇〇丁の紺色表紙小型横本で、天文十年（一五四一）から弘治・永禄・天正・慶長・元和にかけての十数回の和漢聯句会の記録が残る。挟み込みの紙片に「圭斎蔵書」（インク書）とある。圭斎は宇都宮遯庵（一六三三〜一七〇七）の息三的の号である。父遯庵は京で松永昌三門に学び岩国吉川家に仕えた儒学者であり、和漢聯句にも造詣が深かった。(9)宗礀が参加した会の記録は墨付五丁分で、内題に「漢和元和四年九月十九日於近衛殿鷹公／宗匠兼与」とある。本文は「後水尾院／元和四年九月十九日／楓松山別色　令柔」で始まり、連衆と句数は次の如し（〇は和句、◇は漢句）。

令柔　十一　漢	阿野實顕／宰相　九　〇	兼与　十一　和
滋野井／季吉朝臣　九　〇	梧　十二句　〇	慶純　九　〇
集雲　十　◇	宗嶋　九　◇	中晫　十　◇
正忠　一　〇	宗礀　九　◇	

漢　四十九句　　和　五十一句

連衆について、令柔・集雲・中晫（昕叔顕晫、相国寺九四世）は五山僧。阿野實顕（一五八一〜一六四五）はこの年、正三位左中将。会の宗匠の連歌師兼与は前出、滋野井季吉も前出、内題に見える近衛殿鷹公は近衛信尋、この年二十歳、梧も信尋をさす。慶純は橋屋を称し、紹巴門下の連歌作者で、小堀遠州に茶も習う。宗嶋は未詳。正忠は元和九年（一六二三）十月二日の初何百韻連歌に一句あり（『連歌総目録』七九七頁）、寛永十六年（一六三九）四月十一日～十三日の近衛様桜御所千句の追加八句にも正忠の名がある（同八九五頁）が、詳細は未詳である。元和四年九月十九日のこの漢和聯句会については、『鹿苑日録』同日条に「詣近衛殿漢和席」（五・二〇七頁上）とみえる。宗磵の作は以下の九首である。

6　以景好春遊　　景好を以て　春遊す
17　暁露湿征袖　　暁露　征袖を湿す
28　枕孤敷漏籌　　枕孤り敷き　籌漏る
39　豈進無媒路　　豈　媒路なきを進まんや
46　雅詩月是釣　　雅詩　月是れを釣る
64　豊登畢穫疇　　豊に登る　畢穫の疇〔田、うね〕
71　抉筇常入蔗　　筇〔杖〕を抉り　常に蔗に入る
86　輭盤傧会傧　　輭盤《なんばん》傧　会ひ傧　〔＊輭盤は酒席で妓女の手で酒を勧めること〕
97　霞際添吟思　　霞の際　吟思を添ふ

同席の公家・五山僧は、ほとんどが宗磵（この年六十三歳と推定）より年少であり、彼は無位無官だがおそらくは詩の力量によって招聘されたものと推測される。

六　里村紹巴からの書翰

文禄二年（一五九三）の年末、連歌師紹巴（一五二五～一六〇二）から自筆書翰が宗磵の許に届いた。これは宗磵の事蹟では、先に触れた惟杏永哲書翰に次いで年次が早いものである。「里村紹巴自筆書状」【待賈22・新収古書】No.180（三七頁下）に「十二月卅一日附畊庵宛　一通　紙高三〇糎、横四〇糎、十三行」とある。[10] 図版はないが解説から引文を転記する。

昨朝之御一紙、修善寺〇〇共多到来候。半分者拙者用候、五帖進覧候。抑世上人師走とて心いそかしき市中に御閑居、御うら山しく候。孫さへ多故とは申ながら、胸臆むさく、如此名利につかはれ候。……従明朝七十一に成候。老心草子見る事もなく、酔中に暮しはて候キ（三七頁）

「従明朝七十一に成候」とある記事により、文禄二年（一五九三）十二月三十一日付と推定される。両角倉一『連歌師紹巴——伝記と発句帳——』（二〇〇二・一〇、新典社）によれば、紹巴の年齢は自著によると、天正十一年（一五八三）で一歳加算され六十歳となる。なお同書の年譜一五九三年（文禄二）七十歳の条にも、本書翰の存在が示される（一〇〇頁）。

「修善寺〇〇」は、いわゆる修善寺紙をいう。『史料総覧』十三の慶長三年（一五九八）三月四日条に「徳川家康、伊豆修善寺ノ紙漉文左衛門ニ、同国所産鳥子草・雁皮・三股ノ専伐ヲ許シ、公用ノ抄紙ニハ、立野・修善寺ノ紙漉ヲシテ、之ヲ助ケシム」（一五八頁上）とある。『時慶記』慶長七年（一六〇二）三月十一日条には、「多丸ノ息女煩為診脈来入、修善寺十帖被持候、薬調進候」（二・一八三頁）と見える。後で触れるが、医者の働きをもした西洞院時慶の許を訪れた病人が、修善寺紙を持参したわけで、診療や薬代の謝礼であろう。同慶長十年（一六〇五）八月二十六日には「嘉監寺兼約来儀、柿木サハシ（渋を抜いた実）被持、弟子初而礼ニ来儀、修善寺二帖土産也、布施ニハ布一端ツ、遣候」（四・九四頁）とあり、来客が土産として紙を持参したというのである。また『鹿苑日録』慶長十七年（一六一二）十月十日に「斎了到東福月渓和尚、携修善寺十帖」（五・四八頁下）とあり、別の僧へは鳥子・濃（美濃紙か）・唐紙などを携えており、これも土産と思われる。さらに『舜旧記』慶長十八年（一六一三）十二月十一日条に（去十日）「総首座シユセン（修善）紙十帖持参也」（四・七〇頁）と見え、贈物として貴重であったようである。上掲の紹巴の書翰は、貴重な紙を贈るに足る人物として、宗磡を認めていたことを示す。

解説に「紹巴の私生活の一端窺はるゝ点興浅からず」とあるように、年末の述懐、孫多く名利につかわれること、七十一歳を迎え書を読むことなく酔中に暮すなど、老年の寂しさがみえる慨嘆調の内容からは、両者の親しい交流の様が察せられる。宗磡が一五五五年生れとすればこの年三十八歳であり、古稀を迎えた紹巴が、身辺の不如意について感懐を漏らす相手として年齢に不足はないだろう。前年天正二十年（一五九二）三月に文禄の役が始まるが、紹巴はまだ連歌会などに忙しく、翌文禄三年（一五九四）二月には豊臣秀吉の吉野花見歌会に随行している。秀次事件に連座し三井寺辺に流罪となり、蟄居生活を余儀なくされるのは文禄四年（一五九五）八月、七十二歳の時である。

宗磡宛には昌叱（紹巴女婿、一五三九～一六〇三）からも二通の書翰があったらしい（『追加出品目録』）が、所在未詳である。

七　玄仲に『源氏物語』松風の書写を依頼

また少し後年のことになるが、紹巴二男の法橋玄仲（一五七八〜一六三八）は、宗磡の依頼で『源氏物語』松風を書写している（【玉英139】No.8、六頁）。奥書、つぎの如し。

宗磡老依所望、不省愚筆／令書写畢、／慶長十九年初秋中旬、／法橋玄仲（六頁）

慶長十九年（一六一四）七月中旬書写と思われる本書は、その後、鶴見大学図書館の蔵に帰し、最近では、第一三三回貴重書展示大学創立五〇周年記念『源氏物語のあそび』（二〇一三年一月二十三日〜二月十九日、鶴見大学図書館）で展示に供された(11)。高田信敬氏による周到な書誌的考察によれば、この奥書は「本文と一貫した書風であり、他の筆跡資料と比較して署名通り里村玄仲（一五七八〜一六三八）の筆と推され(12)」る書写奥書であり、本写本を慶長十九年写と認めてよいであろうとする。本文は「結果として青表紙本の多数本文と一致するが」「特定の一本に対し類縁性を呈するわけではない」という。さらに、宗磡の『源氏物語』への関心の深さから勘案して、一帖ごとに能筆の筆者に揮毫を依頼する、いわゆる『源氏物語』調製のうちの一帖である可能性を示唆する。

玄仲は天正十七年（一五八九）から寛永十四年（一六三七）まで、比較的長い期間活動した連歌師である。『時慶記』からは、西洞院時慶の許に頻繁に出入りしていることがわかり、慶長八年（一六〇三）二月十日条には、

一源氏講尺近衛殿（信尹）へ参入、玄仍（里村）・玄仲（里村）・宗順（内侍原）等□（参）会候、御所へ再返申入、
（三・一七頁、括弧内は校訂者）

とあり、兄玄仍と共に近衛信尹の源氏講義を聴聞している。玄仲が慶長十九年以前に書写した古典籍としては、『萬葉集宗祇抄』および『年中行事歌合』がある。前者は奥書に「宗養法師以手跡本書寫卆／慶長十五暦首夏上旬　法橋玄仲（花押）」（【待賈14】一〇頁）とあることから、慶長十五年（一六一〇）四月上旬書写とわかり、[13] 後者は「奥書はなければ體裁・紙質・書風等が本目録第七番の萬葉集宗祇抄と全く同一なれば同人の同時の筆なり」（三五頁）という弘文荘の判断による。また寛永年間に、南北の里村一門が中心となり、全部で二十九名で書写した（外題は智仁親王筆）という『源氏物語』（長谷川端氏蔵、五十四帖揃、寛永年間書写）では、玄仲が「夢浮橋」を写している。[14]

注

（1）『古代中世文学論考　第一集』（一九九八・一〇、新典社）所収。

（2）剛外令柔の文学活動については、蔭木英雄「『翰林五鳳集』について——近世初期漢文学管見——（二）」（『相愛大学研究論集』五巻、一九八九・三）に触れる所がある。

（3）東京大学史料編纂所蔵（六一七一・九七・二八）『本田親威氏所蔵文書』二所収。

（4）刊記なし、同目録四七号が一九九三・二刊で、それより前のはず。

（5）棚町知彌・鶴崎裕雄・木越隆三編『白山万句　資料と研究』（一九八五・五、白山比咩神社）第一部資料編〈資料三―一九〉（八六頁）。鶴崎裕雄「秀吉・家康政権下の寄合の文芸」（『帝塚山学院大学日本文学研究』四一号、二〇一〇・二）。

（6）浮田（宇喜多）休閑は『国史大辞典』にも載るが（一一、四九頁A）、未詳な点が多い。同書を改訂した『戦国武将合戦事

典』（二〇〇五・三、吉川弘文館）を引く。

宇喜多休閑　うきたきゅうかん

生没年未詳／キリシタン武将。宇喜多秀家の従兄弟と外国側史料にみえ、慶長十九年（一六一四）、高山右近らとともに、加賀から追放されたジョアン＝休閑の名がみえ、また津軽に配流されたトマス＝休閑とその三子ともあり、元和六年（一六二〇）までに同地で聖者のような死を遂げたという。さらに一説によると文禄四年（一五九五）に受洗したトマス＝左京亮すなわちのちの坂崎出羽守（成正）であるとする。宇喜多家の没落と、キリシタン禁制とのため、外国側史料では種々混同されているようである（海老沢有道）。（四四二頁上）

また、近時刊行された中西裕樹編『高山右近　キリシタン大名への新視点』（二〇一四・三、宮帯出版社）の「第二章　高山右近とキリシタン大名の周辺」所収の大西泰正「浮田休閑」（一六〇～一七六頁）は乏しい史料を丁寧に分析する。その要点を記せば、休閑は宇喜多秀家の身分の高い家臣で、法華宗徒からキリシタン教徒へ転じ、秀家没落後は加賀藩前田家に仕えた。前田家との縁は前田利家の四女が、秀家内室であったことによる。慶長十八年（一六一三）からの幕府のキリスト教徒弾圧で、休閑は奥州津軽へ流され追放後四年で没した（一六一七年頃死没）という。

（7）この会での中院通村の出詠歌は、『中院通村家集　上』（古典文庫643）に「元和三、十、廿六、陽明当座御会」として、「789　秋風の音そまきれぬ荻原やそよたかとはんやとりならねは」をはじめ、計五首が載る（790・901・902・903、一三三頁、一五〇頁）。

（8）『吉川家寄贈図書類目録』（一九九二・一、岩国徴古館）一一六頁。

（9）深沢眞二『「和漢」の世界―和漢聯句の基礎的研究―』（二〇一〇・一、清文堂出版）第Ⅲ部第二章「『漢和三五韻』の周辺」参照。

（10）この書翰は、【白木屋フェーアー1963】に「七九五　里村紹巴自筆書状　文禄二年十二月大晦日／従明朝七十二〔ママ〕成候、云々」（二八頁上）とあるものと同じと思われる。また『古典籍逸品稀書展示即売会』（一九七二・一、三越）の目録にも、「里村紹巴自筆書状　畊庵宗磵宛　一幅」（一二頁下）が載るが、本状と同じか否かは不明である。

（11）本書については木藤才蔵『連歌史論考 下 増補改訂版』（一九九三・五、明治書院）の「連歌史年表 増補」一〇九三頁に指摘があり、『古典籍と古筆切 鶴見大学蔵貴重書展解説図録』（一九九四・一〇、鶴見大学）六一頁に図版、一〇六頁に解説（No.70）が載る。
（12）高田信敬「紫林閒歩抄（其参）篠屋宗礀が誂えた『源氏物語』」（『年報』三号、二〇一四・四、鶴見大学源氏物語研究所）。
（13）この『萬葉集宗祇抄』は、現在は関西大学図書館蔵。
（14）長谷川端・駒田貴子・藤井日出子・村井俊司「長谷川端蔵『源氏物語』西山宗因筆「紅葉賀」」（『中京大学文学部紀要』四六巻二号、二〇一二・三）九二頁。この写本については、図録『入城四〇〇年記念 八代城主・加藤正方の遺産』（二〇一二・一〇、八代市立博物館未来の森ミュージアム）に写真（六五頁）と解説（一〇三頁）が掲載される。

第三章　宗硼と西洞院時慶・加藤清正

一　西洞院時慶と下津棒庵

宗硼は元和三年（一六一七）十月の近衛信尋邸での聯句会で西洞院時慶と同席した（本書一三頁）。その時慶邸宅を、宗硼が初めて訪問したのは慶長七年（一六〇二）八月二十日のことである。

一　篠屋宗間初而来、棒庵（下津）ヨリ朱引ノ年代記本被返、又幽斎（長岡藤孝）へ色紙二短ノ事被頼由候。
（『時慶記』二・二五五頁、括弧内は校訂者注）

宗間と表記されているが、篠屋とあり宗硼のこととみてよいであろう。『時慶記』は一日のうちをいくつかの一つ書きで記しており、一つの中は関連事項を書くことが多いようで、判断が難しい所だが、傍線部の記事も宗硼に関わるものであろう。前半は棒庵が時慶に借りた朱引の年代記を返却したこと、また後半は、細川幽斎に色紙と短冊二枚を執筆して欲しい、と棒庵から依頼があった、という意味であろうか。宗硼は棒庵と時慶との間の仲介役をしたと解してよいか。となれば、宗碩はこれ以前から棒庵・時慶とも知り合いであったと思われる。西洞院時慶（一五五二～一六三九）は慶長七年には正三位参議で五十一歳（『公卿補任』三・五一九頁下）、宗碩に近い世代である。細川幽斎は慶長七年には六十九歳、宗碩が幽斎と知己であったかどうかは、資料では確認できていないが、互いに名は知っていたとみるのが自然であろう。

棒庵は、村上源氏の久我通堅の子、祖秀が出家して、後に還俗した時の名（下津棒庵）である。橋本政宣編『公家事典』（二〇一〇・三、吉川弘文館）の東久世家（棒庵の子、通廉を家祖とする）の項から引く。

> 元亀元年（一五七〇）に生まれ、鹿苑寺の僧となったが、天正十六年（一五八八）肥後の加藤清正の許に赴きその食客となり、還俗して下津棒庵と号し賄料として三千石を給され、寛永八年（一六三一）五月、肥後国に於いて六十二歳で没した。（七〇五頁）

また安藤英男編『加藤清正のすべて』（一九九三・四、新人物往来社）所収「加藤清正家臣団事典」の下津棒庵の項にはつぎのようにある。

> 幼少で出家し、相国寺、鹿苑寺の僧となったが、京都所司代の勧め（一説では加藤清正の勧め）で還俗し、清正に仕え下津将監宗秀と称した。上方の情勢に精通していたので、清正の政治顧問的役割を担った。のち剃髪して棒庵祖秀に復した。（二四二頁）

『時慶記』には、慶長五年（一六〇〇）正月以後、棒庵は肥後と京を頻繁に往来したことが記録されるが、宗礀も関わる件に限り紹介しておく。慶長九年（一六〇四）は在京したらしく（棒庵は伏見に居た）、二月十四日から八月二十七日までの間に記事が散見する。六月二十四日条に「棒庵ニ振舞、今日ヨリ住吉へ被越ニ付而暇乞也、住吉ノ式部少輔モ同心也、篠屋宗鑑来、相伴候」（三・二〇〇頁）と宗礀が同席している。式部少輔は住吉社家の二男（慶長七年八月六日条）。閏八月七日に「肥後守（加藤清正）明日下国由候」「棒庵へ越、下向延引由候」（三・二二八頁）と、肥後行が延びたが、同十八日には「棒庵使、又自身来儀、暇乞肥後へ下向」となる。慶長十年（一六〇五）三月二十一日には「棒庵使上洛、肥後守一昨日伏見へ被着由候、棒庵ハ依所労国被居由候」（四・三四頁）とあり、清正は上洛したが棒庵は随行しなかった。同四月二十四日条には、少し注意すべき記事がある。

肥後守ヨリ被誂狩衣裁縫候、長野殿来儀也、入夜預使者、蟹江作衛門尉ト今一人又宗礀ト浄与同心候、明日宿借ニ可来由候、約束也（四・四六頁）

清正に頼まれた狩衣裁縫の件で、長野殿が来訪したというのだが、後半の文意がつかみ難い。夜になり蟹江はじめ四人の使者が、明日の宿を借りたい旨言ってきた、と解してよいのか。ここに宗礀の名が見える。浄与は、慶長九年（一六〇四）十一月五日条に「肥後国ヨリ文共、加藤常与ヨリ持セ来」（三・二六四頁）とある人物と同じと思われる。同年五月二十六日には「加藤□（浄）与へ遣人、他行、宗礀へ同、肥後守へノ事相尋」（四・六〇頁）とある。この記事で時慶は宗礀に加藤清正へのこと（具体的に何かは不明）を尋ねており、宗礀が清正の窓口の如き存在であったことが窺える。

二　宗碩と加藤清正

宗碩が加藤清正の招きで肥後に赴いた最初の年次や事情はよくわからないが、この下津棒庵の誘いもあったのだろうかとも想像する。『時慶記』には西洞院時慶は下津棒庵を介して、加藤清正と関係があったことが記され、宗碩も棒庵と同様な働きをしたのだろうか。既に触れた記事のほかに慶長十四年（一六〇九）五月七日の条を引く。

一加藤肥後守へ折遺候、宗碩へ遺状、披露之由候、六条本圀寺宿坊へ遺候。（四・二〇七頁）

清正に折を贈り、その件を宗碩に書状で伝えたというのであろう。これも、宗碩が時慶と清正の間を仲介したことを示す。本圀寺は清正の京都での宿所で、彼の墓もここにある。慶長十一年（一六〇六）八月十八日、清正は亡母の供養をこの寺で修した（『大日本史料』十二之四、三〇一頁）。

この年、慶長十四年三月に興行されたかと思われる漢和聯句には、清正・宗碩が連衆として名を連ねる会がある。『連歌総目録』から引く。

1609／3／15［成立］慶長14年3月15日［種別］百韻［賦物］漢和［発句］香湿擔花雨［発句作者］清正／朝臣［脇句作者］昌琢／法橋［作者句数］清正／朝臣＝1、昌琢／法橋＝1、以心＝10、有節＝9、入道／前大納言＝11、友竹＝9、玄仲／法橋＝1、景次＝9、景洪＝7、宗澗＝7、慶純＝10、似雲＝9、法印／勢与＝8、応昌＝

7、忠明＝1；原懐紙、句数は句上による［句上］有［資料種別・番号］X［所在］書陵部（456―45）（七二六頁）

この資料について、宮内庁書陵部蔵の写真版（複九五三）で確認しても「宗澗」（傍線部）とあるが、澗と磵の字は同字とみなされ、以下の連衆の顔ぶれからみても宗磵とみてよいだろう。脇句「夕日の庭に春風そ吹」の作者の昌琢は昌叱の子、里村南家の祖。以心は南禅寺の僧、金地院崇伝。有節（瑞保）は相国寺九三世、豊臣秀次の『謡抄』作成の責任者。入道前大納言は慶長十二年（一六〇七）五月二十日、五十三歳で出家した日野輝資（『公卿補任』三・五二七頁）で、この前後の聯句会の常連。友竹は建仁寺二九五世、三江紹益。玄仲は紹巴二男で前出。景次は里村昌俔で昌叱の子、昌琢の弟。景洪（英岳）は南禅寺二七二世、英叔周洪とも。慶純は紹巴門の連歌作者。似雲・勢与は両名とも慶長十四年三月十八日の浅野幸長興行百韻にも参加し（『連歌総目録』七二六頁）、また慶長十三年（一六〇八）正月二十三日の漢和聯句会に林羅山・友竹紹益らと共に、この二人の名が見える（『林羅山年譜稿』二七頁）。応昌は真言僧で連歌作者、里村家と親しい（1）。忠明は慶長年間の連歌会に名が見える。挙句は似雲で「民もゆたかに国そ治むる」。聯句会の句を前後を省いて単独で示すことは意義が少ないが、宗磵は以下の漢句七首を詠んでいる。

10　景佳吟杖随　　景佳く　吟杖〔詩人のもつ杖〕を随へ
23　破暁綴蛍草　　破暁〔しののめ〕　蛍草を綴る
34　旅程黍夙炊　　旅程　黍夙く炊く
50　祖席惜春移　　祖席〔別れの宴席〕　春の移るを惜しむ
59　逢故秋灯続　　故きに逢ひ　秋灯続く

74　楽且菜逷籬　　且く　菜逷の籬を楽しむ
87　露深如撒玉　　露深く　玉を撒《ちら》す如し

ところで、この慶長十四年（一六〇九）三月十五日の百韻については少しく疑問が残る。というのは『史料総覧』十四巻・同年三月六日条は「肥後熊本城主加藤清正、山城伏見ヲ発シ、駿府及ビ江戸ニ行ク」（一七〇頁下）と立項し、依拠資料である『当代記』には「加藤主計頭従肥後国上る、今日伏見を立て、駿河江戸へ下る」（一四八頁上）とある。しかしながら、六日に京を立ち駿府へ赴いた清正が、連衆の顔ぶれからみて、十五日に京都で行われたと思われる、この興行に参加できたのか疑問である。三月十八日に浅野幸長が発句、四月十八日には福島正則が発句を詠んだ百韻連歌が張行されている。これら三つの会の連衆はかなり重なり、浅野幸長・福島正則ともに発句の一句だけを詠む。清正も発句「香湿擔花雨」のみであり、おそらく当座には居らず、兼作あるいは代作と考えてもよいのではあるまいか。なお本節の初めにみたように、清正はこの年五月には在京で、五日は高台院（北政所）へ伺候し、六日は本願寺で能を見物している（『時慶記』四・二〇六頁）。

肥後八代の連歌師で、清正に仕えた素丹（桜井氏）の『素丹句集』（大阪天満宮所蔵）[2]は、彼の発句七百句を春夏秋冬に分類して集録した自筆本で、慶長十四年（一六〇九）以降、素丹の晩年（慶長十四年までは生存、八十歳ほどであったらしい。廣木一人『連歌辞典』一八八頁上）に成立したかとされる。その中の詞書に宗碩の名が見える。

　　宗碩と両吟の和漢
152　あさ露を花ともいはん柳哉

153　月にさへいとはぬ春のこ雨哉（9オ、一二二頁）

宗碵両吟和漢

672　雪にけさ改まる山のすかた哉（37オ、一二八頁）

宗碵自身の句が見られないのは惜しまれるが、彼がおそらく肥後で、素丹と接点を持ったことが窺える有力な資料である。なお、この句集には、後述する文英清韓の名もある。

慶長四年七月十二日／清韓東堂和漢

512　色ふかし千草の中の萩か花

513　雲の行月にはなれぬ風もかな（28ウ、一二六頁）

慶長四年（一五九九）は関ヶ原合戦の前年、東堂は前住の住職の意で、清韓の肥後での経歴を探る一つの手がかりになり、彼の句は載らないものの貴重である。

三　宗碵の息甚蔵、伊達政宗を接待、および三宅亡羊『履歴』のこと

『時慶記』の天正十九年（一五九一）二月六日以下には、次のような記事があり、篠屋甚蔵という人物が登場する。西洞院時慶が、上洛した伊達政宗の接待を甚蔵に依頼する内容である。その書きぶりからは、これ以前から関係があっ

たように思われるが、具体的には未詳である。

　二月六日（前略）篠屋へ人ヲ遣候、伊達就上洛為入魂〔依頼〕也（一・九七頁）
　　七日　雨天、篠屋へ左助ヲ遣候、甚蔵ハ他行由候間、留守返事也（同頁）
　三月一日（前略）伊達政宗へ一礼、馬太刀ヲ遣候、所労由ニテ不逢、遠藤文七郎奏者也、太刀一腰遣候、篠屋甚蔵令馳走（一・一〇三頁）

ところでこの甚蔵は、宗碩の子である。その根拠は以下の二件による。後年のことになるが、『中院通村日記』元和九年（一六二三）十二月二日条に、加賀から届いた書物の表紙の件が記され、そこに登場する「ササヤ甚蔵」には、「宗碩子」と小字で注記される（本書一六九頁）。また、上野洋三氏の紹介にかかる、三宅亡羊（一五八〇～一六四九、前出、堺出身の漢学者）の『履歴』[3]にも、甚蔵が宗碩の息であることを示す記事がある。

亡羊の『履歴』は宗碩父子に関わり、ほかにも貴重な記事を含むので、少しく説明に紙数を費やす。上野氏によれば、『履歴』の筆者は「直接、日常的に亡羊に接し、長期間にわたりその言動を見つめてきた人物と推定され、（中略）亡羊没の慶安二年（一六四九）よりも少なくとも四年経過してから記録が形をとり始めた」（一五六頁）という。全一七三項目の一つ書きから成り、原則として年代順とはいえるが、所々に合計十六枚の付箋が貼られ、「現状は、改装・裏打済の巻子本」であり、付箋の記事がどの範囲に及ぶかは、翻刻からは正確には把握しづらい。それもあってか、「特に亡羊の青年時の行動について、いくつも曖昧な点や、矛盾点が生じていることは否定しがたい」とされる。以下に甚蔵が登場する記事を、その少し前の辺りから引用する（アラビア数字は掲載の順序を示す。〔 〕内注記、およびふりがなは上野氏による）。


31一、三十歳。慶長十四年己酉。

津軽《つがる》越中《えつちゆう》殿〔信枚〕、御供被成《おともなされ》、彼地〔弘前〕御下向《げかう》、翌年三十一歳、御皈洛《きらく》。

32一、一条通りに御借宅《おしやくたく》、出入《でいり》候て、極月廿八日に御やどがへ。

33一、其後《そののち》、長者町へ御移り、左右の隣家御買《おかひ》たし。依之《これにより》三間《げん》役。

〔付箋五〕

34一、篠《ささ》や宗間〔閑〕と御入魂《じつこん》。

35一、宗閑子息甚蔵・偏易、出入。門弟子、同前。

36一、甚蔵十六七歳、事之外《ことのほか》発明《はつめい》にて、先師、御弟子に可被成《なさるべし》と御契約之事。四書講釈度々之事。（一五九頁）

34には三宅亡羊と宗礀とが昵懇であったとある。この記事よりは後年のことになるが、両人は、元和三年（一六一七）十月二十六日の近衛信尋邸での詩歌会に詩の衆として同席している（前述二三頁）。35・36の一つ書きについて、上野氏はつぎのように解説しているが、傍線部については少しく疑義が存する。

また版本にくらべて決して数多くない近世初期の『徒然草』諸写本の中に「伝中和門院本」（中和門院は後水尾天皇生母、『履歴』69・73に出）「偏易本」などの亡羊『履歴』に登場する人々の名を見出すことも偶然ではあるまい。ことに偏易子は、これまで伝記資料の稀な人物であったが、『履歴』によれば、亡羊の住んだ長者町の隣人、笹屋宗閑の「息子」であり、兄甚蔵とともに、ふだんから亡羊の門に「出入」して「弟子」同然であった。兄は十六七歳の頃に師弟の「契約」をして「四書」の「講釈」をたびたびして聞かせた（34・35・36）という。（一五六頁上）

亡羊が長者町に住んで、両隣を買い足したことは33の記事からいえるが、その隣人が笹屋宗閑かどうかはわからない。というのは、34の記事は〔付箋五〕に書かれており、33の記述と直接関連するかは即断できず、むしろ後から思い出して、補足的に追加したものとも思われるからである。とはいえ、宗碩の子甚蔵が亡羊宅に出入りしたとあることから、近所に住まいしたことは確かだろう。また偏易は、兄甚蔵とともに宗閑の子、と解釈されているが、35の「宗閑子息」〔小字〕は甚蔵だけにかかり、偏易は甚蔵と一緒に亡羊の許に門弟子同然に出入りしていた、という文脈である〔35の「甚蔵・偏易」の間の中黒点は読点にすべき所〕。偏易の事績については後述する（一五五頁）が、織田氏の出（『大雲山誌稿』二四）で、宗碩（井口氏）とは家を異にし、従って甚蔵と偏易は兄弟ではない。

右のような問題はあるが、『履歴』の記事は宗碩父子の事績をさぐる上で、貴重な情報を提供してくれる。36に「十六七歳」の甚蔵がことのほか利発で、ために亡羊は彼と師弟の契約をし、たびたび四書の講釈をしたとある。さて36の記事は、いつの時点のものであろうか。少しく煩瑣な考察になるが、ここで甚蔵の生年を推測してみる。36以前の項目で年次がわかるのは、31の亡羊三十歳、慶長十四年（一六〇九）で、36も一見その頃のことかと思われるが、それではつじつまが合わない。というのは、甚蔵が西洞院時慶から伊達政宗の接待を依頼されたのは、天正十九年（一五九一）のことである。慶長十四年に十六、七歳であるならば、天正十九年には一、二歳ということになり接待役はあり得ない。天正十九年に二十五歳の青年大名伊達政宗を接待する少年は、少なくとも十歳程度にはなっていないとおかしい。さて、幸に三宅亡羊は生没年（一五八〇～一六四九）が明らかで、偏易は後述するように『大雲山誌稿』の記事から一五八五年生れとわかる（一五三頁）。35に甚蔵・偏易は亡羊の門弟子同然とあり、亡羊とは年齢差の少ない師弟関係とみてよいであろう。亡羊より五歳年少の偏易はともかく、甚蔵を仮に一五八二年生れと想定して矛盾はないか。すると天正十九年（一五九一）には甚蔵は十歳で、ことのほか利発な彼に、接待役は十分に務まると思われる。また、本書では篠屋宗礀を一五五五年生れと想定して論を進めているが、一五八二年に宗礀は二十七歳となり子を持つに不自然ではない。以上のように仮定すると、36の甚蔵「十六七」歳は、慶長三、四年（一五九八、九九）のこととなろうか。『履歴』3・5に慶長三年、「一、十九歳の時、始《はじめ》て学に御《お》志《こころざ》し候事。無常《つね》ノ師《し》。」（一五七頁上）とあり、学問に目覚めた亡羊が、一、二歳若いだけだが優れた素質の片鱗をみせる甚蔵に、教えがいを見出し、四書講釈をしたとしても不思議ではない。

さて三宅亡羊『履歴』でもう一つ見過ごせない点は、偏易が甚蔵を通じてかもしれないが、この時点で宗礀と知り合いであることである。中院通村の項で触れるように、後年、偏易は宗礀旧蔵の堀河具世筆『八代集』のうち『古今集』半分（通村補写）を所望し、結果として下賜される（一五一頁）。その縁も、若くして宗礀・甚蔵父子と知己であったことに端を発するのであろう。

この甚蔵は建仁寺（二九一世）の梅仙東浦（一五二九～一六〇八）とも交流があったらしい。年次未詳「梅仙東浦禅師自筆書状」【待賈43・名家真蹟】（№112、八六頁上、図版は八七頁下）は、差出が「両足院浦子」、宛名が「甚蔵殿御宿所」とあり、「双瓶壹慥拝領」で始まり、東浦が甚蔵から双瓶を贈られた礼状のようである。宗礀には、寛永十八年（一六四一）一月十五日没の宗栄という子も記録にあるが（『大雲山誌稿』二一「多福」）、甚蔵との関係はわからない。あるいは宗栄は、甚蔵の出家後の名かとも想像される。ともあれ、篠屋宗礀父子は西洞院時慶との間に、伊達政宗の接待などという重要な場面において、重宝される関係を作り上げていたものと思われる。

この時の伊達政宗の上洛は、きわめて政治的な理由からである。この前年天正十八年（一五九〇）正月、伊達政宗は豊臣秀吉に小田原参陣を催促され、六月には小田原に赴き臣従している。天正十九年正月末に上洛を決意し、ようやく重い腰をあげ米沢を立つ。二月四日には京都に着き妙覚寺に宿し（この年は閏正月あり）、従四位下侍従に叙せられたお礼に、十二日に参内している。この間の政宗上洛をめぐる、秀吉との駆け引きの経緯については、小松茂美『利休の死』（中公文庫、一九九一・五）第五章「政宗上洛」に詳しい。二月六日・七日の記事は政宗上洛の直後で、時慶が饗応しその手伝いを甚蔵に依頼したものであろう。政宗が京に居たさなか、秀吉に迫られてか千利休が自害したのは二月二十八日のことである。政宗は三月中は在京したようで、七日には聖護院道澄（一五三四～一六〇八、近衛稙家の子、前久の弟）の饗応を受け、時慶も相伴しており（『時慶記』一・一〇五頁）、十五日には秀吉が山城宇治で茶摘みを見物したのに、政宗も同道している（『史料総覧』十二・三二七頁）。

四　宗磵と西洞院時慶、その後

『時慶記』慶長十四年（一六〇九）十月十一日条によれば、宗磵は中院通勝の許で時慶と席を同じくしている。

一　也足へ見廻、次ニ源氏目録ノ事申候処、同心候、入麺・酒アリ、篠屋宗澗（磵）モ同会候、拾芥ノ内大内ノ図等ヲ見候（四・二七五頁、括弧内は校訂者）

時慶が也足（中院通勝）を訪れ、「源氏目録」のことを頼んだところ、同意を得た。[5] 入麺と酒が出された。宗礀も同席し『拾芥抄』の内裏図などを見た、というのである。ところで、この年七月には、烏丸光広ら十名余が関係した、いわゆる宮中姦淫事件が露見し、十月一日前権典侍中院通勝女も伊豆新島へ配流となる。その直後に、西洞院時慶は中院通勝を「見廻」何を語り合ったのであろうか、様々なことを想像させてくれる場面である。因みに事件には無関係のようだが、時慶女も宮中に仕える内侍であった（慶長十年四月一日の時点）。[6] 娘同士が同僚で、しかも明暗が分かれ、六歳年長の時慶は通勝に対しどのように接したのであろうか。「源氏目録」は書写なのか、そして大内の図を見たとあるのも意味深長な気もする。それにしても、おそらく重苦しい雰囲気のはずの場に宗礀も同席しており、そこに立ちあうことが許されるような間柄であったのであろう。[7] 傷心のゆえか、通勝はこれから半年も存命せず、慶長十五年（一六一〇）三月二十五日、五十五歳で没した。

『時慶卿記』慶長十九年（一六一四）三月にはつぎのような記事がある（『大日本史料』十二之十七、慶長十九年雑載による）。

・八日、天晴、延寿院へ講尺ニ行、六条（六条宰相有広か）へ遣状、隙入ト、講ノ後、愛宕ノ教学院ノ三位振舞トテ被留、相伴候、篠屋ノ宗礀・大喜等也、心静有物語、庭ノ花盛也、

・十五日、天晴、延寿院へ講尺聴聞ニ出、一所廿一篇ニ、点不審ノ義宗礀与予ニ被語、尤ノ旨申候、彼亭ノ牡丹咲出候（三四四頁）

西洞院時慶は延寿院へ講釈聴聞に出かけており、両日とも宗礀と同席したと思われる。延寿院は当代きっての名医曲

直瀬玄朔（名は正紹、二世曲直瀬道三、一五四九〜一六三一）で、『時慶記』には頻出し、時慶とその家族は医療のほか公私にわたる交際も深い。曲直瀬玄朔は初代曲直瀬道三の養子となり、豊臣秀吉に仕え九州・朝鮮にも従軍し治療にあたる。秀次事件に連座し一時配流されたが、後陽成天皇の加療のため赦され、のちには徳川家康に仕え隔年に江戸に居住するなど、この時期の医学界の重鎮である。(8)「愛宕ノ教学院ノ三位」の教学院は、愛宕神社の坊舎の一つ、その三位は未詳だが、相国寺鹿苑院に出入りしている愛宕教学院であろう。慶長十六年（一六一一）三月六日（賜五明〔扇〕十柄）、同十七年五月二十八日（使、玄琢）、六月十二日（被恵杉原十帖・唐扇二本、玄琢同伴）に記事が見える（『鹿苑日録』五）。大喜は不明。

十五日の条では、講釈の中で延寿院（玄朔）は、第二十一篇の一箇所の点の付け方に不審あり、と宗礀と予（時慶）に向かって問い掛け、時慶もそれを肯定したというのである。時慶はこの年正月三日・六日にも延寿院で『素問』（中国最古の医書『黄帝素問』）の講釈を聴聞しているが、これは彼が医者としての面も持つことに由来する。(9)三月八日・十五日に講釈された書物が何かは不明であるが、当代随一の医家である延寿院が講師で、その方面に心得のある時慶が聴聞したとあれば、おそらく医書であろう。そして、こうした場に同席し質問されてもいる宗礀も、医に理解のある儒者と想定しても不自然ではない。

また八日・十五日ともに庭の花についての記述が見られるが、村山修一氏は注（9）の著書『安土桃山時代の公家と京都』の中で、「十　時慶の園芸趣味」という一章を設け、西洞院時慶の園芸好尚について「園芸を中心とした植物にも只ならぬ興味を示し」（一二六頁）、「邸内に栽えられた植物は（中略）六十数種に上り（中略）薬用という実利的目的のみならず、鑑賞は彼の社交的手段としても利用された」（一三六頁）と指摘する。十五日に「彼亭ノ牡丹咲出候」とあるが、十四年前の『時慶記』慶長五年（一六〇〇）三月十三日条には、北政所（秀吉室）など各所へ牡丹を呈上している中に、「牡丹一朶道三（曲直瀬正紹）へ遣候」（二・三八頁）とあり、同十四年（一六〇九）四月二日条に「一道三（曲直瀬正紹）へ返事遣候、留守ヨリ牡丹・藤見事由被申候間立寄、庭ヨリ見候而帰」（四・一九一頁）などとある記事から想像するに、時慶は自分が曲直瀬道三に贈った牡丹が、今どうなっているのかにも、大いに関心を持っていたものと思われる。

この他、元和七年（一六二一）十一月二日条に、宗磵は革単皮二足を土産に時慶邸を訪問し、肥後の物語を数刻したとある。同日の最後の項には、「一肥後ヨリ状共宗磵ニ言伝也」とあり、三日には宗磵へ礼をした、という（『大日本史料』十二之四十一、二二五・二二六頁）。この頃にも宗磵と時慶との交際は続いていたのであろう。

五　江湖散人郘子の加藤清正追悼文

慶長十六年（一六一一）三月二十八日、大坂の豊臣秀頼は上洛し、二条城で徳川家康と対面する。加藤清正も秀頼に付き添った。五月、清正は肥後へ帰る途中で発病し、六月二十四日、熊本城で没する。享年五十歳であった。追悼文を草した江湖散人郘子は、後述する推考が正しければ、篠屋宗磵であろう。『大日本史料』十二之八の清正没記事の項に『山林儷葉』（東京大学史料編纂所蔵、貴四八・七、この資料については後述）からの翻刻が載る。(10) 冒頭を訓読する。

肥之後州太守加藤清正公は、天下之勇将、而して雄謀奇策、古今に冠たる者也、今茲に慶亥の仲夏、疾に染まり、眠食佳からず、起居安からず、薬治験なく、六月念有四日、俄然として簀を易ふ、閻浮五十年之夢、黄粱半熟にして醒む、豁爾《かつじ》〔目の覚めるさま〕にして四十九季之非を知る、ああ天かな命かな、遠者近者、哀慕せざるなし、況や予多年慈恩を蒙るにおいてをや、悲傷に耐へず、老涙潸然として止むことなし、心已に恍惚、哭にして慟矣、人天衆の嘆惜する攸《ところ》、唯予一人に迫る者也、太守、是より先の昔、太閤大相国麾下に在り、（以下略）（三七六頁）

傍線部には清正の死を悼み、厚恩を受けた自分こそが追悼の真心をあらわさねば、という思いが籠められている。[11] 以下、清正の経歴・武勇・治政・土木なども含め功績を称え、また政事の余暇には「韜略〔六韜・三略〕を覃思し、語孟〔論語・孟子〕を研精す」とあり、学問にも熱心なことを叙す（約七二〇字略）。末尾の作者述懐の部分以下を引く。

予の如きは、痴を抱へ愚を孕み真に迷ひ妄を遂ぐ、誠に一介の措大〔貧書生〕を窮む也、然りと雖も辱くも寵遇を蒙り、貴遊〔上流社会〕に接する者茲に年有り、恰も鵬程〔鵬が飛んでゆく遠い道のり〕の尺鷃〔小雀〕に似、実に驥尾の癡蠅《ちよう》の如し、是を以て恩義の鴻庇を謝せんと欲す、縦へ虚空に下すも嵩言ふに易からず、霹靂舌に掉さすも何ぞ用るに足んや、矧んや亦猶文献足らざる者か、然と雖も哀悼の万乙を攄《の》べずは、行亦非礼に似る、故に黙止を獲ず、而して漫りに川八律詩二篇を綴り、聊か菲薄〔薄い〕の香供に充つと云ふ、　伏して乞ふ　霊昭

川八

死生昨夢耐悲傷　　死生昨夢　悲傷に耐ゆ
五十季栄今則亡　　五十季の栄　今則ち亡ぶ
可惜雄才如信越　　惜しむべき雄才　信越の如し
皆言智弁類蘇張　　皆言ふ　智弁蘇張に類す

征三韓大振威烈　三韓を征し　大に威烈を振るひ
長九州兼安帝郷　九州に長し　兼て帝郷を安んず
天下賢良茲去後　天下の賢良　茲に去る後
縦看日月可無光　縦ひ日月を看るも　光なかるべし

律詩

生滅看来一点埃　生滅看来す　一点の埃
慈恩大処只堪哀　慈恩大いなる処　只哀れを堪ふ
預知子葉続芳躅　預め知る　子葉芳躅を続ぐ
身後徒香六月梅　身後〔死後〕徒らに香る　六月の梅

慶長第十六季夏　江湖散人砳子九拝

痴愚で迷妄な一介の貧書生が厚恩を蒙り、上級社会に交わることができた。しかし私は、大鳳の中を飛ぶ小雀や、馬の尻の小蠅のような存在であった。謝恩は言辞に尽くしがたいが、哀悼の意を述べないのは非礼であり、川八律詩二篇を綴りわずかばかりのお供えとする、という趣旨である〔川八は律詩のことらしい。この語、謙辞か。『羅山先生詩集』『尺五堂先生全集』にも散見する。後の律詩は絶句とすべきか、存疑〕。川八の頷聯第三句の「信越」は信濃と越後、すなわち川中島の闘いで相対した上杉謙信・武田信玄のごとくの意か。第四句の「蘇張」は、戦国時代の蘇秦と張儀の併称で、弁舌に優れること。律詩とされるもの〔絶句〕の転句「子葉芳躅を続ぐ」は清正の嗣子忠広の存在をいうのであろう。この詩文は律詩結句に「六月梅」とあり、また日付こそないが慶長十六季夏（六月）とされることからも、清正没（六月二十四日）から旬日以内の作と考えられる。

江湖散人砌子の砌の字は（『大日本史料』も、写本〔『山林儷葉』三〕も同様）、彌の草字の誤写（読）かと思われ、江湖散人彌子と解してよいであろう。ところで、江湖散人を旧稿で「近江出身の」（五三頁上）と記したが、後にこれは失考で、たんに隠遁者の意味だろうと思い直した。しかし、東福寺の集雲守藤没記事に引く『棘林志』一列伝に「師諱守藤、字集雲、近江州人、因自号江湖散人」（『大日本史料』十二之三十八、元和七年七月六日、一一三頁）という例を見出し、宗彌についても近江出身である可能性が消えたわけではない、とはしておく。なお、集雲は清正とは無関係でこの追悼文の筆者ではありえない。[12]

六　無名子作、老野狐と余との問答

加藤清正没の直後は、右にみたように深い哀悼の意を表したわけであるが、庇護者である清正をなくした宗彌の肥後での立場は、時が経過するにつれて難しいものになったと想像される。同じく『山林儷葉』三に収める寓話的一文は、これも宗彌の著作と推量される。この資料は翻刻はないようで、二〇〇五年九月に披見しメモを取ることができたが、二〇一五年二月の段階では虫喰のため閲覧禁止であり、未読の箇所が残る。以下、一部訓読しつつ（原漢文）概略を紹介する。冒頭はつぎのようである。

時に昔の夕べ、一の老野狐過ぐる有り、余に謂て曰く、「我幸に猛虎之寵遇を承け、而して威烈を仮る者、年茲に有り、故に百獣或は媚を以て畏怖し、或は諂を以て尊崇す。旧知の者は弥いよ親しく思ひ、初面の者は頻りに会はんと欲す、其の威君に有り、斯に我また巧言令色す、以て幾多の百獣を古窟裏に於て狂得し焉んぬ、粤《ここ》に天地一物に先だつ有り、卒然として奪ひ、却て我猛虎去る、是に於て百獣我を見捨ること土邊の如し、而して憐みを乞ふと雖も顧る者なし

狐は猛虎の寵を受け、その威を借り他の獣から仰ぎ見られ、また狐に擂り寄るものも多かった。しかし虎が居なくなると、却って百獣に相手にもされなくなったと嘆く。以下、引用は省くが、これに対し余は「慨然として老狐に告げて曰く」、自分も久しく太守の寵を得て、その頃ははぶりがよかったが、太守の没後は味方はいなくなった。しかし「是れ宿世間の常也、昨日之誉は必ず今日之毀と成る、朝栄暮辱、さらに言ふべからず」と老狐に説いた。老狐は首をたれ言葉少なに、人間も私に似て猛虎の威を借りるものですね、と慨嘆し、今後は深山に入り出家し、座禅をして因果の理を悟り、一生を終えれば満足であるという。そしてただ「花の時狂句を吟じ、月に怪語を綴る」ために、「禿毛穎一双、楮箋十葉許」を賜りたいと願う。余はこの言葉に感心し、筆と紙二物を与え、その行き先を見届けようとしたが、「落葉吹き、雨明月を西窓に侵」し、「時に藤崎の一瞳、答るは松嵐のみ」であった。この文章は老野狐と余との対話からなる。寵遇してくれた主亡きあと、当事者が味わう悲哀を老狐と余との寓話的な譬えで叙している。ここでの老狐と余とは、ともに宗磵自身を象徴するのであろう。終りに次の詩を載せる。

詩曰

狐獣化来投片言　　狐獣化して　片言を投ぐ

曾聞逢虎得崇尊　　曾て聞く虎に逢ひ　崇尊を得る
人間亦有仮威烈　　人間また　威烈を仮るあり
野性幸其誇冠恩　　野性　幸ひにその冠恩を誇る
世勢衰時顔已老　　世勢衰ふる時　顔已に老ゆ
旧交変尽手如翻　　旧交尽《ことごと》く変じて　手を翻す如し
自今何処可消日　　自今　いずこに消日すべき
僧院半閑松下村　　僧院半閑　松下の村

〔傍線部「僧院」の右傍上に「山外」、その下に「僧房」、左傍に「岩下」、同筆傍書〕

季秋日〔九月〕　無名子拝

先に紹介した加藤清正追悼の文は「江湖散人硒子」と署名されていたが、こちらは無名子とある。無名子ではあるが、これも宗磵の作と推定する理由を以下に述べる。『山林儷葉』（東京大学史料編纂所蔵、貴四八・七）は写本三冊から成り、概ね五山僧の詩文を載せる。清書本ではなく覚書的なもののようで、三冊とも大きさが異なる。二には張り紙が多く、三は六種の雑綴である。三の二つ目に宗磵が関わると思われる詩文四点が連続する。

①林羅山の「宗磵に寄する序」（「第六章　宗磵と林羅山との交流」の一通目書翰に該当）
②上記の無名子の詩文
③加藤清正追悼文（前掲、江湖散人硒子の追悼文に該当）
④は羅浮仙子道春を称える詩文（「第六章　宗磵と林羅山との交流」の二通目書翰に該当）

②の内容は、①と表現の上でも対応すると思われる箇所がある。右の無名子作の七言律詩は、第六章で触れることになる、羅山が宗礀に寄せた詩文の末に載る漢詩（本書一〇五頁）と、「言、尊、恩、翻、村」の文字と次韻になっており、このことも無名子が宗礀であることの一証拠となる。そして、内容から判断しても、作者は宗礀その人と考えざるを得ない。前引の清正追悼が公式的なものであるのに比べ、こちらの文章は鬱屈した気分が充満する述懐的な文調で、六月末の太守の死から九月までの間に、にわかに居辛くなった宗礀の立場を想像させる。以上のような理由で、加藤清正の追悼に関する二点の文章は宗礀執筆と推測され、以て彼の弔意の深きを知るのである。『大日本史料』が①③④を採用しているのに、②を採録しなかったのは、寓話的叙述でかつ無名子作のゆえであろう。

注

（1）深沢眞二『「和漢」の世界——和漢聯句の基礎的研究——』（二〇一〇・一、清文堂出版）の第Ⅱ部第二章「林道春と和漢聯句」に、「勢与は高野山興山寺第二世、弟子の応昌（のち同第三世、元和以降連歌作者として活躍する）とともに慶長十一年（一六〇六）に駿府で家康・秀忠に拝謁し、以来将軍家の帰依を受け近侍した。〔中略〕勢与は慶長十七年（一六一二）三月没であるから」（一三〇頁）とある。

（2）図録『入城四〇〇年記念　八代城主・加藤正方の遺産』（二〇一二・一〇、八代市立博物館未来の森ミュージアム）所収の翻刻による。素丹の事績については大石隆三「肥後の桜井素丹」（『熊本県立大学国文研究』五一号、二〇〇六・三）に詳しい。

（3）上野洋三「［翻刻］三宅亡羊の『履歴』」（『雅俗』九号、二〇〇二・一）。この『履歴』を含む三宅亡羊関係資料群については、同「三宅亡羊の遺書」（『文学』隔月刊三巻一号、二〇〇一・一）、同「《史料紹介》三宅亡羊の『遺品目録』」（『茶の湯研究　和比』一号、二〇〇二・四）参照。また、慶長十八年刊『徒然草』をめぐる、久保尾俊郎「三宅亡羊と『徒然草』の刊行」（『早稲田大学図書館紀要』五四号、二〇〇七・三）は、亡羊・烏丸光広の文化活動を論じた要論である。

（4） 入内島一崇『處子三宅亡羊』（二〇一四・九、文芸社）に、長者町の家について次のようにある。「この家こそ寄斎〔亡羊の号、稿者注〕の終の住処となったばかりでなく、江戸時代を通じて寄斎末裔が暮らした家屋であった。場所は現在の京都市上京区清和院町の中長者町通りに面した一画で、京都御所に隣接し、御所の森越しに如意が嶽の大文字が通望できる、当時としては洛中における超一等地であった」（一八七頁）。

（5） この「源氏目録」とは如何なるものであろうか。川崎佐知子「陽明文庫蔵近衛信尹他寄合書『源氏物語』の資料的価値」（伊井春樹編『日本古典文学研究の新展開』、二〇一一・三、笠間書院）は、標題の五十四冊と同じ箱に収められた「源氏目録」一通（巻物）を紹介する。同目録は五十四冊の巻名を掲げその下に筆写者名を記したもので、題と巻名は三藐院流書風の近衛信尹筆、筆写者名は三藐院流ではあるものの、信尹筆ではない別筆によるという。また同目録に著された筆写者名は、近衛信尹他寄合書『源氏物語』の実際の筆写者と一致することを確認する。さらに川崎氏は、この寄合書写本は慶長元年から同十三年までに書写され、その命を下したのは近衛信尹であり、その際書写にまつわる雑務全般を取り仕切った人物として、『時慶卿記』の記事の検討から西洞院時慶をあげる。彼は「書き写された本文を集め、美麗な一本として仕上げるまでの過程に」（二六八頁）関与していたという。その中で、『時慶卿記』慶長十四年十月十一日の「次ニ源氏目録ノ事申候処、同心候」の箇所については、「中院通勝に「目録ノコト」を申し入れている。「源氏目録」に相当するかは不明だが、時期から見て注意する必要があるように思う」（二六七頁）と述べる。

問題の「源氏目録」は近衛信尹筆の巻物（慶長二、三年以降の作成という）が陽明文庫に現蔵されるが、西洞院時慶が中院通勝に（おそらく執筆を）依頼し、通勝も了承したはずの「源氏目録」はどうなったのか。後述するように通勝は、息女の伊豆配流の傷心もあってか、これからわずか半年後の慶長十五年三月二十五日に没する。『時慶記』慶長十五年十一月十七日条に「中院（通村）へ遣状、源氏ノ目録紙取返候義也、他行ト」（五・一六二頁）とある記事は、通勝に依頼した目録は彼の心労などが原因で筆写されず、没後その料紙の返却を息通村に請うたものではなかろうか。通勝は既に『岷江入楚』も完成させ、この時期の源氏研究の第一人者であり、西洞院時慶としては、自分よりやや若いがごく親しい通勝に目録作成を依頼したとみても不自然ではない。しかし通勝逝去でそれはかなわず、結果、寄合書の主導者である近衛信尹が筆を染めた、と推測するのは想像が過ぎるであろうか。
（6）日下幸男『中院通勝の研究』（二〇一三・一〇、勉誠出版）二六三頁。
（7）この事件に関連して、藤原惺窩は中院通勝に同情する和歌二十一首を贈っているので、初めの幾首かを紹介しておく（読点は私意）。

也足軒に和答してをくりける哥二十一首
○今日しも神無月朔日、さる人のむすめともあまた、おほやけのかしこまりとて、するかにゐてくたり侍しをあはれと聞ものから、さらぬよその袂とも打しくるゝは、人の心の岩木ならぬなるへしたか親のこゝろのやみのかきくれしけふし時雨るそらにみせき（はイ）や
〔中院也足軒〕このたひの老懐をのへられし事ともを見て〔贈答〕九月半にやしらさりしたれもねさめの秋の雨の子をおもふ道にふるは涙を
駿府へくたりの事〔ナシ〕さたまりて
いのちなり此世のうちはあめつちのよそならぬものをとをきわかれも
同晦日のあすとての日
老か身を千代もと猶も祈りをかむしはしわかるゝ人の子のため
十月朔日都をいたしたてし日
大空をおほふはかりに人のおやのそてよりいそくはつ時雨かな
くらへみよこのおもひこそなにならぬ〔ね〕なかきわかれもあれはある世をたかこゝろおやなき國にむまれしを子はしりにけん子はしりにけり
よの常のうさにはあらぬ世のうさとさやおもふらんそれもよのつね（以下略）
（『惺窩先生倭謌集　巻第三』別離部、『藤原惺窩集　巻上』〔国民精神文化文献一七〕一九四一・三再版、国民精神文化研究所、一九五〜一九六頁）

なお、宗磵は藤原惺窩（一五六一～一六一九）とも知己であったと推測されるが、管見では両者の具体的な関係を示す資料は見出していない。

（8）曲直瀬玄朔については、矢数道明『近世漢方医学史　曲直瀬道三とその学統』（一九九二・一一、名著出版）、今井秀『近世の医療史　京洛・大坂ゆかりの名医』（二〇一五・二、宮帯出版社）など参照。『〈研究成果報告書〉ワークショップ　曲直瀬道三――古医書の漢文を読む』（二〇〇九・三、二松学舎大学21世紀COEプログラム「日本漢文学研究の世界的拠点の構築」事務局発行）の第五章は曲直瀬道三・玄朔の伝記に関する資料に詳しい。また同書「第二章『医学天正記』の原型を求めて」に所収の「『医学天正記』異本類人名索引」によれば、玄朔は宗磵の子の腹病を診察治療したことがあるらしい。『医学天正記』は、玄朔が診察した症例を記録し慶長十二年（一六〇七）にまとめたもので、その異本である『延寿配剤記』の巻二「泄瀉」十七に「▲宗磵ノ子息瀉利白黒青也、腹中痛ム、五令散ニ加フ二芍貴一入レ姜ヲ（以下略）」（『近世漢方治験選集2　曲直瀬玄朔』、一九八五・五、名著出版、一七三頁上）などとある。同書は氏名・年齢・症状・治療法・薬などを記しており、興味深く有用な資料である。名前は書かれないものの〈甚蔵とあれば面白いのだが〉、宗磵子息と明記しているのは、知り合いであったゆえであろう。なお右の報告書を基盤として、武田科学振興財団杏雨書屋編『曲直瀬道三と近世日本医療社会』（二〇一五・一〇、武田科学振興財団）が刊行された。『医学天正記』については、福田安典「武田科学振興財団杏雨書屋蔵『今大路家書目録』について――お伽の医師の蔵書――」（『芸能史研究』一二九号、一九九五・四）、同「〈研究余禄〉医案（江戸の診察カルテ）と出版」（『江戸文学』一六号、一九九六・一〇）なども参照。

（9）村山修一『安土桃山時代の公家と京都　西洞院時慶の日記にみる世相』（二〇〇九・二、塙書房）の「四　時慶の飲酒と医療的活動」参照。

（10）他に中野嘉太郎『加藤清正傳』（一九七九・九、青潮社）にも翻刻掲載（五八四～五八六頁）。

（11）宗磵と加藤清正との関係は具体的にはよくわからないが、『続撰清正記』七に「清正文道の端を学れたる証拠は、笹屋と云儒者に、江戸上り下りの船中にても、四書をよませて聞給ひけるが」とあり、続いて清正の飼い猿が主人をまねて『論語』に朱引をした逸話を載せる（『大日本史料』十二之七、四〇九頁。『明良洪範』巻三第一話、『近古史談』巻二「清正魯論を読む」にも）。また、この清正手沢の『論語』を雲州の藩士が持ち伝えており、それには猿が汚した汚点破損の痕跡が残る、という話も伝わる（九三〇「加藤清正、論語を研究す」『想古録2』〔東洋文庫634〕一九九八・五、平凡社、一八八頁）。

（12）拙稿「篠屋宗礀覚書――近世初期、京洛の一儒生の事績をめぐって（上）――」（『奈良大学紀要』三四号、二〇〇六・三）五三頁上。

第四章　宗碩と文英清韓

一　文英清韓の履歴

宗碩は五山僧のなかでも、方広寺鐘銘事件で知られる南禅寺の文英清韓とは、格別に深い交流があったようで、宗碩宛に四点の書翰が確認できる。文英清韓は生年未詳（永禄十一年〔一五六八〕生れか）、元和七年（一六二一）三月二十五日没。法諱、清韓。道号、文英。通称、韓長老。俗名、中尾重忠。伊勢国河芸郡出身の臨済僧。伊勢の無量寿寺、京都東福寺天得庵住持を経て、慶長五年（一六〇〇）東福寺二二七世となり、同九年に南禅寺に昇住（不住）。加藤清正の帰依をうけ肥後に下向し、豊臣秀吉の朝鮮出兵（一五九二）では清正に従い渡鮮した。帰洛後、慶長十九年（一六一四）豊臣秀頼に請われ方広寺の鐘銘を撰したが、銘文が徳川家康の意に叶わず、元和元年（一六一五）駿府に拘留された。その後赦されて帰京したようである。『本妙寺文書』の「清正公輓詞幷序」（『大日本史料』十二之八、三六八頁以下）は文英清韓の作で、その末尾近くに「某也、　軍朝鮮に従ひ、肥馬の塵を逐ふ、辱くも寵顧を蒙り、跡を肥に寓すること十有六年」（三七五頁）とあり、清韓は十六年前、すなわち文禄四年（一五九五）頃から肥後に赴いたものと思われる。肥後での動静がいま一つわかりにくいが、第三章で紹介した素丹との漢和聯句の記録があり（三八頁）、慶長四年（一五九九）には肥後に居たのだろう。

柳田征司氏の紹介にかかる慶応大学三田情報センター蔵『洛陽大仏鐘之銘抄』(1)は江戸初期の写本で、清韓が起草し思いがけず徳川家康から非難され、大坂の陣の原因ともなった方広寺の大仏鐘銘に、仮名抄をつけたもので、その奥書のあとに次のような識語がある由である。

文英韓東堂道号文英諱清韓其／先始勢州穴津阿旀陁寺住持在肥後／州隈本者住「子福」（墨消）于禅林寺在洛陽／者北野楞厳寺在本寺東福寺（「者」を訂す）大慈／庵正派其和即号清富軒（五一四頁）

これによれば、清韓は伊勢では阿弥陀寺、肥後では禅林寺、京では北野の楞厳寺に住したという。京都で楞厳寺に居たことは、つぎの資料で裏付けられる。『鹿苑日録』慶長十八年（一六一三）六月十二日の条に、「添菜。斎後棱厳寺文英和尚到八條殿下伸御礼。予同道而為先客（容カ、〔先容は先導すること〕）也」（五・八三頁上）とあり、同七月二十一日には「楞厳寺文英韓東堂来駕」（五・八六頁上）とみえる。慶長十九年では正月十日（五・九二頁下）、六月二十七日（五・九九頁上）、七月十日（五・九九頁下）にも見え、彼が楞厳寺に居たことがわかる。

以上のような予備知識をふまえ、ここでは清韓に関係する二、三の資料を検討する。【待賈22・新収古書】のNo.181「南禅寺清韓長老自筆書状」（三七頁）は年次未詳で図版もないが、解説によれば「大琳公風流之侍児御恋着之由、都鄙無其隠候、例之老狂不被知慙愧者乎、呵々」（三七頁）とある由〔全三二行の長文が所在不明なのは惜しまれる〕。風流之侍児（美童）に恋着する老狂の大琳公が誰なのかは探し得ていないが〔名に「琳」字をもつ僧か、或は二人だけに通じる仮名か〕、この文面からは、清韓は宗礀に心をゆるし、おそらくかなり高位の人物の、醜聞的内容を語って差し支えない、近しい間柄と想像される。資料名に「南禅寺」とあるが、これが現物に書かれていたのならば〔弘文荘の命名でないならば〕、彼が南禅寺に昇住したのは慶長九年（一六〇四）であるから、その頃都鄙の話題に上った件なのであろう。

二　清韓、宗碙作の詩編を称賛

宗碙と清韓の間での詩文の遣り取りを示す資料が、【待賈43・名家真蹟】№111「文英清韓禅師自筆詩文稿」（八六・八七頁）である。目録の解説を引く。「大懐紙、中字、正楷謹書。南禅寺の詩僧清韓が、友人畊庵の詩に和して作り、送った七言詩。文中「慶亥之歳」とあるから、慶長四年であろう。清韓はあの大阪の陣の直接の原因となった方広寺の鐘の銘文の作者として名高い」（八六頁上）とされるが、傍線部については、「前南禅文英叟清韓」と署名があり、清韓が南禅寺に任じたのは慶長九年（一六〇四）であるから、それ以降のはずである。年紀の白猪は亥で、慶長十六年（一六一一）は辛亥、その正月吉日とすべきだろう。以下、目録掲載の図版を翻字訓読し略注を付す。

長安〔平安京、あるいは右京の意か〕畊庵翁、慶亥之歳〔慶長十六年〕、試穎〔穎は穂先〕之什〔詩編〕書有り、以て予に示さる、予圭復〔繰り返し読む〕措く莫し、管見蠡測〔狭い見識で大事を測る〕之嘲りを顧みずこれを吟玩す、則ち荊棘〔障害になるもの〕を芟除〔取り除く〕して、腥羶《せいせん》〔なまぐさいもの〕を蕩滌《たうてき》〔洗い漱ぐ〕す、変化窮りなく、世を驚かし目を駭かす、格律最高にして、微に造り妙に入る、句老にして字俗ならず、理深くして意雑ならず、寔に花林の擷芳《けつはう》〔香草を摘みとる〕、芳洲〔芳しい花草が茂る中洲〕の拾翠〔春の摘み草〕と謂ふべし、盛唐の第一義

を会得し、晩唐の第二義に落ちざる者乎、吁尚ぶべし、調高和寡の評を論ぜず、漫りに高韻を汚し、一咲を供て云ふ、

一覧唾擲、

試兎佳篇字々新　　試兎〔試みの筆〕の佳篇　字々新たなり
文瀾偏洗眼中塵　　文瀾〔波のうねり〕偏へに眼中の塵を洗ふ
天花亂墜蘓仙句　　天花〔天上の妙花〕乱れ墜つ　蘇仙〔蘇軾〕の句
指作吾公筆下春　　吾公　筆下に春を指作す〔＊図版「吾」の前、一字闕字〕
　白猪孟春吉辰　前南禅文英叟清韓拝和

畊庵から「試穎之什書」を贈られた清韓が、それを味読鑑賞し、詩に和して七言詩を返したものである。畊庵の詩は欠点もなく、またけれんみもなく、格調高く、俗っぽさもないとし、盛唐詩の最高峰の水準にあると絶賛している。清韓が宗硼の漢詩を評価した「芟除荊棘」「蕩滌腥羶」「芳洲拾翠」などの評語は、『詩人玉屑』巻四・風騒句法・詩有四錬にみえる。畊庵の詩の内容はわからないが、清韓の詩の転句・結句あたりから推測するに、新春の情景を見事に詠みあげたものと思われる。後掲の書翰にみるような、心情を吐露するがごとき述懐的な印象はない。加藤清正没は慶長十六年六月で、この一月頃は宗硼も清韓もまだ身辺が安穏だったことを思わせる作調といえよう(2)。

三　文英清韓の宗硼宛書翰

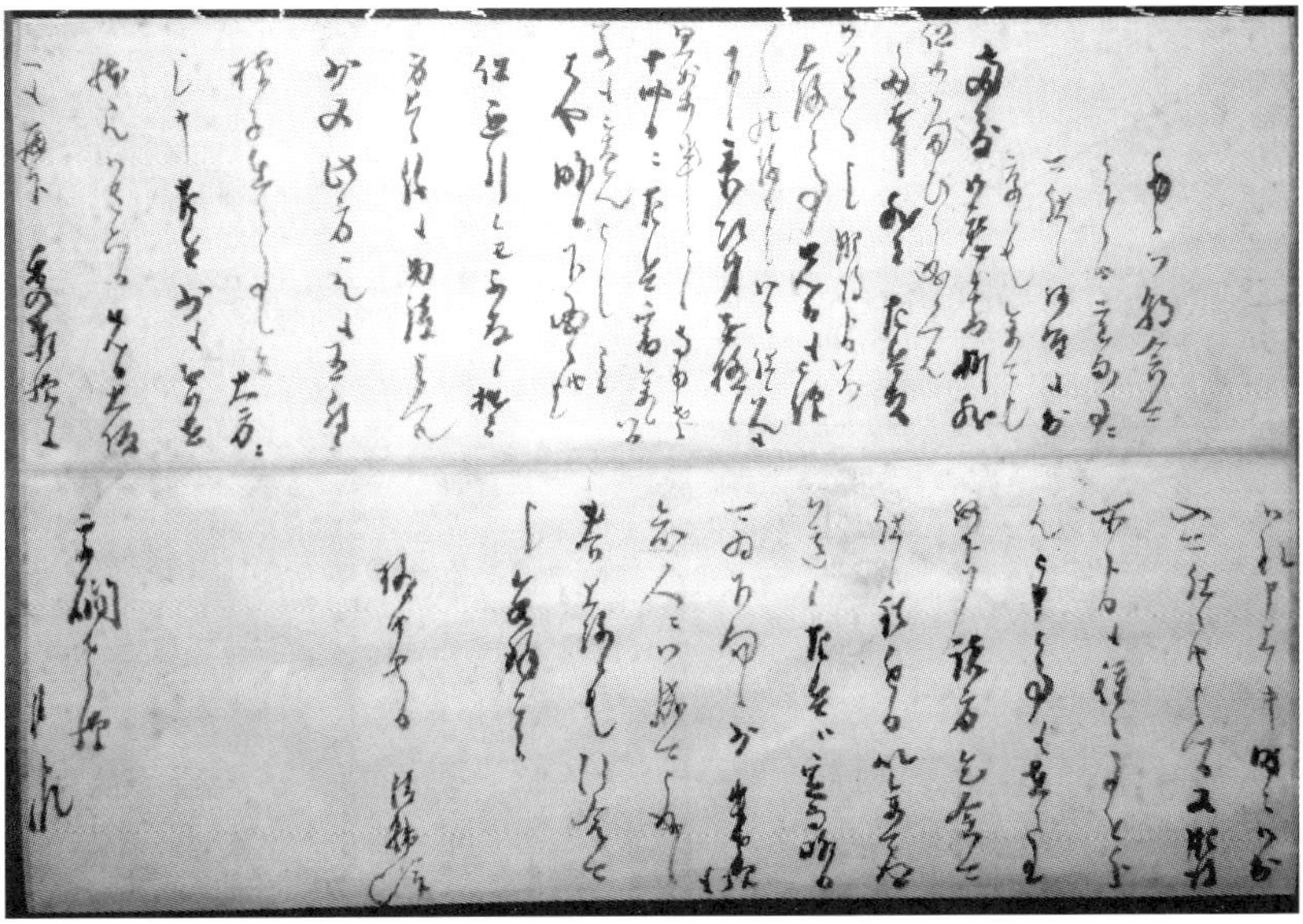

宗礀宛文英清韓書翰（架蔵）

某年十二月十七日付清韓から宗礀宛書翰一通（【東京古典会2003】No.1105「文英清韓書状」、二九七頁）[3]を架蔵するが、年次が特定できず、また込み入った内容で十分な理解に及ばない。付属の釈文を参考にしつつ、試みに解釈を示す。

両度御懇書欣然／多幸、然者左兵殿／上洛之事、先日
も被仰／下候、忝次第無極候、／十四日ニ左兵宿参候
つる、／はや昨日下国之由申候、／但延引候も不存候、
拙者／身上之儀も、内談申候へ共、／少又此方にても
有付候／様子在之事候間、大方ニ／申候キ、左兵少も
無如在／躰ニて、御さ候つる、先日大坂／へも罷下
秀頼様にも」御礼申上候キ、時々御出／入可仕候由、
申候つる、また肥後／所よりも、種々事を分／候て、
被申候事も在之候て、／何トソ諸方乞食可／仕候、猶
近日以参可得／御意候、左兵ハ定而昨日／可為下向候、
少貴様も／知人ニ御成可被成候、／春上洛候者、引合
可／申候、
　英翁已上、／

極十七日　清韓拝／　　宗礀老様／御報」
〔以下追而書〕尚々御朝食可／被下候由、重而ノ事ニ／可仕候、何時も出／京候者、参可申候、／但御かまひ被成候へ者、／めいわく申候、肥後よりいろ／〱の儀、被申候いかゝ仕候ハんと／愚案半に候、寺中老／若も異見被申候、已上

再度のお手紙に感謝します。左兵殿が上洛することは、先日もお知らせ下さり、忝いことです。私（清韓）は、十四日に左兵の宿所に参りましたが、もう昨日〔十六日をさすか〕には国へ帰るということでした。ただし、延びるかもしれません。私の身の振り方についても相談しましたが、こちら（京でのことか）でも、少し禄にありつく見込みがありますので、曖昧に申しておきました。左兵も誠意のある様子でした。先日私は大坂へ下り秀頼様にもお礼を申し上げました。時々出入りしますと申し上げました。肥後からもさまざまに条理を尽くして言われることもございまして、あちこちにお願いしている状態です。近日中にそちら（宗礀の許）へ参り、お目にかかりたく存じます。左兵はきっと昨日下向したでしょう。あなた様も彼と知人になられるとよいでしょう。春に（左兵が）上洛しましたらお引き会わせします。英翁以上。

十二月十七日　清韓拝　　宗礀老様　御返書

（追記）なお朝食にお招き下さるとのことですが、またの時にしましょう。いつでも京へ出ましたら参りますが、お構いなされては困ります。肥後からいろいろと言われることは、どうしたらよいか悩んでいます。寺の皆もあれこれ言っています。以上。

清韓から宗碩に宛てたもので、中に左兵殿なる人物が話題に上る。左兵殿の上洛を知らせてくれたことへのお礼で始まり、左兵は昨日下国したであろうと言い、また春に上洛した時には引合せたい、などとあることから判断すると、清韓と宗碩は京に居たと思われる。宗碩が左兵上洛の情報を知り、清韓に伝えたと考えてよいであろう。後述のように左兵が長谷川左兵衛だとすると、下向した先は長崎奉行としての勤務地か。追而書の末尾に、「寺中老若も異見」とあることから、清韓は京の寺に居たと思われる。清韓が肥後をめぐる出処進退に悩んでいると推測できる記事があり、秀吉以来の縁であろうか秀頼にも挨拶に伺っている。ほぼこのような内容に理解してよいか。この書翰の内容からは、宗碩・清韓ともに在京で、年次は加藤清正が没した（慶長十六年〔一六一一〕六月二十四日）、その年の十二月とみてよいであろう。

四　清韓、伊勢の実家への書翰

さてこの左兵殿が誰であるかという問題に入る前に、『大日本史料』十二之三十七、元和七年（一六二一）三月二十五日の清韓没記事の中に、気にかかる資料が二つ掲載されるので、それらに触れておく。宗碩とはいささか離れ、また以下の考察が当を得たものか不安は残るが、少しく紙幅を費やす。清韓没記事の一つ目の『中尾文書』は、清韓が伊勢の家を嗣いでいる兄の中尾伊介（遠勝）に宛てて、ご機嫌伺いをしつつ近況報告をしたもので、その一部を引く。

幸便一書申入候、何事無之候哉、朝暮御床敷存計候、右馬介（中尾勝重〔清韓父〕）殿壹段御仕合之由、大慶此事

候、拙者も去年肥後罷退候、然共又々肥後ゟ理申候而、肥後へくたり候はすに、京にて合力をうけ候、与風《ふと》令参
宮、其地可罷越候、北野に寺をたて候而、自然御上洛之刻、可預御尋候、勝右様・新兵様以別紙可申入候へ共、
御心得所希候、肥後にて与十（中尾重行）・角左（同重貞）何事無之候、猶期後音候、恐惶謹言（追而書省略）／東
福寺ゟ／三月五日　清韓拝／中尾伊介（遠勝）様　人々御中（二五七頁）　（括弧内小字は『大日本史料』の注記）

傍線部に、去年肥後から退いたとあり、清韓にとって重要な庇護者である加藤清正没（慶長十六年六月二十四日）に関係すると想定される。三月五日の日付は、その翌年慶長十七年であろう。肥後へは下らず京で援助を受けている、ふと思い立って宮（北野天満宮か）に参ることがあり、その地へ移り、北野の辺に寺をかまえたので、もし上洛の時にはお尋ね下さい、といった内容である。東福寺より、とあるのは、この時点での居場所をいうのであろうか。与十・角左は清韓の弟で、いずれも肥後で仕官し、書翰のあとの注記（『大日本史料』二五八頁）によれば、与十は三宅次郎右衛門と改名し松平下総守の家臣となり、角左は加藤清正に仕える勇士で三宅角左衛門とも名のる。後者は『肥後加藤侯分限帳』（一九八七・三、青潮社）によれば三六七〇石取りの家臣であった（三一頁）。このように『中尾文書』からは、清韓が肥後を退いたあとは、京の北野辺の寺にいたことがわかる。この寺が先に触れた楞厳寺であろう。

五　清韓から長谷川左兵衛宛書翰

『大日本史料』が載せるもう一つの資料は『東京大学所蔵文書』とあるもので、こちらは先述の清韓発宗硼宛書翰と関連するかもしれず、全文を引く。

御書忝令拝閲候、如毎年御下国被成之由、大慶に奉存候、於上方御前弥可然之由無其隠候、於爰元承候て、愚僧一入ト珍重に奉存候、雨晴候者、必以参上、萬々可申上候、当年も、書物共唐ゟ可参候哉、拝見仕度念願計候、去年者、書籍三百部御求被成候由承及候、誠に天下之重宝不過之候、遂愚覧度奉存候、但阿弥御同道被成候由候、是又大慶に存候、罷越可申上候条、不能細筆候、誠恐誠惶謹言、／

五月廿七日　禅林寺／清韓拝／長谷川左兵衛（藤広）様　尊報

〔追而書〕

尚々、如御書中、肥後守（加藤清正）相果候而、当国堪忍も難罷成躰、御察可被成候、已上、次に書籍之書立、二千六百部余仕置候間、進上仕候、（二五八頁）

本状は長谷川左兵衛からの手紙に対する清韓の返事である。左兵衛の書翰には今年も下国したのでお目にかかりたく、お越し願いたい、と記されていたと判断できる。上方（京周辺を指すだろう）においてもあなた（左兵衛）の評判は隠れなく、私（清韓）もこちらでそれを聞き大変嬉しく思っています。雨が上がったら必ず参上します。傍線部は、今年も明からの舶載書が届きますか、ぜひ拝見したいものです。去年は三百部も買いなされたとか、世の宝で私も見たいものです、という内容。これは相手の左兵衛（長谷川藤広）が長崎奉行であり（後述）、貿易に関与していることから納得できる記述である。さて左兵衛はどこへ下国したのだろうか。二重傍線部に雨が晴れたら必ず参上とあるから、清韓の居た禅林寺からほど近くと思われ、前述の資料によれば禅林寺は肥後にあり、長谷川左兵衛の御下国は同国へとなる。何の用かは分らないが、長崎と肥後は地理的には比較的近く、あり得る話である。但阿弥なる人物を同道されたことを、清韓は喜んでいるが、この人物とも知り合いなのか。

〔追而書〕波線部は、左兵衛が清韓に、清正殿が亡くなってさぞ大変でしょうな、と書き送ってきたのに対して、この国ではもう忍耐もできない状態で、私の苦境をお察し下さい、と清韓が答えたものであり、この辺に彼の本音が見える、と読むべきであろう。なお点線部からは、清韓は左兵衛に書籍の目録作りを依頼されていたのか、とも読み取れる。『大日本史料』は五月二十七日を慶長十七年（一六一二年）としており、従うべきだろう。[4]

ともあれ、この左兵衛宛清韓書翰は、長谷川左兵衛と文英清韓とが知り合いであることを物語っている。いささか根拠に乏しいかもしれないが、となれば先述の、宗禰宛清韓書翰の中の左兵を、長谷川左兵衛藤広と考えても不自然ではない。『国史大辞典』（十一巻・五五六頁C）から摘記すれば、長谷川藤広は江戸時代前期の長崎奉行、通称左兵衛。永禄十年（一五六七）生れ。慶長八年（一六〇三）徳川家康に仕え、同十一年長崎奉行に任ぜられ同十九年まで勤める。のち大坂の陣にも出陣、慶長十九年（一六一四）堺奉行も兼ねた。元和三年（一六一七）十月二十六日、五十一歳で没。[5]『寛政重修諸家譜』巻七九五（第十三）によれば、長谷川藤広の父藤直は、「はじめ伊勢の国司北畠中納言具教につかふ」、祖父義俊は「義俊にいたるまで累代伊勢の国司につかふ」（一二四頁）とあり、彼は伊勢国の出のようで、清韓も伊勢の出身であり、あるいは国を同じくして以前からの知人であったかもしれない。

以上、扱った清韓の三通の書翰から推測すると、加藤清正没年の後半に清韓は京に上り、しばらくは今後の身の置き所を探り、翌年五月には一旦肥後に戻り、その後は京に居を定めたと思われる。

六　文英清韓のその後

宗彌と直接には関わらないが、清韓のその後について略述しておく。慶長十七年には肥後から京都へ帰っていた清韓は、翌慶長十八年（一六一三）の八月、華やかな舞台に恵まれる。『言緒卿記』によれば、八月十日禁中で『東坡集』の講談を行い、後水尾天皇・智仁親王など皇族や、近衛信尹・同信尋・中院通村・土御門泰重ら十余名の公卿が聴聞した。そのほか鹿苑院の昕叔顕晫も広縁に座したとある（上・二〇五頁）。同十二日も禁裏で蘇東坡講談、同十八日・二十一日・二十四日・二十七日・九月二日・六日は八条殿（智仁親王）で蘇東坡講談が行われた。この清韓の蘇東坡講義は、聴講者の筆録ノートが残り[6]、堀川貴司氏によれば、筆写者は「判定は難しいが、中院通村の日記（京都大学附属図書館のURL、省略）の筆跡と通うものがあるように思われる」（『五山文学研究 資料と論考』二四〇頁）という。

ところが慶長十九年（一六一四）に入ると、清韓にとって雲行きが怪しくなり、彼が起筆した方広寺大仏鐘銘の銘文に、徳川家康が異議を申し立てる問題が生ずる[7]。詳細は省くが七月から八月にかけてことは急展開し、八月十五日に東福寺の清韓の住いが潰され、追放の身となる。その後、伊勢の無量寿寺に逃れ、大坂城に籠り、慶長二十年五月七日の大坂落城後は京都に潜伏し、同十月十四日幕府役人に捕われた。翌元和二年（一六一六）三月二十日、駿府に送られ拘禁生活に入る。この間の経緯や五山僧の発言や行動などは、加藤正俊「清韓をめぐる五山の学侶」（『季刊禅文化』四〇号、一九六六・三）に詳しい。

清韓が赦免されたのは元和六年（一六二〇）の年頭頃であろうか、『鹿苑日録』同年正月二十六日条に「斎了赴恵日（東福寺）。到文英韓東堂伸礼。呈木綿踏皮弐足」（五・二三二頁上）と見え、清韓は東福寺に帰っているのである。その後の活動は精力的で、八月二十四日・二十七日、九月朔日・四日・八日・十五日・十九日・二十四日・二十七日とにかけて「龍華院文英和尚」が「四教儀」（天台の開祖智顗の『大部四教義』）の連続講義をしている（『大日本史料』十二之三十七、二七五頁）。これらは曹源・龍華院などでおこなわれたが、九月十三日に清韓は禁裏へ召され、後水尾天皇の御前で蘇東坡の詩十四巻を講じた。『泰重卿記』によれば近衛左大臣・智仁親王はじめ多くの貴顕が陪聴し（二・四五頁）、『鹿苑日録』には「講後有御振舞。其後文英前日献上句。今日有御製尊対」（五・二四三頁下）とある。清韓にとっては、駿府での五年にも及ぶ拘禁生活(8)の屈辱を晴らすかのような、栄誉に浴するのである。清韓が没したのは、それからほぼ半年後、元和七年（一六二一）三月二十五日のことである。

注

（1）『室町時代語資料としての抄物の研究〈上冊〉』（一九九八・一〇、武蔵野書院）の第二章第一〇節「『作物記抄』について——室町時代末期成立の一抄物——」。『中華若木詩抄　湯山聯句鈔』〈新日本古典文学大系〉（一九九五・七、岩波書店）に『洛陽大仏鐘之銘』（建仁寺両足院蔵寛永三年版本）の翻刻が載る。

（2）再校の段階で、宗磵が加藤清正に従い、肥後へ下向した年次を特定できる資料を寓目した。『潮音堂書蹟典籍目録』二一号（二〇一六・一〇）掲載のNo.113「清韓文英詩懐紙　一幅」で、解説に「贈洛陽畊庵宗澗詩　慶長十五年成　印有　30.5×37糎　軸装　箱入」（五二頁上）とある。「洛陽宗澗老人従吾大夫清正公西下／弗勝覓藻綴徐凝體奉呈旅欄下」で始まり、清韓の七言絶句を載せ、「庚戌九月廾八　伊山清韓拝（印「清韓」）」で結ぶ。清韓が宗磵の西下を喜び旅先〈肥後への途次〉に漢詩を贈っている。全七行八十三字の短いものだが、慶長十五年（一六一〇）九月二十八日と年次が明記される点で、貴重な一幅である。頁の変動が生ずるため、本書では簡略にふれるにとどめ（カバー参照）、内容については別稿を用意したい。

（3）本状は【白木屋フェーアー1962】掲載の「713清韓長老自筆書状　畊庵宛、長文／十二月十七日」（七五頁上）に同じか。

（4）伊井春樹『源氏物語　注釈書・享受史事典』からの孫引きだが、『中院通村日記』元和元年二月十二日条に「源氏〈右ニ小字「予読也」〉其外十余人各別書見之、予同道長谷川左兵衛始対面、源氏物語見之為校合可預置于予之由命也」（六三四頁下）とある由で、長谷川左兵衛は『源氏物語』にも関心を持つ人物だったようである。但し日下幸男「中院通村年譜稿——中年期（上）——」（『国文学論叢』四八輯、二〇〇三・三）によれば、この件は同年四月十二日という（二四頁下）。

（5）長崎奉行としての事績については、三宅英利「長崎奉行長谷川左兵衛論考――近世外交政策の一考察――」（『史淵』六九号、一九五六・六）参照。

（6）堀川貴司『五山文学研究　資料と論考』（二〇一一・六、笠間書院）第一三章〔東坡詩聞書〕に解説と翻刻が載り（佐藤道生氏蔵）、講義の具体については同『続五山文学研究　資料と論考』（二〇一五・五、笠間書院）の第六章「禅僧による禁中漢籍講義――近世初期『東坡詩』の例――」の三「慶長一八年文英清韓講義」に詳しい。なお本書は『筑波書店古書目録』四五号（年次未詳、一九九二・七以降、一九九三・二以前）に、「№11、東坡集　カナ抄、小本一冊」として掲載される（三頁下）書かと推察される。また、この項に直接の関係はないが、秋山高志『水戸の書物』（一九九四・八、常陸書房）所収「駿河御譲本について――水戸徳川家の場合――」に、水戸徳川家の「御書物請取之帳」（元和二辰、十月十九日の日付あり）が紹介される。「韓長老書物／一、段子三ッ之内」として五十点近くが載り、中に「東坡　二七」とある（一一頁）。拘禁された清韓の許から押収されたものか。

（7）方広寺鐘銘事件に関して近年、笠谷幸比古氏は、例えば『豊臣大坂城　秀吉の築城・秀頼の平和・家康の攻略』〔新潮選書〕（二〇一五・四、新潮社）などいくつかの著書で、「「国家安康」の四文字をめぐる問題は、徳川方のこじつけではなくて、撰文者清韓の意識的な撰文を前提にして」（二〇〇頁）おり、家康の諱を無断で用いることは書礼の観点において非礼であり、事前に徳川方の了承を得る必要があった、という趣旨を述べている。

（8）揖斐高『江戸幕府と儒学者　林羅山・鵞峰・鳳岡三代の闘い』〔中公新書〕（二〇一四・六、中央公論新社）は「従来、羅山こそ方広寺鐘銘事件のきっかけを作った人物だとする説を目にすることが多いが、事実関係からしてそれは否定されなければならない」（一一頁）として、事実経過を検証し「羅山が務めたのは、家康御前での議論の要点を取りまとめる書記役であったと考えるのが妥当な判断ではあるまいか」（一九頁）、「権力者への「追従」を専らにした「曲学阿世」の儒者という従来の羅山像は修正されなければならない」（二〇頁）と提言する。また鈴木健一『林羅山　書を読みて未だ倦まず』〔ミネルヴァ日本評伝選〕（二〇一二・一一、ミネルヴァ書房）も、「羅山の評判が概してよくないのは、儒者でありながら家康の意向に沿って僧侶のように剃髪したり（中略）、方広寺鐘銘事件における曲学阿世とも言うべきこのような態度に拠るところが大きいだろう。ただ誤解のないように述べておくと、当初から彼が家康に対して発案して、大坂方へ言わせたわけではない。そこまで彼が政治の中枢にいたわけではなく、あくまで事後承認しただけなのである」（五二頁）と述べ、こちらも羅山擁護の論調である。

ところで、元和四年（一六一八）秋、未だ駿府に拘留中の文英清韓は、羅山と漢詩の贈答をしている。宇野茂彦氏の指摘（『林羅山・（附）林鵞峰』、一九九二・五、明徳出版社、八八頁）を参考に、その経緯を要約すれば、羅山は元和四年秋「八月十五夜武蔵野に月を見る」と題する七言律詩を詠んだ（『羅山林先生詩集』巻二十三、二五一頁下。『大日本史料』十二之二十四、元和二年三月二十日、清韓拘禁記事、一四七頁）。この詩が偶々拘留されていた清韓の目に留まり、清韓はこれに和した律詩二首を羅山に贈る（『大日本史料』十二之三十七、元和七年三月二十五日、清韓没記事、二六一頁）。羅山は驚き喜び、人を介して律詩一首を返す（『羅山林先生詩集』巻四十六、八五頁上）。これを喜び清韓は再度二首を贈った（『大日本史料』十二之三十七、二六一頁）。それに対して羅山が二首を返した（『羅山林先生詩集』巻四十六、八五頁下）。以上合計すると、両者で四首ずつが遣り取りされた。「披・奇・時・悲・誰」を次韻とする漢詩の内容については他日検討したいが、方広寺鐘銘事件に関して羅山には、家康の意向に従って事務的にこの件に対処した、という程度の意識しかなかったのであろうし、一方、清韓の側にしても、羅山に対し恨み骨髄に徹する、などという感情は持たなかったのだろう。でなければ、両者のこうした遣り取りは理解できない。元和四年秋に、羅山・清韓の間で漢詩の贈答が行われたという事実は、方広寺鐘銘事件をめぐり、羅山を少しく擁護する上記揖斐・鈴木両氏の見解を首肯する、傍証の一つになりはしないだろうか。

第五章　中院通勝の源氏講釈と浅井左馬助・烏丸光広

一　中院通勝の『源氏物語』講釈と『源語秘訣』

つぎに宗磵と、この時代の第一級の古典学者としての中院通勝との交流についてみる。宗磵と通勝が同席した記録として明徴があるのは、第三章で触れたように、『時慶記』慶長十四年（一六〇九）十月十一日の記事である。通勝女は宮中姦淫事件に連座し、十月一日に伊豆配流になる。傷心の通勝を西洞院時慶が見舞った時、宗磵もその場に同席していたのである（『時慶記』四・二七五頁）。第八章で触れる、堀河具世筆『八代集』を、その筆跡の確認のために、宗磵が中院通勝の許に持ち込んだのは、おそらくそれ以前のことと推測される。さてここに紹介するのは、年次未詳（慶長十五年（一六一〇）三月二十五日の通勝没以前）の中院通勝から畊庵宛書翰二通で、『源氏物語』講釈、および浅左なる人物に関するもので、宗磵だけでなく『源氏物語』享受史上、重要な資料と思われる。【待賈36】No.292「中院通勝自筆書状」（一六二頁）の図版を釈文によりつつ示す(1)。

浅左馬咳嗽鼻衄餘氣／如何候哉、昨日絶音問無／心元存候、鶏鳴数刻之後／退　朝、餘醒残夢躰候、／源氏事可

為何様候哉、／御左右承度候而一筆申候、／今日ならハ停午ヨリ可相始候、／明日にて候者、斎了ヨリ可然候、／尚浅左所労様子次第候間、／委細可示給申候、／六月十日　　素然／畊庵　　也足

浅左馬の病状を問いつつ、源氏講釈の日程を問い合せる書翰である。浅左馬の咳鼻水の状態はどうでしょうか。その後連絡がなく心配です。夜明け数刻ののち朝廷から退出し、目ざめたものの夢心地です。源氏（講釈）の件はどうしましょうか、都合を伺いたく一筆したためました。今日ならば正午から、明日ならば昼食後がいいです。なお浅左馬は疲れているようですから、細かいことは伝えてあげて下さい。と、こんな内容と思われる。[2] 後述の想定がはずれていないならば、金沢から上洛していた浅左馬が通勝の源氏講釈を聴聞しており、滞在先で風邪をひき、畊庵がその世話をしたというのであろう。

短い書翰ながら問題は多く、まずは【待賈36】の解説を引く。

桃山時代の一流の学者である中院通勝が、昵懇の畊庵に送つて、源氏物語講釈の日取りについて打ち合せた消息。通勝には源氏物語岷江入楚五十五巻の大著があり、当時はもちろん、古今を通じての源氏学者の一人である。文中の浅左馬は紀州和歌山藩主浅野幸長、この人は当時の武将中での学問好きで、藤原惺窩につき儒学も学んで居る。この時風邪でも引いて休んだと見える。通勝について、畊庵らとともに源氏の講義をきいたのであろう。畊庵は篠屋と号し已陳斎とも称、一時加藤清正に従つて肥後熊本へ下つた事もある。通勝・通村その他宮中歌人と親しく、又五山の学僧たちとも昵懇、林道春などゝも往来した。桃山文化圏の中の一人。

中院通勝（一五五八―一六一〇）は従二位権大納言、天正十四年に薙髪して素然と称し、又也足軒と号した。細

　　川幽斎から古今伝授を受けた。著述多し。この消息には素然・也足と署名して居るから、天正十四年以後、多分十五六年頃のものか。（一六二頁）

解説の傍線部は浅左を浅野幸長（一五七六～一六一三）とするが、幸長に「左馬」に該当する経歴はなく、彼に同定する根拠は未詳である。また「〔天正〕十五六年頃のものか」という波線部の指摘があるが、これも従えない。中院通勝は天正八年（一五八〇）六月十八日、突如勅勘を受け（『公卿補任』三・四八四頁上）[3]、ために逐電し長く丹後に逃れていた。天正十五年（一五八七）八月十三日に落髪し素然と自称し、以後も丹後在で、勅免がでたのは慶長四年（一五九九）十二月七日である。勅勘を受けてから、じつに十九年の歳月が流れており、通勝は四十四歳で晴れて京都に帰ることができた。後掲の井上宗雄氏論文にあるように、時々は丹後から出て在京したとはいえ、公的には勅勘の者が、京都あたりで源氏講釈をしたとは思われないのである。

　この書翰が何年の六月のものかを探る手がかりは、書中の「浅左馬」、「源氏事」ぐらいしかない。中院通勝については、井上宗雄「也足軒・中院通勝の生涯」（『国語国文』四〇巻一二号、一九七一・一二）が詳細を尽くし、もっとも参照すべき文献である。また近時刊行された、日下幸男『中院通勝の研究』（二〇一三・一〇、勉誠出版）は二七〇頁にも及ぶ「中院通勝年譜稿」が備わり、通勝関係のみならず広く周縁の事項も収載し、この時期の学芸・文化・歴史状況を知る上で必見の労作である。さて井上氏論文の「五　勅免以後――京都文壇の指導者――」の慶長十三年（一六〇八）の項に、注意すべき記述がある。

　　五月には伊勢物語（光悦本）刊行に当って奥書を加えた。また水無瀬で源氏物語の講釈も行ったようだ（家集）。

この終功は八月の事ではあるまいか。九大細川文庫「源語秘訣」（一条兼良が難語十五条を解釈したもの）に、「源孝子（ママ）浅井左馬助所望之間、終源氏物語一部講席之功後感其懇志、附而此別勘、是為補愚之短才也矣」というこの年八月十一日の也足奥書があるのである（語文研究、第八号）。（二四頁下）

水無瀬での講釈とは、水無瀬氏成（慶長十三年に非参議で従三位、三十八歳。氏成の父兼成は三条西公条二男で、慶長七年九月十八日、八十九歳で没）邸でのそれをいうのだろう。(4)『通勝集』一三四〇番に、次のように見える。

同（慶長）十三年水無瀬にて源氏終功の時

打ちわたすその名ばかりはいかならん我が身にたどる夢のうきはし（『新編国歌大観』八・八〇四頁下）

右に引用した井上氏論文の傍線部から判断すると、氏は水無瀬での源氏講釈の終功を慶長十三年八月と推定されるようだが、それは九大細川文庫『源語秘訣』に見える八月十一日也足奥書と結び付けての理解のゆえであろう。しかし、同書奥書に「源氏物語一部講席」が水無瀬殿でなされたとは記されていない。『源語秘訣』奥書と水無瀬での講釈とが、直接に関連すると捉えるのは少しく慎重であるべきであろう。というのは、慶長十三年（一六〇八）に中院通勝が水無瀬殿で源氏講釈を行なったことを推測させる資料がある。実践女子大学常盤松文庫蔵『九条家本源氏物語聞書』（写本五冊）の中につぎのような注記がある。(5)

・第三冊（初音）に「慶長十三戊申二月廿三於水無瀬殿　中院殿也足軒御／講釈此巻より讀ハしめ給ふ心ハ此巻ハ祝言

也（下略）」（13オ）

・第五冊（夢浮橋）に「慶長十三年四十九日ニ御講釈終　先年称名院殿〔三条西公条〕の御／講釈も今日終と御物語也
今日石山の御縁日ニよりて也」（88オ）

「打ちわたす」の和歌は、その下句「我が身にたどる夢のうきはし」から考えれば、夢浮橋講釈が終わった四月十九日の詠歌とみるのが自然であろう。前掲の艸庵宛書翰は日付が六月十一日であり、またその文面から、講釈の場所は中院通勝邸と思われる。水無瀬氏は親戚（通勝の母と、水無瀬氏成の父兼成は、共に三条西公条の子で、通勝は水無瀬氏成とは従兄弟になる）とはいえ、水無瀬邸での講釈であれば日時は予め制約される。後掲（七九頁）の浅井左馬助への書翰に見られるように、通勝の一存で日時の設定はできないであろう。とすれば、水無瀬邸での講釈は四月に夢浮橋巻で一まず終功し、『九条家本源氏物語聞書』に書き留められたが、それとは別に、通勝は源氏一部講釈を六月に行なったとみておきたい。その際、浅井左馬助が熱心に聴講し、宗磵も同道したのであろう。

さて『源語秘訣』は、一条兼良が「『花鳥余情』の中で秘説として注を保留した十五項目について改めて詳注を加え、子息の冬良に伝えた秘伝書で、書名は『源氏物語』の中の秘説を別に分けた書という意味である」（四七三頁）[6]。奥書により文明九年（一四七七）二月の成立とされる。十五箇条とするのが基本のようだが、項目・内容ともにかなりの揺れがあり、諸本は多い。伊井春樹氏は年号を持つ主な伝本十一種の識語を紹介している[7]。それらのうち浅井左馬助の名が載る伝本の奥書の関係部分を示す。

（文明九年二月の兼良奥書）

（文明十八年四月の逍遥院（三条西実隆）奥書）

此秘抄往年以件奥書之本書写校合之、而今源孝子浅井／左馬助所望之間、終源氏物語一部講席之功後、感其懇志付而此別勘、是為補愚之短才也矣

慶長戊申仲秋十一月／也足叟在判　（注（6）の『源氏物語古註釈叢刊　第二巻』所収『源語秘訣』四五四頁上）

【＊注（7）の伊井『源氏物語　注釈書・享受史事典』一〇一頁上、刈谷市立図書館『和歌秘書集』所収『源語秘訣』は傍線部を「与」「日」とするが、その方がよいだろう。架蔵江戸後期写本も同様】

〔この秘抄は以前に例の奥書のある本によって書写校合したものである。今回、源孝子浅井左馬助が所望したので、『源氏物語』講義の場が終った後、彼の熱心な志に感心してこの別本を付与する。これは私自身の至らない面を補うためのものでもある〕

ほぼこんな意味に解してよいであろう。推測の経緯や浅井左馬助の素姓については後述するとして、上掲の書翰と、つぎに紹介する「八月十二日書翰」とを併せ考え、結論を先に言えば、通勝が慶長十三年六月ごろから行っていた源氏講釈が八月に終わり、それを聴聞していた浅井左馬助の懇望により『源語秘訣』別勘が作られたのではなかろうか。すなわちこの書翰の浅左馬は、『源語秘訣』奥書に見える浅井左馬助孝子その人であろう。

二　源氏講釈と浅井左馬助

もう一つの重要な書翰は小松茂美『日本書蹟大観　十二巻』（一九七九・一、講談社）の三五、中院通勝の項（解説二二九頁、図版九七）に掲載のものである。(8)

只今者浅左同途祝着申候、／抑今度之源氏講義万事粗／相之為躰、近比〳〵慚愧耳候へ共、／先以終功、自他満足候歟、将又／浅左旅宿之儀候処、丁寧之／様子痛入候、能々可有伝達候、／東関下国、不慮ニ相催故、万事不心／静候つる、先刻申候ことく、一会をも興／行之望候キ、乍去自駿府上洛／など候ハヽ、路次行程不幾候間、期／帰宅候事候、内々申候一帖者、聽而可相／調候、万々浅左へ能々申度候、かしく／八月十二日　　素然／畊庵　　也足

〔追而書〕尚々今度者隙も有間敷候処／同聴奇特候、内々申候事共も／連々可申談候、旁期面候也、

小松茂美氏の解説を引く。

通勝が『源氏物語』の講義をしたとき、忙しいにもかかわらず聴いてくれた「耕庵」という人物への礼状である。関東へ急に下らなければならないこと、浅左某が同道してくれ、しかも旅の宿であるのにいろいろのことをしてくれたことに対して、通勝のお礼の気持の伝言を頼むこと、歌会の延期、頼まれていた書物の調査についてなどがしたためられている。「浅左」とは、浅からはじまる名字の人物で耕庵の従者であろうか、詳しくはわからない。また耕庵は、通勝の歌仲間か、財力のある弟子ではないかと思われる。この手紙は、やや肉太の軽快な調子の中に貴族的品格がにじみでている。（二一九頁）

少しく補足すれば、傍線部は、「一会を興行したいが、駿府から上洛ともなれば日程の予定がつかないから、帰っ

てからにしたい」ということで、この一会は歌会かあるいは連歌の会かもしれない。また通勝の関東下向の先は駿府とわかる。慶長十三年（一六〇八）三月十一日、家康は竣工した駿府城の殿舎に移った（『史料総覧』十四・一四八頁上）。朝廷は八月二十日、勅使を駿河に遣わし、太刀・馬代を家康に賜い、その移徙を賀している。勅使は武家伝奏の広橋兼勝（正二位権大納言、五十一歳）・勧修寺光豊（正三位権中納言、三十四歳）であり、中院通勝の東下は確実な史料には未確認であるが、『御湯殿上日記』同年九月二十一日条に「中ゐんよりするかよりの御みやとてほうせう二そくまいる」（続類従・補遺㈢・（九）四〇七頁上）とあり、この頃に中院通勝が駿河から帰洛したとわかる〔土産の「ほうせう二そく」は奉書紙二束か〕。これと書翰の記事を併せ見ると、通勝は武家伝奏に同行して急遽東下することになり、八月下旬から駿府に下向したと思われる。(9) また波線部は、内々申した一帖はすぐに用意できます、と解釈できる。これを前掲『源語秘訣』の奥書に「慶長戊申仲秋十一日」とあるのとを符合させて、八月十二日付のこの書翰の前日に、浅井左馬助のための『源語秘訣』はすでに用意されていた、とみるのは、安易に過ぎようか。

三　中院通勝の浅井左馬助宛書翰

中院通勝と浅井左馬助とをつなぐ資料と思われる書翰が、もう一つある。【明治古典会2008】に出品されたNo.2297「中院通勝書状」（二七二頁に図版、三五六頁上に解説）である。(10)

明治古典会目録の説明には「浅井九郎助宛　号素然」（二七二頁）とあるが、図版を見ると宛先は「浅井左馬助殿」と読める。その文面はつぎのようである。

源講明日斎了、如例／と存候、為其申候、盆前／何かと隙入候故、踈懶之／躰候、萬々對面存候／七月八日
素然／浅井左馬助殿

この書翰について、前田雅之氏は注（2）の論文で「七月十九日に予定された源氏講義（源講）の延期を告げるのが書状の内容である」（科研報告書二一七頁）とするが、いかがであろうか（前田氏は書翰の傍線部「了」を「候」、「八日」を「十八日」と読むが、「七月」の「月」字の最後の画を、はねるのが通勝の癖で「十」のように見える）。明日（九日）の源氏講義は斎（昼食）が終わってから、いつものようにと考えています。盆（十四日）前は何かと時間がとられるため、（講義内容は）いい加減なことですが、すべてはお目にかかった折に、といった趣旨であろう。この書翰は、中院通勝の畊庵宛六月十日付書翰と同八月十二日付書翰との間に置いてみると、間然する所なく理解できる。慶長十三年（一六〇八）六月から八月にかけて、通勝の源氏講釈は恐らく断続的に行われ、浅井左馬助は熱心に聴講していたのであろう。むろん、そこには畊庵宗礀もいたはずである。

四　京都での浅井左馬助

さて浅井左馬助とはどのような人物であろうか。当時の公家日記から、まず確実な資料と思われる二点をあげる。『中院通村日記』元和二年（一六一六）正月三十日条に「入夜浅井左馬助入道道甫来、元来居加州太守、／自八ケ年以前牢浪」（『大日本史料』十二之二十六、一六六頁）とある。出家後道甫と名のり、おそらく父通勝以来の縁で、通村のもとにも出入りしたとわかる。元来、加賀の太守の許におり、八年前より牢浪の身とあるから、慶長十三年（一六〇八）ごろか

ら浪人であったのか。

もう一つは『時慶記』慶長十四年（一六〇九）九月十六日条の、慶純興行の連歌の記事である。

一　慶純（中村）興行依兼約陣義等之事不見之、無念々々、可尋之、早々出座、杉原十帖遣候、発句昌琢（里村）、脇亭主（中村慶純）、第三賀古豊前守（直邦）、四句目予、五句目阿野（実顕）、其外ハ昌僳（里村）・浅井左馬助孝子・宗順（内侍原）・紹由（灰屋）・能札・能舜、執筆能通、未刻ニ満（四・二六二頁、括弧内は編者注）

この記事により、その名が「孝子」であると確認でき、彼は連歌も嗜んだことがわかる。[11]ところで、第二章の休閑の項（二二頁）で触れた『白山万句　資料と研究』（一九八五・五、白山比咩神社）にも、連歌に関係して浅井左馬助の名が見出される。〈資料三―一九〉に「慶長拾二年正月廿二日／万句之内／浅井左馬助」とあり、この百韻の奉納者である。発句「咲は世は往来のとけし花の友　孝子」とあり、浅井左馬助孝子と認めてよいだろう。この会で孝子は、発句を含めて十二句（末尾が四句欠けており正確にはわからないが）を詠んでいる（六八～七〇頁）。さらに〈資料三―二五〉に「慶長十二年二月廿一日／万句之内／覚中」とある百韻にも、第三句「空にしも友よふ千鳥声はして　孝子」以下六句を詠出している（一〇四～一〇六頁）。これらの資料から、浅井左馬助は加賀ですでに『白山万句』に奉納もしている有力者で、連歌は手慣れたものだったと思われる。[12]

なお、この他の加賀関係の資料にも浅井左馬助の名がみられるので、少しく挙げておく。『加賀藩史料』第一編（一九八〇・七復刻、清文堂書店）の文禄元年（一五九二）四月十四日条に、「前田利長の臣浅井左馬助・宇野平八、等輩萩原八兵衛・向弥八郎と越中射水郡岩淵に争闘す」（四四一頁）と立項される。萩原・向側が敗れ死んだ闘争の経過は

省略するが、一方の浅井左馬助はどうなったかといえば『前田家雑録』には、

一、利家様相立御耳申所に、事之外被遊御立腹、是非に左馬に切腹可被仰付之旨被仰出候所、利長様色々御詫言を以、利家様御一代は浪人被仰付、能州え蟄居被仰付候。（四四八頁）

とある。『桑華字苑』も同じ事件について触れているが「天正拾四五年（一五八六・八七年）の比か、利長公越中森山に御在城の時」で始まる。ことが終わってからの処置について、つぎのように記す。

扨左馬助・平八〔宇野平八、浅井左馬助側〕直に上京して、御意次第切腹可仕と云。利長様被聞召分、御しやめん被成處に、前田対馬殿御奥様より、大納言様迄被仰入、利家様より利長様へ切腹被仰付御尤と御意に付て、宇野平八切腹仕、浅井左馬は御扶持はなされ相済。木村藤兵衛語る。（四五〇頁）

少し後代の資料で、しかも人からの伝承の記録のため、年代や事件経過に異伝もあるが、浅井左馬助の側が勝ちをおさめ、喧嘩の成敗として左馬助は命が助かり、禄をはなれたことにおいては一致する。さらに『加賀藩史料　第一編』（一九八〇・七覆刻版、清文堂出版）の慶長五年八月三日の条には「前田利長、加賀大聖寺城を攻め、これを陥す、城主山口宗永ら死す」と立項し、諸史料は以下のように記す。〔山口軍記〕には、この時浅井左馬助は「深手薄手十七ケ所蒙たり」（七六三頁）、〔新山田畔書〕には高名の人として名をあげる中に「浅井左馬、左馬此時、いまだ／不可皈参不審也」（七六七頁）、〔関屋政春古兵談〕には「一、大聖寺鐘ケ丸にて働之衆中　浅井左馬助鑓」（七七〇頁）、〔象賢紀略〕には

「其外手おひ其上高名大方は浅井左馬助……」（七七二頁）とある。浅井左馬助は、慶長五年（一六〇〇）八月の加賀大聖寺城での合戦で高名をあげたが、傍線部にあるようにこの時点でも帰参していなかったようである。『中院通村日記』の「自八ケ年以前牢浪」を、八年前からとせず、八年を遡るより以前から、と解釈すれば問題はないように思うが、少しく存疑である。

また『慶長十年富山侍帳』（『加賀藩初期の侍帳より』所収、一九四二・一二、石川県図書館協会）に「慶長十年利長様富山江被召連候人々　一九千石　浅井左馬」（三頁）、『元和之侍帳（元・二年之頃）』（同書）に「一壱万石　浅井左馬助」（四九頁）、さらに『元和之始金沢侍帳』（『加賀藩史料』第二編、元和元年「是歳、加賀藩の家中にて主なるもの左の如し」の項）に「一万石　浅井左馬助」（三六四頁）とある。大橋全可が『万覚書』で、『太平記評判』について上申した中には、次のようにある。「一、法花法印弟子、書物をも渡候人々、本多安房・浅井左馬・水野内匠・伊藤外記・寺沢志摩・松平新太郎家来・横井養玄、右寛文九年（一六六九）正月大橋全可申上也」（『加賀藩史料』第四編、二四一頁）[13]。彼は加賀藩の高官で『太平記秘伝理尽鈔』の伝授も受けていたとみてもよいであろうか。

再び京都での記録に戻るが、慶長十九年（一六一四）十一月二十五日に、五十歳で没した近衛信尹（左大臣前関白）が、その五日前（十一月二十日）に送ったと推定される書翰がある[14]（宛先「藤勘十」、日付は「霜廿日」、書中に「寒天之在陣さこそト令察候」（大坂冬の陣をさす）とある）。『墨』六六号（特集・寛永の三筆）（一九八七・五、六月、芸術新聞社）に図版・釈文ともに載り（二〇頁）、その末尾には「此書状浅道甫へ被届候へく候」と見える。この道甫を浅井左馬助道甫と同定してよいならば、浅井左馬助は近衛信尹とも交流があったことになる。書翰の解説には、つぎのようにある。

文中の「浅道甫」は浅井左馬助入道道甫という人物で、前田利家の臣であったが、このときは牢籠中の身であっ

たと中院通村の日記（元和二年正月三十日）にある。（二一一頁）

彼が在京した痕跡は『鹿苑日録』にも見える。元和二年（一六一六）十二月九日条に「浅井道甫賜茶」（五・一七一頁上）、同三年五月九日条に「笋一折遣道甫」（五・一七九頁下）とあり、鹿苑院主から茶を賜り、笋〔竹の子〕を戴いたりしている。五月十四日条は「午刻招奥山宗巴・金森宗和・浅井道甫。奮撝《ふんき》スル之客。文選四十八注。撝與麾〔指図ばた〕同」（同頁）と見え、院主がこの三人をわざわざ差し招き、ふるって接待したようである。奥山宗巴は能楽師、金森宗和は飛騨高山城主金森長近の孫で茶人、宗和流の祖である。[15] 第三章で触れた三宅亡羊の『履歴』の後半、亡羊が交流を持った人々を列挙している箇所にも「牢人衆」として浅井左馬の名が見える。[16] また小堀遠州の茶会記によれば、寛永二年（一六二五、あるいは寛永三年か）九月「十三日之朝」の茶会に、御客として「浅井左馬殿」の名が見出され、[17] これも浅井道甫かと推測される。このように浅井左馬助道甫は、元和の頃には京都の文化人の間に深く入り込んでいた人物なのである。

五　浅井左馬助と烏丸光広

さらに、これは根拠がやや薄弱だが、浅井左馬助は烏丸光広とも交際があったかと思われる資料がある。【玉英堂312】掲載の№38「烏丸光広歌入書状」（一五頁下）である。[18] 宛名「左馬助殿」とあるが、浅井左馬助宛とみてよいのではなかろうか。同目録から釈文を示す。

度々示教慮外候、先刻之／請御披露候段尤存候、迚もの／事御茶碗珍事重々／恐存候へとも難黙止て／八十島所々
白薬はくを／おもひいでて／
ふきはらふ塩風遠き／八十島のかすさへ見へて／雪そ積れる／夢言申まいらせ候　恐惶謹言／即刻（花押）／
〆　左馬助殿（花押）（一五頁下）

茶碗の釉薬の模様を褒め和歌を贈ったものか。茶席、和歌を通じてかと思われ、確証はないがこれも浅井左馬助の交流の一端を示すのではなかろうか。

六　宗礀と烏丸光広

烏丸光広の名が出たついでに、ここで宗礀と彼との関係にも触れておく。両者が会合した年次のわかるものとしては、次の資料が挙げられる。『慶長十七年壬子光広詠草』所収の七言詩の前文に「節供礼　相国寺和尚宗礀等来臨之刻」とあり（古典文庫596『烏丸光広集　下』四六頁）、宗礀は重陽（九月九日）に相国寺和尚（九四世昕叔顕晫か）と共に光広を訪問した。光広の漢詩は、次のごとし。

論詩我句最勝慙　　詩を論じ　我が句最《また》も慙〔恥〕に勝《た》ふ
吟友相逢為笑談　　吟友相逢ひ　笑談をなす
檍後重陽黄菊酒　　檍後重陽　黄菊の酒

三々酌尽更三々　　三々の酌尽き　更に三々

〔起句「匂」は古典文庫の翻刻によるが、底本『和謌大路雪』（柿衛文庫蔵写本、『長嘯子新集 下巻』〔近世文藝資料23〕、一九九三・九、古典文庫、に影印所収）によれば「匀」のようにも見える（九五頁）。「韻」に同じで、光広の謙遜か。転句「檍」は櫃に同じ、さかんに論じた後で。〕

慶長十七年（一六一二）九月九日の時点で宗礀は京にいたと思われる。光広はこの年正月権中納言となり、九月九日は禁中重陽歌会に詠進（月照菊花）している。(19)

宗礀が、貴顕の書跡に強い関心を持っていた（あるいは鑑定の仲介者としてか）ことは、次節及び第八章の中院通村の項で触れるが、つぎに紹介する烏丸光広から畊庵宛の書翰も、宗礀の筆跡への好尚癖を思わせる。【待賈22・新収古書】の№178「烏丸光広自筆書状　八月九日附／畊庵宛」は図版はなく、解説につぎのようにある。(20)

十一行、大字。書は奔放濶達光廣の人となりを見るが如し。「伊勢物語之本見及候、歴覧候、幽齋御手無紛候。又詠歌大概書写候儀、得貴意候」云々。署名は「光廣」。（三六頁）

右の引文では、烏丸光広が細川藤孝を幽斎と称しているのであるが、藤孝が出家して幽斎を名乗るのは天正十年（一五八二）八月以降、同十一年六月以前のことであるという。(21)幽斎没は慶長十五年（一六一〇）八月二十日であり、おそらく本状は慶長十五年八月以降で、当然のことに宗礀没（寛永二年、一六二五）以前のものとみてよいだろう。

畊庵が烏丸光広の許に『伊勢物語』写本を持ち込み、細川幽斎筆かどうか鑑定を請うた所、光広が幽斎筆に相違ないとの保証を与えたもの、また『詠歌大概』書写の約束もしたのであろう。幽斎が七十七歳で没した慶長十五年（一六一〇）前後は、光広にとって多難な時期であった。前年十四年七月の宮中姦淫事件が露見、直ちに勅勘を受け、十月には駿府へ下向、勅免されたのは慶長十六年（一六一一）四月一日（『公卿補任』三・五三三頁下）であった。この期間に宗碩が『伊勢物語』筆跡の確認を依頼したとは思われず、おそらく勅勘が解けて以後のことであろう。慶長十六年に、光広は従二位権中納言で三十三歳だが、はるか年少の光広が「幽斎御手」と名前には尊称を付けず、「御手」と筆跡に敬意を表しているのは、幽斎没後のゆえかと思われる。なお、ここに見える『伊勢物語』写本・『詠歌大概』の、その後の流伝については確認できていない。

七　藤原定家筆『十五首和歌』をめぐって

昨年、石川県立美術館で開催された『加賀前田家　百万石の名宝――尊経閣文庫の名品を中心に――』（二〇一五・四・二四〜六・七）に、『十五首和歌』一幅（藤原定家自筆）が出品された。(22)この資料は『道助法親王家十五首』と称されるものである（『和歌文学大辞典』八七二頁）。以下、図録の解説を引く。

従二位民部卿であった藤原定家が、安貞元年（一二二七）の春に道助法親王家で行われた十五首歌会における自身の詠歌を筆写した懐紙を、楮紙三枚継ぎ、一六五センチに及ぶ大幅に仕立てたもの。定家の日記『明月記』の同年三月一日条には、この十五首歌会に関する記事が書かれていて、定家六十六歳当時の熟達した筆法がみられる優品である。

「早春梅」「湖上霞」「潤三月花」「夕卯花」「郭公何方」「行路夏草」「田家初秋」「月前懐旧」「里紅葉」「暁時雨」「河千鳥」「竹間雪」「庭松」「渓水」「幽閒鐘」の十五の歌題に一首ずつ詠んでいる。

附属する烏丸光広の年未詳二月一日付の耕庵（篠屋宗澗）宛書状によれば、もとは石清水八幡宮滝本坊の元社僧で書家・画人であった松花堂昭乗が所蔵していた。同じく附属する年未詳二月三日付の篠屋宗澗宛某書状及び同日付中院通村宛冷泉為頼書状などから推測すると、その後前田利常の所望により、昭乗の茶道の師匠である小堀遠州を通じて、利常の手に入ったようである。

寛永六年（一六二九）四月二九日に前将軍徳川秀忠が前田家の本郷邸を訪れた際、本作は黒書院に飾られた。その時の記録『寛永六年御成之記』には「定家之十五首　大幅なり」と記されている。（一八四頁上）〔耕庵・宗澗の「耕」「澗」の文字はママ、傍線は稿者〕

附属の書翰に宗磵に関わる記事があり、前田育徳会尊経閣文庫の御厚意により提供された写真にもとづき、全文を紹介し少しく考察を加える。（三点の図版は、公益財団法人前田育徳会尊経閣文庫所蔵『十五首和歌』付属の添状三通である。前田育徳会の許可を得ずしての複製・転載を禁ずる。）

①年未詳二月一日付耕庵（篠屋宗澗）宛烏丸光広書状／重文「十五首和歌」付属　添状三通のうち〔この名称は提供写真に付されたもの〕

八幡瀧本房／所持之定家卿／十五首懐紙／巻頭 早春梅／披見申候、真筆／無疑候、驚目／申候、温顔之刻／可

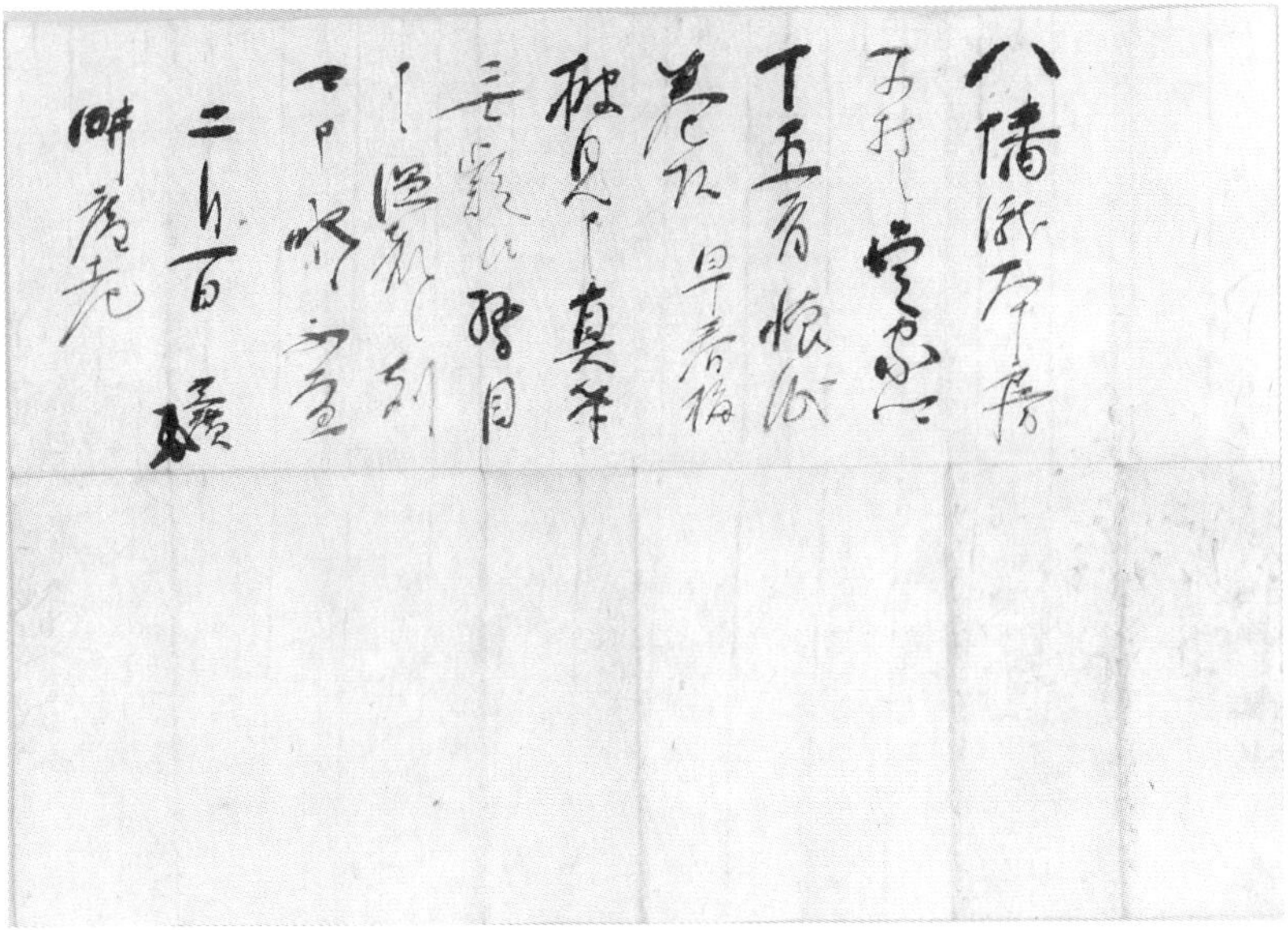

①年未詳二月一日付耕庵（篠屋宗澗）宛烏丸光広書状
重文「十五首和歌」付属　添状三通のうち

申承候、不宣／
二月一日　光廣（花押）／
畊庵老

②年未詳二月三日付篠屋宗澗宛某書状／重文「十五首和歌」付属　添状三通のうち

定家卿十五首和哥／真蹟無疑之由候、／愚眼同前、誠以可為／奇珍候、冷泉羽林副／状到来候間、即遣候、／此旨傳達可然候也／
二月三日（花押）／
宗澗

③年未詳二月三日付中院通村宛冷泉為頼書状／重文「十五首和歌」付属　添状三通のうち

這十五首之懐紙／京極黄門 定家卿 ／筆跡無疑者也／

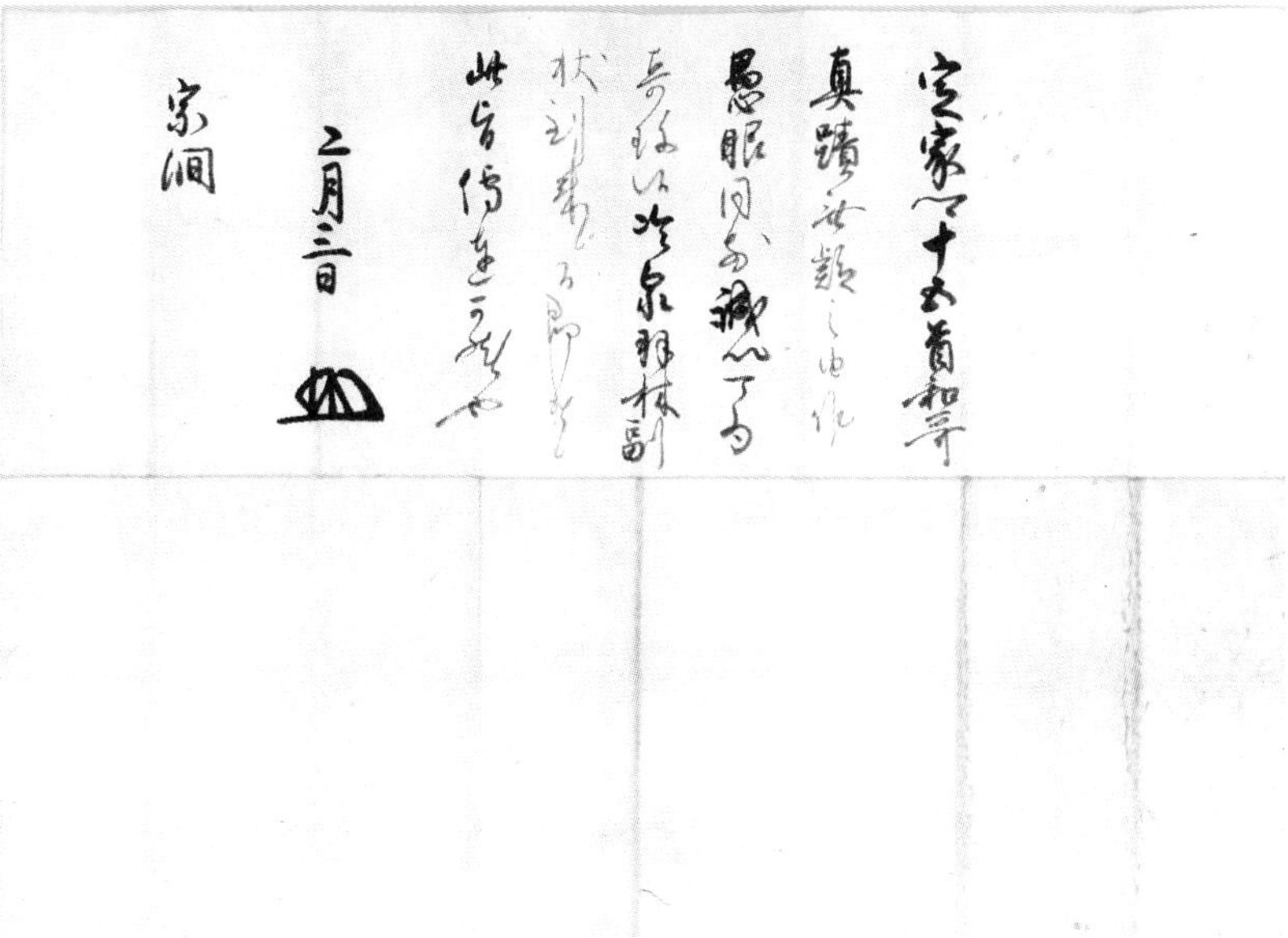

②年未詳二月三日付篠屋宗澗宛某書状
重文「十五首和歌」付属　添状三通のうち

二月三日　為頼（花押）／
中院殿 人々御中

この三点は年次未詳だが月日は接近し、内容的にも同一状況での書翰と捉えられる。①は、石清水八幡の瀧本房が所持する定家卿十五首懐紙（巻頭「早春梅」）を披見しました。藤原定家の真筆に間違いなく驚きました。（詳しくは）お会いした時に申し上げます。という内容。十五首懐紙が定家の真筆かどうか、畊庵が烏丸光広に鑑定を依頼した、その返事であろう。ただ解説の傍線部については、少しく疑義が残る。松花堂昭乗が定家の真筆を所持していたというのは、いかにもあり得ることだが、昭乗が瀧本房の住職になったのは寛永四年（一六二七）三月二十四日の師実乗没以後であるという。[23]ところが宗磵は、昭乗が瀧本房を継ぐ以前の、寛永二年六月に没しており、この瀧本房が昭乗であるという保証はない。①の「瀧本房」は、僧房を指すか、或は師の実乗を指すか、または正式に住職に

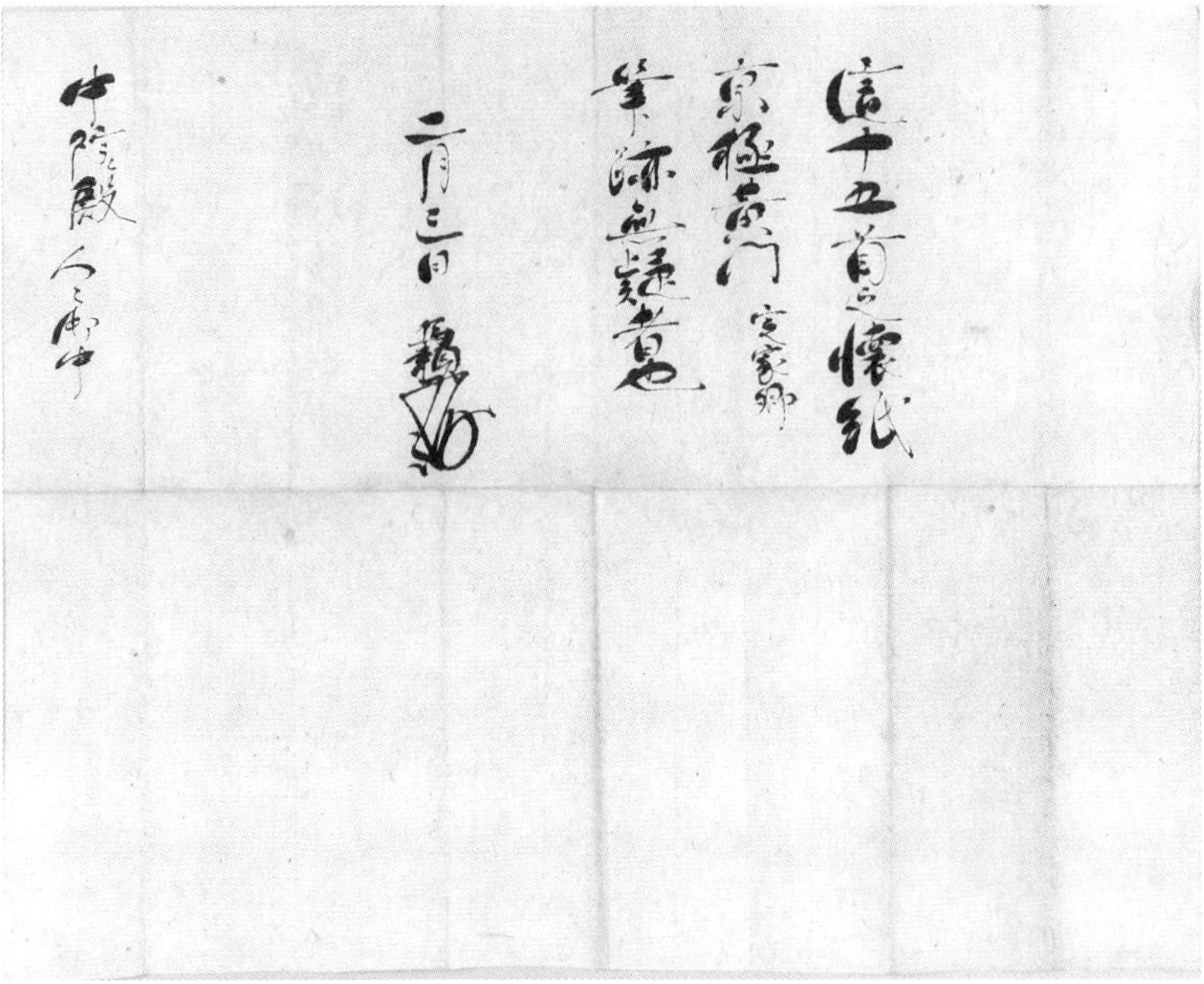
此十五首之懐紙
京極黄門 定家卿
筆跡無疑者也
二月三日
中院殿 人々御中

③年未詳二月三日付中院通村宛冷泉為頼書状
重文「十五首和歌」付属 添状三通のうち

なる以前でも「瀧本房」の住人といった程度の意味で、実乗に師事していた昭乗をいうのか、判断に迷うが、ともあれ瀧本房に『十五首和歌』があり、それを定家真筆であると光広が認めたのである。

②も、花押の人物が、当該和歌が定家真筆であると認めたことを伝える。これも宗礀が、見て欲しいと頼んだのだろう。「愚眼同前」とあるのは、宗礀が依頼の際に「私は定家筆と思いますが」といったのか、あるいは①に絡めて考えれば、「光広様は真筆だとおっしゃっていました」と伝えたのであろうか。ちょうど、冷泉羽林から副状（③に相当）が届いたので、すぐにそちらへ送ります、という内容。②の発信者は花押のみで署名がない。宛名を「宗澗」とし尊称を付けておらず、発信者はよほど宗礀と親しいか、また身分的に目上の人物と思われる。③に「中院殿」とあり、宗

磵と縁が深い同家の人物となれば通村と考えてよいであろう。ただ花押が、知られている中院通村のものとは異なるようで、その点は検討を要する。

③は中院殿に宛てた、そして②でいう副状そのものと思われる。冷泉為頼がこの筆跡を定家真筆であると保証するという内容。冷泉為頼（一五九二〜一六二七、三十六歳で没）は為満（一五五九〜一六一九）の子、藤原定家から十代目の後裔である。(24)②に冷泉羽林とあり、羽林は近衛府の少将または中将で、為頼は慶長十八年（一六一三）十一月十七日に二十二歳で左少将に任じている（『公卿補任』三・五六四頁上）。従って、書翰②は慶長十九年（一六一四）二月以降、宗磵没の寛永二年（一六二五）二月までの間となる。さらに為満存命中は、こうした鑑定書は父が行ったと想像され、為満没の元和五年（一六一九）二月十四日以降の可能性が高い。仮に元和六年とすると、宗磵六十五歳、烏丸光広四十一歳、中院通村三十二歳、冷泉為頼二十九歳となる。

恐らく宗磵は、瀧本房所持の『十五首和歌』が定家真筆かどうかを烏丸光広・中院通村に問うたのであろう。そして中院通村は念のため、或は権威づけのために、定家十代の末裔で、このころ冷泉家当主として活発に和歌活動を行いつつあった、為頼にも問い合わせてくれた。結局①②③が畊庵・宗磵の手元に集積し、『十五首和歌』が定家真蹟であるという極付がなされたと思われる。

ではなぜ宗磵が真筆にこだわったのか。彼自身も貴顕の筆跡に興味があったが、周旋を依頼されたことに大きな理由があるだろう。ここから先は想像になるが、前田家の主が宗磵、或は中院通村に定家筆を所望し、宗磵はそれの確認に奔走した。その過程で烏丸光広や中院通村に鑑定を依頼し、中院通村は冷泉為頼に保証を頼んだということになろうか。なお解説の波線部、本資料が松花堂昭乗の茶の師である、小堀遠州の斡旋を経て、(25)前田利常の許にもたらされたという件に関しては、何に基づくのか資料を見出しておらず、後考を待ちたい。

近時、海野圭介氏は「慶長前後における書物の書写と学問」の中で筆跡の鑑定に触れ、「現在確認される資料の範囲内で筆跡の鑑定が大規模に行われるようになるのは慶長期前後からである」[26]とし、烏丸光広・中院通村や藤谷為賢（冷泉為頼の弟）の鑑定例を示している。右に紹介した『十五首和歌』筆跡の件も、そうした時代風潮の一環に位置づけられるものといえるだろう。

八　中院通勝の畊庵宛書翰

中院通勝が畊庵に宛てた書翰は、ほかにも三点存在したことが、過去の古書目録で知られる。【白木屋フェーアー1962】には、「七〇四　中院通勝自筆書状　畊庵宛、二月五日／長文、内容良」（七四頁下）とあり、この書翰は日付から判断して『弘文荘待賈古書目』などには載らない未知のものと判断できる。『古典籍逸品稀書展示即売会目録』（一九七一・一、三越）には「六月十八日付」の医師畊庵宛書状一幅が（一七頁上）、『古典籍逸品稀書展示即売会目録』〔名家真筆〕（一九七二・一、三越）にも「仲秋廿日」の日付がある畊庵宛書状一幅が載る（一二頁下）。いずれも日付を見ると、上来触れた書翰とは異なるものらしいが、図版もなく内容不明なのが惜しまれる。

注

（1）この書翰は、【白木屋フェーアー1963】に「七九三　中院通勝自筆書状　医師畊庵宛　六月十日／浅野幸長病状ノコト　一通」（二八頁上）とあるものと同じと思われる。【東京古典会2016】No.1410「中院通勝書状」（五四頁下、三三四頁に図版）にも。

（2）この書翰について、前田雅之「秘伝書の情報学――『源語秘訣』の書写・伝来を通して――」（『室町期における下賜・献上・

進上本の基礎的研究〔平成18年度〜平成20年度科学研究費補助金（基盤研究（B））研究成果報告書〕』所収、二〇〇九・三、研究代表者 前田雅之）は、拙稿「篠屋宗礀覚書——近世初期、京洛の一儒生の事績をめぐって（上）——」（『奈良大学紀要』三四号、二〇〇六・三）を紹介し、「同年六月十日には通勝が風邪を引いて、講義を延期している書状がある」（追記二一七頁）とするが、稿者はそのような解釈はしていない。

（3）中院通勝の逐電については『兼見卿記』天正八年（一五八〇）六月十九日条に「於殿中水無瀬黄門〔兼成〕云、中院〔通勝〕逐電也、就伊与之御局〔舟橋教重女〕之儀也、不慮次第之由申訖」（一・二一四頁）とある。なお後掲井上宗雄氏論文八頁参照。

（4）水無瀬が誰を指すかは、徳岡涼「調査報告四十七—六 常盤松文庫蔵『九条家本源氏物語聞書』解題」（『実践女子大学文芸資料研究所年報』二〇号、二〇〇一・三）参照。

（5）常盤松文庫蔵『九条家本源氏物語聞書』は、『実践女子大学文芸資料研究所年報』一五号（一九九六・三）〜同一九号（二〇〇〇・三）に翻刻がある。

（6）中野幸一編『花鳥余情 源氏知秘抄 源氏物語之内不審条々 源語秘訣 口伝抄』〔源氏物語古註釈叢刊 第二巻〕（一九七八・一二、武蔵野書院）の解題。

（7）伊井春樹編『源氏物語 注釈書・享受史事典』（二〇〇一・九、東京堂出版）の『源語秘訣』の項、九九〜一〇一頁。

（8）この書翰は【待賈22・新収古書】No.177「中院通勝自筆書状」（三六頁、図版なし）に載り、【東京古典会1968】No.200にも掲載（四八頁上に図版あり）。小松茂美『日本書流全史 下 図録』（一九七〇・一二、講談社）には図版No.1172（三一八頁）と釈文（五六二頁）が掲載される。

（9）『当代記』巻四、慶長十三年の項の末尾に、将軍家への進物一覧と思われる記事が掲載され（二五頁にわたる）、「去慶長五庚／子年已来進物、毎年大概以如此、年々之儀以可知之」（一四四頁下）と注記する。その中の、何年との明記はないが八月廿八日とされる条に「一 貳冊 職原抄 當知者や／そく事中院中納言入道」（一三三頁下）とある。同日に「公家衆廣橋大納言・同勸修寺中納言」が「御小袖貳つ」を贈ったとあり（一三三頁上）、この「中院中納言入道」は「やそく〔也足〕事」

とあることからも、中院通勝と同定でき、この記事の年次は慶長十三年（一六〇八）八月とみてよいであろう。

（10）本資料の存在は、注（2）所引の前田雅之氏論文の、追記二一七頁で知った（該論文の初出は『日本文学』五七巻一号、二〇〇八・一）。なお前田氏は、当該資料は小川剛生氏のご教示により知る、とする。

（11）この時の作品は、『連歌総目録』七三二頁掲載（1609／9／16）、京都大学附属図書館平松文庫蔵（七―シ―二四）。

（12）この他、孝子は『白山万句』の内、慶長十二年（一六〇七）正月十四日、小塚淡路守興行の賦唐何百韻に十七句出詠（『白山万句　資料と研究』四七～四九頁）、また元和三年（一六一七）八月二十日、何路百韻（発句昌琢）にも八句出詠している（『連歌総目録』七六七頁、京都大学国文学研究室蔵〔GK―四〕）。さらに国文学研究資料館　電子資料館　連歌データベースによれば、前田利常が明暦三年（一六五七）に創建した小松天満宮の別当職北畠家に蔵される、以下の百韻連歌にも孝子の出詠が見られる由である。何人（八句）・薄何（発句作者で八句）・唐何（七句）・何路（七句）・山何（句数未詳）。百韻興行の正確な年次が特定できず、この孝子が浅井左馬助に該当するか否かは未確認である。〔参考〕綿抜豊昭「小松天満宮所蔵連歌関係書目録稿」（『連歌俳諧研究』八五号、一九九三・七）二二頁上。

（13）今井正之助『『太平記秘伝理尽鈔』研究』（二〇一二・二、汲古書院）一八〇・一八四頁。

（14）この書翰の存在は、安藤武彦『斎藤徳元研究　上』（二〇〇二・七、和泉書院）の「第二部　年譜考証」慶長十九年の項（一四四頁）で知る。

（15）谷晃『金森宗和　異風の武家歌人』（二〇一三・二、宮帯出版社）三二・三三頁。

（16）上野洋三「［翻刻］三宅亡羊『履歴』」（『雅俗』九号、二〇〇二・一）一六六頁上。

（17）『小堀遠州茶会記集成』（一九九六・九、主婦の友社）三〇頁下。

（18）本書翰は【明治古典会1998・2010・2012】、および『玉英堂稀覯本書目』242号（一九九八・四）・272号（二〇〇三・一〇）・275号（二〇〇四・五）・282号（二〇〇六・一）・292号（二〇〇八・二）にも掲載。

（19）高梨素子『後水尾院初期歌壇の歌人の研究』（二〇一〇・九、おうふう）第三章、一三四頁。

（20）本書翰は日付から推測するに、【白木屋フェーアー1962】掲載の「七〇五　烏丸光広自筆書状」（七五頁上）と同じものと思われる。

(21) 森正人「幽斎の兵部大輔藤孝期における典籍享受」（森正人・鈴木元編『細川幽斎 戦塵の中の学芸』、二〇一〇・一〇、笠間書院）二五八頁。

(22) 『十五首和歌』は、以前の『前田利常展――寛永の加賀文化――』（石川県美術館、一九七六・一〇）の際にも出品され、その図録には「烏丸光広（一五七九―一六三八）の書状三通が添えられており、それによるとかっては松花堂昭乗（一五八四―一六三九）が愛蔵するところであったが、利常の望みにより前田家に伝えられた」（一八頁下）とある。

(23) 山口恭子『松花堂昭乗と瀧本流の展開』（二〇一一・二、思文閣出版）二九〇頁。

(24) 久保田啓一「冷泉家の歴史（十四）為頼」（『しくれてい』六四号、一九九八・四）参照。

(25) 小堀遠州は、和歌においては木下長嘯子・冷泉為満のほか、十三歳年下の冷泉為頼にも師事している（小堀宗慶『小堀遠州の書状』、二〇〇二・五、東京堂出版、七四〜八一頁）。

(26) 海野圭介「慶長前後における書物の書写と学問」（鈴木健一編『形成される教養――十七世紀日本の〈知〉』、二〇一五・一一、勉誠出版）二三五頁。

第六章　宗碉と林羅山との交流

林羅山は若い頃から宗碉と交流があったらしく、羅山が宗碉に寄せた長文の書翰、および短い礼状、そして宗碉が羅山を称えた一通の書翰、さらに羅山が祖愽と宗碉に寄せた漢詩などが残る。いずれも宗碉の閲歴を探る上で貴重な知見をもたらしてくれるもので、全文を紹介する。うち、長文の書翰は適宜段落を設け、注記は段落の間に記す。

一　林羅山、宗碉に寄する序

まず「林羅山自筆　和宗碉叟言懐詩并引　慶長十七年十一月成」。この詩文はつぎの三書に翻刻があり、【待賈43・名家真蹟】、【待賈50・善本】(1)に一部図版が載る。

・『大日本史料』十二之八、慶長十六年六月二十四日、加藤清正没条（四九四頁）
・『林羅山文集』巻四十九（一九三〇・七、弘文社）（五六六～五六八頁）
・中野嘉太郎『加藤清正傳』（一九七九・一、青潮社）（六六八・六六九頁）

以下、『林羅山文集』の訓点を参照しつつ『大日本史料』を訓読する（段落は稿者による。傍線は図版との校異）。内容に入る前に、段落［四］以下図版にみえる闕字の件に触れる。『林羅山文集』で「叟」とあるのが、図版では「先生」

となり、その前一字が闕字である。これは「刺史」の前の闕字と同様、表敬表記であり、図版は直接宛先の宗碉の目にふれるのを意識した原本か、あるいはそれに近いものであろう。『文集』は編集の際に「叟」に改めたと思われる。

書翰の年次については、［六］の末尾に「壬子仲冬下旬」とあり、壬子は慶長十七年（一六一二）で、その十一月下旬の文章である。休暇で都にあった羅山（鈴木健一『林羅山年譜稿』〔以下鈴木『年譜稿』と略称〕によれば、慶長十七年秋から十一月にかけては在京、十二月九日に駿府着）が、駿府に赴く際、宗碉に贈った別れの文詩であろう。まず【待賈50・善本】の解説を引用する。

羅山の老友畊庵宗碉（京都の儒医）は、曽て肥州刺史、即ち加藤清正の眷顧を受けて熊本に下り、左右に侍したが、慶長十六年九月〔ママ〕、その逝去に逢い、鬱々楽しまず、骸骨を乞うて京都に帰り、旧君のために挽詞をつくり、併せて言懐一篇を草した。羅山は老の衷懐に同情禁ぜず、篇中の七言律詩一篇に和韻して、同じく七律を作って贈り、以て此の一章を成した。末に「壬子仲冬下浣　羅浮山子道春拝稿」とある。時に羅山三十歳、既に駿府で家康に見えて諮問に答え、又江戸に下つて将軍秀忠に書を講じて居る。宗碉は恐らく五十七歳であろう。（三三八頁）

宗碉の事績の大要を伝えて間然する所ない解説であるが、傍線部は少しく問題が残る。文中に彼の年齢を推定する手がかりは、冒頭［一］の「余が二七年前の忘年也」とある一箇所しかなく、またこの時点では、本書で紹介した宗碉没年も知られていないだろう。慶長十七年に羅山は三十歳で、宗碉を五十七歳と推定したのは波線部を「二十七歳年長」と解釈した故かと推測される。しかも紛らわしいことに、本書（一二頁）で推定した（一五五五年生れの）宗碉の年齢はこの年に五十七歳となり、偶然にも一致するのである。しかし、羅山の他の文章を見ると、「一〇」の意は「十」を使って表記しており、ここは「にしちねんまえ」と読むべきで、「前」は年長ではなく以前の意で、十四年前からの、と解すべきであろう。(2)

〔本文〕

宗磵に寄する序　并に詩　慶長十七年

［一］宗磵叟は余が二七年前〔十四年以前〕の忘年〔年齢差を忘れた友人〕也。其の環堵〔自宅〕を開て教授呫嗶〔講義〕するときは、則ち笈を負ひ書を抱く者多く門戸に満つ。其の慧峰〔知恵の頂〕に遊て禅林の風月〔禅寺での詩作〕を唫〔口ずさむ〕するときは、則ち彼の菜気肚腸〔心の中〕、此の饅頭〔人の頭〕肝臟、殆ど贋長老・児和尚〔僧の蔑称〕の及ぶ所に非ざる也。其の龍寶〔貴人の意か〕に参じて祖苑〔別離の宴〕梅花を探るときは、則ち前の椰子身体〔未詳〕、後の玉帯〔立派な帯〕病骨〔病軀〕、蓋し亦大呆子〔愚か者〕・啞羊僧〔愚鈍で精進力のない僧〕の愧づる所か、孰《たれ》か秦に人無しと謂ふ哉、謂ひつべし世倫〔同輩・くらべもの〕無しと。

【孰か秦に人無しと謂ふ】『春秋左氏伝』文公十三年に、秦の大夫繞朝が、晋の大夫士会に贈った言葉、「秦に人無しと謂ふことなかれ（秦にも物のわかった人物はいる意）」。ここは、人物がいないと誰が言うであろうか（そんなことはない）、むしろ〔宗磵は〕世に比べものがない逸材だ、というべきである、というくらいの意であろうか。

［二］羅山は宗磵とは十四年前からの知り合いであるという。仮に慶長三年（一五九八）からの知己とすると、当時羅山は十六歳だが既に学問に目覚め、鈴木『年譜稿』によれば、この年『元亨釈書』『事文類聚』を読み、『後漢書』に加点しているという（一三頁）。京都のどこかで、学問上のことで四十三歳の宗磵と接する機会があったと想像される。宗磵が自

宅で開いた塾には門人が参集した。禅林で作る漢詩は五山僧の及ぶ所でなく、貴顕の席で梅花を詠む時も周囲が恥じるほどの出来栄えである。後半やや読解できていない箇所が残るが、宗礀が詩文にすぐれることを称えるのであろう。

［二］　一旦、肥州刺史〔肥後の国主〕の盻唻《けいらい》〔「盻」は「盼《はん》」とは別字だが、ここは「盼」の意で使うか。目をかけて引き立てること〕を承て、比年〔毎年、近年〕、紫陽〔朱熹の別号、或いはその学問所紫陽書室に喩えるか〕の行装〔旅じたく〕有り。是の時に当て、余東府〔江戸〕に在り、西海雲遠く、士峰〔富士山〕雪高し。彼れ此れ消息無く、燕雁相ひ乖違〔すれ違う〕して、馬牛及ばず眉毛接せず、只遐想〔遠く離れた人を思う〕する者久し。昊天弔《あは》れまず、人の不淑〔死・不幸〕を。忽ち刺史の不禄〔諸侯の死〕に遇ひて、鬱悒《うついふ》怏怏〔楽しまないさま〕、旆《はん》を靡《なびか》し弭節《びせつ》〔少時〕して、遂に洛に旋る。

【燕雁相ひ乖違して】『淮南子』四・墜形訓に「土龍は雨を致し、燕雁代り〔かわるがわる〕飛ぶ」。

【馬牛及ばず眉毛接せず】『春秋左氏伝』（僖公四年）に「風する〔誘い合う〕馬牛も相及ばざるなり」。慕い合うもの同士が、遠く隔たり会えない喩え。

【昊天弔れまず】『詩経』小雅・節南山に「不弔昊天、不宣空我師」。

［二］　たちまち宗礀は、肥後国主〔加藤清正〕の招きを受け、旅支度をし学問教授のために熊本とを往来した。羅山は徳川家康に召され東府（江戸）にあり、両者の距離は遠く長らく面晤の機がなかった。ところが清正の急死にあい、宗礀は心楽しまず肥後から帰洛した。

［三］　昔、穆生早く去て楚市の鉗《くびかせ》を受けず。千載の下、以て美談と為す。叟此れを知るか、非ざるか。凡そ人子たる者、父の道を改めずして〔『論語』学而など〕、此れ孟荘子が孝、聖門〔孔子の門人〕に称へらるる所以なり。而も

今の嗣ぐ主〔加藤清正の嗣子忠広〕其れ難ひかな。嗟《ああ》権輿に承《つ》がざるや、古へより然り、其れ然らざるや。

【穆生早く去て】穆生は漢代、魯の人。楚の元王交は若い頃、穆生・白生・申公と共に『詩経』の伝授を受けた。のちに元王交が楚王になると、穆生ら三人は中大夫に任じられた。元王交は彼らを礼遇し、穆生が酒を嗜まないので宴会の時には、穆生のために甘酒を用意した。元王交の孫である戊が王位をつぐと、甘酒の用意が忘れられた。そこで穆生は王の意に怠りありと認識し、ここを去らなければ楚人は我に首かせをはめて市場に出すだろうと言って、病と称して楚国を去ったという故事をいう（『漢書』楚元王伝第六、『蒙求』楚元置醴）。

【権輿に承がざる】権輿は物事のはじめ。『詩経』国風・秦風「権輿」に、

於我乎　夏屋渠渠　　我に於けるや　夏屋渠渠たり
今也毎食無余　　今也食ふ毎に余り無し
于嗟乎　不承権輿　　ああ　権輿を承がず

主君が変わり、賢者を遇する礼が、以前とはうって変って薄くなったことを歎く内容。

〔三〕魯の穆生の故事にあるように、初代の主に仕えた者が代替わりした時に、以前どおりに遇されるのは難しいものである。これは加藤清正の招聘で肥後に赴いた宗碙が、二代目忠広の代になると立場が危うくなったことをいうのであろう。

〔四〕■〔ココカラ以下図版ニアリ〕今、茲に余も亦告を賜ひ〔暇を乞い〕、以て晨昏〔朝夕〕に郎罷〔父親〕に奉ず。其の先づ薬を嘗むる〔親の飲む薬を子が毒味する〕の暇の日〔「日」図版ニナシ〕、大学句読を尚薬局〔帝の侍医が属する役所〕宗伯が第に解す。其の〔宗伯の〕請に依て也。時に適、叟〔「叟」図版ニ「先生」、以下同様。図版デハ以下「先生」「刺史」ノ前、一字闕字〕と邂逅し、手を握り旧故を道ふ。其の歓び知ぬべし。既にして数次相会〔図版「岌」〕す。〔図版ココニ「余」ガ入ル〕刺史の挽詞を見〔図版「看」〕んと請ふ。叟、辞せず、遂に其の挽詞及び懐を言ふもの

〔述懐の詩〕共に二篇を出し、以て示さる。或は刺史の戦功、政刑〔政令と刑罰〕の行事《かうじ》を叙て、或は叟の去就進退の旨趣を述ぶ。是に於て〔図版「益」ガ入ル〕刺史待遇の厚して、叟の悼思の深きを知る也。刺史の霊若し知ること有らば、則ち将《はた》斯の文に感有らん。

【先づ薬を嘗むる】『礼記』曲礼下に「親疾有りて薬を飲むときは、子先づ之を嘗む」。

[四] 父の病を看るため都に帰った羅山は、看護の隙に、請われて施薬院宗伯邸で『大学』の素読を講じた。その折宗礀に再会、久闊を叙す。この父は、慶長二十年（一六一五）正月二十九日、七十二歳で没した養父理斎であろう。本書翰の書かれた慶長十七年秋に京にいた羅山は、養父の古稀を祝い、つぎのような詩を作る。

省故里　　故里を省す
時余父理斎七十、余三十、故有而立者希之句
晨昏為省我親闈　晨昏　我が親闈を省みるために
八十余程棹首帰　八十余程　首を棹て帰る
悟昨悔慚今日立　昨を悟りて悔ひ慚づ　今日立つことを
知年喜懼古来稀　年を知て喜び懼る　古来稀なるを
慶長之末、自駿帰京而作
（『羅山先生詩集』巻三十四・三六七頁）

自邸での『大学』素読の講義を、羅山に依頼した宗伯は三代施薬院宗伯であろう。天正四年（一五七六）生れ、秀吉の侍医で、法眼となり、家康にも寵遇された。大坂の役には秀忠の軍に従い、五百石を知行。徳川各代の人々は、都に入る際に宗伯の宅地、施薬院で朝服に改める習慣があったという。寛文三年（一六六三）七月二十五日、八十八歳で没した[3]。旧

知との再会を喜んだ二人は互いの近況を語り合ったことであろう。数回会ううち、羅山の希望により、宗礀は清正を悼む挽詞と述懐の詩を見せる。「或は刺史の戦功、政刑の行事を叙て、或は叟の去就進退の旨趣を述ぶ」とあるのは、第四章でふれた加藤清正追悼文（慶長第十六季夏、江湖散人砌子）、および無名子作の一老野狐と余の問答に該当すると思われる。そこには清正の勲功や宗礀の去就の深意が述べてあり、「是に於て刺史待遇の厚して、叟の悼思の深きを知る也」とある。宗礀の清正追悼の念深きことは、晩年に住した龍安寺多福院に、清正の牌を建立し供養したという、『大雲山誌稿』二一のつぎのような記事からも窺える。

加藤清正朝臣牌在多福、彫曰、浄池院殿前肥州／太守日乗大居士覚霊　斯牌多福今投暗處、是」歳文化甲戌十月、彰偶観而教之安置祠堂焉、彰按／宗礀仕清正、故建此牌奉香火　清正慶長十七〔ママ〕年／戌亥六月廿六日逝、塔在洛下本國寺」（51）

［五］嗚呼、叟今〔図版「今」ナシ〕、攀附〔引き立て〕を失て、中心〔内心〕頗る無聊の色有り。茲に由て詩詞に見ゆる者の、菀紫夜の譬へに取〔図版「採」〕て、以て栄辱悲歡〔図版「壮哀」〕の朝暮と為す。然も其の卒ひに、諸の不昧因果に帰する〔因果の道理をくらまさないこと〕ときは、則ち叟平素の守る所、又以て観つべし。余が告ぐる所、只是れ勲業鏡を抛ち、行蔵楼〔高殿〕に倚るのみ。

【勲業鏡を抛ち、行蔵楼に倚る】杜甫「江上詩」（『杜少陵詩集』巻十五）をふまえる。

江上日多雨　江上　日に雨多し
蕭蕭荊楚秋　蕭蕭たり　荊楚の秋
高風下木葉　高風　木葉を下し

永夜攙貂裘　　永夜　貂裘を攙《と》る
勲業頻看鏡　　勲業　頻りに鏡を看
行蔵独倚楼　　行蔵　独り楼に倚る
時危思報主　　時危うくして主に報ぜんこと思ひ
衰謝不能休　　衰謝するも休むこと能はず

絶句の第五・六句は、功績のないことを気に病みしきりに鏡の中を覗き込み、出処進退に思いをめぐらし、一人欄干に寄りかかっている、という意味で、羅山の書翰は「勲業鏡を抛ち」とあり、過去の功績のことなど気になさるな、という趣旨であろうか。

〔五〕宗硼は引き立ててくれた主を失い、心鬱々とした状態のようである。詩詞に見える莵紫夜の譬えのように、名誉と恥辱、喜びと悲しみが朝晩に一変した。しかし諸々の因果の道理に惑わされないという、宗硼が日頃保持している態度を見るべきである。私が言いたいのは行蔵は我にあり、ということである。「栄辱悲歓の朝暮と為す」とあるのは、無名子詩文の「昨日之誉は必ず今日之毀と成る、朝栄暮辱、さらに言ふべからず」に対応する表現と思われる。波線部の「莵紫夜の譬へ」とあるのは老狐と余の問答（五〇頁）をさすであろうが、典拠不明。

〔六〕楚鳳〔つまらないものを宝とする譬え〕〔図版「荊」〕遼豕《れうし》〔世間知らずで独りよがり〕、聊か媸《し》〔図版「我」〕醜を献ず。此れ又余が故態〔いつものくせ〕なり。識らず、叟何謂《いかがおも》はんや。漫に厳韻を和する者の一首、其の挽詞は茲に和せずと云ふ。〔コノアト図版「詩曰」〕

〔六〕つまらないものを大切に思うのは独りよがりに過ぎないが、まあ私のくせでここに拙い詩を贈りたい。贈られた詩韻に和して返すが、挽詞には答えないでおく。

用捨行蔵是格言　用捨行蔵〔出処進退がよろしきに叶うこと〕　是れ格言
虎威雖仮未為尊　虎威　仮りと雖も　未だ尊しとせず
藤崎寺旧風霜迹　藤崎寺旧りたり　風霜の迹〔「迹」、図版「跡」〕
築紫城高府主恩　築紫城高し　府主の恩
濁世交朋紅醴熟　濁世の交朋　紅醴熟し
浮雲変化白衣飜　浮雲変化し　白衣〔無位無官〕飜る
別来欲嗅寒梅去　別来　寒梅を嗅ぎ去らんと欲す〔「寒梅」、図版「梅花」〕
夢繞黄昏月下村　夢は繞る　黄昏月下の村〔「繞」、図版「遶」〕
　壬子仲冬下旬　羅浮山子道春拝稿〔「下旬」、図版「下浣」。波線部、『文集』『大日本史料』になし〕

律詩の大意はつぎのようであるか。

出処進退のよろしきは、戒めとなる。
肥後では虎の威は仮のもので、これを尊びはしない。
歳月が経ち藤崎寺も古びた。
肥後の城は高くそびえ、太守の恩も同様である。
俗世間の交友は、豊かに稔り、
浮雲は変化し、無官の衣を翻す。

別れに際し、寒梅の香りを嗅ぎ去ろうとしている。
黄昏、月下の村に夢はめぐる。

「宗礀に寄する序」の内容をまとめておく。宗礀とは十四年前からの知己である。彼は京の私塾で学問を教えており、詩作にも特に優れていた。宗礀が加藤清正に仕えるため肥後に赴いた時期は、自分も江戸に在り、すれ違いが続いた。清正の死後、宗礀は肥後で二代目に仕えるのをよしとせず帰洛した。そんな時、父の世話のため私が一時帰京し、宗伯邸で遇会、旧交を温めた。彼は述懐の詩と清正追悼の挽詞を見せてくれた。内心、不本意ではあろうが、その出処進退はなんら恥づる所はなく、贈られた詩の返事として、ここに彼を慰撫する詩を贈る。

ここで改めて第三章の六で触れた、無名子の詩（五一頁『山林儷葉』所収）と、上掲羅山の詩とを対比させる。

詩曰（無名子）	（羅山）
狐獣化来投片言	用捨行蔵是格言
曾聞逢虎得崇尊	虎威雖仮未為尊
人間亦有仮威列	藤崎寺旧風霜迹
野性幸其誇冠恩	築紫城高府主恩
世勢衰時顔已老	濁世交朋紅醴熟
旧交変尽手如翻	浮雲変化白衣翻
自今何処可消日	別来欲嗅寒梅去

僧院半閑松下村｜　夢繞黄昏月下村｜

無名子の詩と羅山の詩は、傍線を付した文字（韻）が符合しており（次韻）、これが「厳韻（相手の用いた詩韻）を和する」ということで、さらに内容的にも対応している。このことは、無名子の詩文が、宗磵の作であることを示す傍証ともなるはずである。律詩第三句目、藤崎寺は肥後藤崎八幡宮の神宮寺、藤崎宮寺のことで熊本城の西にあった。これは無名子詩文の末尾に「時に藤崎の一瞳、答るは松嵐のみ」（五〇頁）とあるのを意識した表現と思われる。あるいは宗磵はその近辺に住んだのであろうか。

二　宗磵、林羅山を称える詩文

上記詩文の返事に該当するのが、「羅浮仙子道春公者」で始まる宗磵の詩文である。写本『山林儷葉』三（東京大学史料編纂所蔵、貴四八・七）に載り、『大日本史料』十二之十（三三〇頁以下）に翻刻があるが、管見の古書目録等には見出していない。この詩文は末尾に「慶子仲冬下浣」とある。慶長十七年（一六一二）が壬子にあたり、その十一月下旬、東行する羅山を送別する、宗磵の詩文である。羅山からの序に対し、直ちに宗磵が返書をしたためたものと推察される。以下、適宜段落に分け『大日本史料』を訓読する。

〔本文〕

［一］羅浮仙子道春公は、洛社之英豪、騒壇〔詩文界〕之良将、而して進めば則ち儒教之絶絃を続ぎ、退けば則ち文道

〔学芸の道〕之狂瀾を廻らす〔衰えていたものを元に戻す〕。実に人中之騏鳳〔優れた大鳳〕、儒門之権衡〔秤、標準の意か〕、徳望を末に光輝する運者〔めぐり合わせ〕也。先に是れ一鶚之選〔優れた人として推薦される〕を膺《う》け、相府〔宰相、徳川家康をさす〕之寵恩を蒙り、常に左右に奉侍し、経籍を談論す。蘇仙〔蘇軾〕英に邇《ちか》く侍するを屑《いさぎよ》しとせず、国栄て栄ゆるなし、誰か歆羨〔喜び慕う〕せざらんや。今茲に冬之孟〔十月〕、椿闈《ちんい》〔父君〕を省覲〔まみえる〕せんと欲し休暇を求め、錦を洛に旋す。是を以て屡《しばしば》会面を得、霏談霍語《ひだんはくご》〔話がはずむこと〕、予の渇望を慰む、亦楽しからずや。恩遇旧日に十丕《ひ》〔大きい〕す。

【蘇仙英に邇く侍するを屑しとせず、国栄て栄ゆるなし、誰か歆羨せざらんや】あの蘇軾は優れた主君近くに仕える生き方をよしとせず、国が栄えても自身が栄えることはなかった。（それに比べて羅山を）羨望しない者がいようか。こう解釈してよいか、未詳。傍線部、原文は「不屑蘇仙侍邇英、國榮莫榮焉、誰不歆羨乎」。

［一］羅山の才能を称える記述からはじめ、家康に仕えることを祝う。この十月父君にまみえるために、休暇をとり帰洛した羅山と宗磵は久しぶりに会合、大いに話が弾み以前に十倍する厚遇に接した。

［二］故に関西羇旅之拙作を以て一覧に備へ、斧削〔添削〕を請ふと雖も、良匠袖手《しうしゅ》〔何もせず〕して返す。顧みるに夫れ材以て楹《えい》〔太い柱〕たらざる者か、以て恨《くや》みとなす。他日予の風疾を弊廬〔あばらや〕に問ひ、談笑之次で、辱くも高和を裁ち〔程よくさばき〕之を示さる。吟翫〔吟詠して鑑賞する〕手を脱せず、句法俊逸、李杜〔李白・杜甫〕に差肩〔肩を並べる〕す。詞源清新〔辞句がよどみなく流れるさま〕、黄陳〔宋代の詩人、黄庭堅・陳師道〕に踵を接す。其才望尚ぶべし仰止〔あおぎ慕う〕すべし。是に於て覚ず風疾頓に躰を去り、夢の如くして寐る。異なる哉、古人詩を誦して瘧を治す、斯言の誣《いつは》らずとする。

【良匠袖手して返す】「巧匠も旁観して手を袖間に縮む」〔韓愈・柳子厚を祭るの文〕。

【古人詩を誦して瘧を治す】『古今事文類聚・前集』巻四十七「詩話」「讀詩愈瘧」に、「詩話云、有病瘧者、子美曰、吾詩可以療之、病者曰云、何曰夜闌更秉燭相對如夢寐、其人誦之瘧猶是也、杜曰、更誦吾詩云、子璋髑髏血模糊、手提擲還崔大夫、其人誦之果癒、漁隠叢話世傳、杜詩能除瘧、此未必然、盖其辭意典雅、讀之者脱然、不覺沉疴之去體也」とある（『古今事文類聚（一）』〔四庫類書叢刊〕、一九九二・一、上海古籍出版社）。傍線部は杜甫の七言古詩「戯れに花卿の歌を作る」の第七・八句。

〔二〕そこで私が西下の折の詩作を見せ添削を請うたが、その時は返事がなく残念だった。のちに私が病にかかった際、陋屋に見舞い、素晴らしい詩を示してくれた。句法は優れ李白・杜甫にも匹敵し、辞句の流れは淀みなく黄庭堅・陳師道にも並ぶほどであった。その才能はよろこび仰ぐべきである。思わず病は体から去り、よく眠れた。古人がいう、詩を朗誦して瘧を治したというのは、嘘ではないと知った。

〔三〕未だ幾ばくならずして忽ちに亦東関の行を告ぐ。駅程の歴る所を料識するに、絶境多し。江左平湖〔琵琶湖か〕之月、駿陽士峰〔駿河の富士山〕之雪、挙げておもへらく公の嚢中に吟ずる物、洒落風々流々、言はずして知るべし。予の如きは馮《ふう》唐易老〔馮唐のように老いて。前漢の馮唐は高齢の後に郎官に推挙された。杜甫「岑嘉州に寄す」の第八句に「馮唐已に老いて吹嘘するに聴《まか》す」〕、浩然多病〔孟浩然のように病がち。孟浩然「歳暮南山に帰る」の第四句に「多病故人疎なり」〕、吁咋《ああ》〔以前〕に非ず吾衰へ甚し。人生古来朝に夕を謀らず。再遊期し難し。若し強ちに再遊を期せば、東山の桜梢の雪か、北岳〔北野神社か〕楓林の紅か。公必ず違ふことなかれ、玆に思ひ玆に在り。河辺の柳短く、蘼蕪《びぶ》未だ芽ぶかず、何を以て離愁切なるを攄《の》べん。

【蘼蕪未だ芽ぶかず】せんきゅう（女かずら）の苗は、川岸に生える草で、別名を当帰草（まさに帰るべし）という。

『三体詩』に収める七言絶句「閑情」（孟遅）の転・結句に「蘼蕪も亦た是れ王孫の草　春香を送って客衣に入らしむこと莫かれ」とあるのを踏まえる。蘼蕪（まさに帰るべし）の香りを送り届けて、相手に帰る気を起こさせてほしいが、しかし蘼蕪も「王孫遊びて帰らず」（『楚辞』招隠士）と歌われて、別離の悲哀を催させる春の草であるから、帰ってこないことになるかもしれない（『五山堂詩話』巻一〔三八〕〈新日本古典文学大系〉一八三頁参照）。ここは「まさに帰るべし」という蘼蕪が芽ぶかないわけで、羅山が帰洛できないことを認識している、という意であろう。

［三］しかし間もなく羅山は東下するという。旅程には景勝地が多く、羅山が詠むであろう風趣の数々はいうまでもない。一方私はといえば、馮唐のように老い、孟浩然のように病がち、ああ衰えたものである。再び遊行を共にすることは難しいかもしれないが、強いて再遊を期すとすれば、東山の桜か北野の紅葉を見たいものだ。君よ、約束を違うことなかれ。今は柳も短く、かずらも芽吹いておらず、君は帰れないだろうが、何によって別れの切なる心を述べようか。

［四］予久しく利路を来往し、名途に奔走す。故に口に荊し眼に霧す〈見ざる、語らずという処世か〉。文墨〈文事〉と炭氷〈相容れない〉にして、胸襟〈心のうち〉貧の一字を遂ぐ。寔《まこと》に是れ人間の弃物か。然りと雖も、斯くの若く前年顒薦〈推薦されること〉の栄を賀せず、今年亦壮行の色をせずは、則ち朋友交情の義に非ず。罪誡に逭れ難し。仍て雷門の下布鼓〈音の出ない布ばりの太鼓〉を撾《う》つの嘲りを忘れ、漫《みだり》に八句を綴り三畳の曲〈陽関三畳、送別の曲〉に擬ししか云ふ。

【雷門の下布鼓を撾つ】雷門、すなわち会稽城の鼓は音が大きく、洛陽中に聞こえるほどで、音の出ない布張り鼓をもって過ぎれば、嘲笑されるという故事（『漢書』）で、ここは自作の詩の謙遜の意。

［四］私は誘われるままに名利を追い求めてしまった。今はそれを自省し、口や目をとじて、文筆は燃えかすと同様で、心には貧の一字のみが残る。人の世の抜け殻みたいなものである。名利に誘われ加藤清正に仕えた自らの過去を後悔してい

るのだろう。しかし、以前に羅山が推挙されたことも祝わず、今度の壮行も賀さないならば、友情に背くことになり、罪は逃れ難い。そこで雷門の太鼓の前で、布太鼓を打つようなもの、との嘲笑を顧みず、律詩を綴り送別の曲になぞらえる。

玉帛徴賢道已東
陽関送別有詩筒
交情話旧十年故
才気呑空一世雄
駅路探梅行可好
士峯吟雪語余工
棗亀君若負期約
縦得番風花不紅
　慶子仲冬下浣　　畊庵巳陳叟宗礀拝

玉帛〔賢者を迎える礼〕賢を徴し　道已に東す
陽関に送別し　詩筒〔詩作への思い〕有り
交情話旧　十年の故
才気空を呑む　一世の雄
駅路の探梅　行好かるべし
士峯に雪を吟じ　語工を余す
棗亀《さうき》　君若し期約を負ば
縦ひ番風〔季節どおりの風〕を得るも　花紅ならず

【玉帛徴賢】『三体詩』「友人の上都にゆくに逢ふ」僧法振に「玉帛賢を徴して楚客稀なり」。天子が玉帛をもって丁重に賢者を迎えるので、楚の屈原のような不遇な者はいない。玉帛は玉と帛《きぬ》、賢者を迎える丁重な礼をいう。
【棗亀】この「棗亀」という語については、長澤孝三氏が「羅山の印章〔研究余録〕」（『日本歴史』五八四号、一九九七・一）の末尾で疑問を提起し、それをうけて陳力衛「「棗亀」という語をめぐって」（『國學院雑誌』九九巻二号、一九九八・二、同『和製漢語の形成とその展開』、二〇〇一・三、汲古書院、再収）は、林羅山・鵞峯、さらに藤原惺窩や五山僧の文章の中から、一〇例ほどを見出し考証している。同論によれば「棗亀」は「早帰」の同音代替で、ある

種の忌みの意識から発生し、漢文になじみ深い人の間で使われた、文人仲間用語であろうという。(4)

貴人が賢者を求めるのに応じ、すでに東下しようとしている。
陽関で送別し、詩作への思いが湧く。
昔のことを話す交情は十年にも及ぶ。
君の才気は空を飲む程の、一世の雄である。
旅の駅路は梅を観賞するのに良いでしょう。
富士の雪を吟じる語は、たくみさに有り余るほどである。
早く帰ってほしい。あなたが約束を守るならば、
季節どおりに風が吹いても、〔あなたの帰りを待って〕花は紅くならないだろう。

以上の宗磵の文章を再び要約しておく。羅山が学問・詩文にすぐれることを絶賛し、彼が幕府に仕えることも喜んでいる。父君を見舞うために帰洛した羅山とは、以来しばしば会う機会を楽しんだ。自分が肥後に任じていた時の詩文を見せた折には、すぐには感想はなかった。しかし私が風邪をひいた時に、陋屋を見舞い清新な詩を贈ってくれた。その秀逸さは、古人が言うごとく、すぐに病が癒えるほどである。しかしほどなく、また関東に赴くということだ。旅程には詩作に適した景勝地が多く、楽しみである。自分は老いて多病でもあり、将来のことは分らない。だがもう一度、二人で東山の桜か北野神社の紅葉を見たいもので、再会の約束を忘れないでほしい。私はといえば、名誉や利益に奔走し口や目を閉じてしまい、文事からほど遠く心の貧しい廃人同然である。しかし、羅山が前年に幕府への推挽を受け、今年また送別の祝を述べないのは交情にそむく。だから笑われることを承知で、別れを惜しみ旅程の作詩

を期待し、そして早く帰洛することを願い、送別の詩を贈る。

三　林羅山、宗礀叟に答ふ

林羅山が宗礀に贈った詩文がもう一つある。次の二点に翻刻があり、古書目録に一部図版が載る。(5)

・『大日本史料』十二之十一、慶長十七年十二月九日条〔林道春、家康ノ命ニ依リ、駿府ニ移居ス〕（三三二〜三三三頁）に載る。

・『林羅山文集』巻三（書二）に所収には「慶長十七年作」と注記する（二九頁）。

以下、『林羅山文集』を参照しつつ『大日本史料』を訓読し、【待賈43・名家真蹟】・【自筆本二集】・【東京古典会1980】掲載の図版との校異も示す（□は図版にみえる闕字）。

まずこの書翰の年次について、［二］に「去冬、余が穃を以て東するとき」とあり、これが慶長十七年（一六一二）十一月。よって、［九］の九月二十一日という日付が正しいならば、書かれたのは慶長十八年九月と考えられる。だがこの日付は、最終的に発送した時点を示すもので、本書翰はそれ以前から段階的に執筆されたものであろう。(6) それについては随時触れたい。以下、訓読と大意を示す。

〔本文〕

宗礀叟に答ふ　慶長十七〔八ノ誤カ〕年作○洛人篠屋と号し、巳陳斎と称す。〔題、注記、図版になし、括弧内は大日本史料〕

［一］夫れ別れは何する者ぞや。前には則ち客路〔旅路〕の長風〔遠くから吹き来る風〕、顧れば則ち故国の喬木、馬蹄

の践む所、魂と暁霜斉しく消え、王孫帰らず、悲しみ野艸と共に相生ず。遂に金蘭〔親しい交わり〕をして継がず、膠漆〔親しいことの譬え〕復た堅からざらしむ。是に於て、或は祖筵〔送別の宴〕を開て以て之を惜み、或は言を贈り束帛〔絹十反を一束とした贈物〕を贐《お》くりて、これを餞す。斯れ古今人情の重する所なり。去冬〔慶長十七年十一月のこと〕、余が帑《ど》〔妻子〕を以て東するとき、□宗磵叟送るに唐律を以て行に色す也。余これを誦し、節を撃て嘆賞す。兼金〔素晴らしい黄金〕轂璧《かくぎょく》〔玉の名〕翅《ただ》ならず、和せんと欲るに未だ果さず。既にして駿府に達す。官事盬《もろ》いことなし、日月逝んぬ、歳云に暮れぬ〔『詩経』小雅「小明」に「歳聿《ここ》に云《ここ》に莫る」〕。

【故国の喬木】『孟子』二・梁恵王章句下「所謂故国とは、喬木有るの謂を謂うに非ざるなり」。また『文選』巻二十七詩「行旅下」の「還至梁城作」に「故国には喬木多く」。
【馬蹄の践む所、魂と暁霜斉しく消え】『荘子』外篇・馬蹄篇第九の冒頭、「馬は、蹄を以て霜雪を践むべく」。
【王孫帰らず、悲しみ野艸と共に相生ず】『楚辞』「招隠士」篇に「王孫遊んで帰らず、春草生じて萋萋たり」。
【官事盬《もろ》いことなし】『詩経』小雅・四牡「王事盬きこと靡し、父を将《やしな》うに遑あらず」、ここは宮仕えはおろそかにできない意。

［一］冒頭で一般的な別離の悲しみや、親交が一時絶えることを述べ、別れの宴や餞別などは昔も今も人情の常であるという。昨冬、私が関東に赴く際、宗磵から送別の詩を贈られ、そのすばらしさに感服したが、返しをしないうちに駿府に着き、公務も忙しく今年が暮れてしまった。「日月逝んぬ、歳云に暮れぬ」は、羅山の東行が慶長十七年十一月で、その年十二月をいうのであろう。

［二］忽ち春｜〔図版「青」〕陽を迎へ、稚松を三保〔松原〕に牽き、嫩菜〔若菜〕を芦原〔駿河国志太郡、『和名類聚抄』に〕に采る。温風士峯〔富士山〕の雪を吹き、烟霞浅間〔浅間神社〕の櫻に映ず。此れに対して如何ぞ意無らんや。信《まこと》

に美なりと雖も、京師を思ふ、思て止まず。遂に和せざること能はず。詞に云く、

暮雲起処是江東　暮雲起る処　是れ江東
霖雨過旬裹飯筒　霖雨〔長雨〕旬〔十日〕を過て　飯筒《ちまき》を裹む
健筆有神能抜俗　健筆神有り　能く俗を抜く
談鋒無敵孰争雄　談鋒敵なし　孰《たれ》か雄を争はん
却嫌仕宦為労我　却て嫌ふ　仕宦為に我を労することを
共要文章不費工　共に要す　文章工費さざるを〔「共」、図版「只」〕
遥想風流花下景　遥かに想ふ　風流花の下の景
洛陽三月錦鋪紅　洛陽三月　錦紅を鋪く

【信に美なりと雖も、京師を思ふ】『文選』十一・賦己・遊覧・登楼賦一首（王粲〔字・仲宣〕）に「信に美なりと雖も吾が土に非ず」。

【暮雲起る処　是れ江東】杜甫の五言律詩「春日、李白を憶ふ」〔杜甫が李白を思い遣っての詩〕の第五・六句に「渭北春天の樹　江東日暮の雲」。渭水の北で春の木々を見る私（杜甫）、江東の地で日暮れの雲を見るあなた（李白）、という詩になぞらえ、私（羅山）が宗礀のことを思っていることをいう。これに基づいて「渭樹江雲」は、遠方にある友人を思う情の切実なこと。羅山の蔵書印「江雲渭樹」もこれによるらしい（宇野茂彦『林羅山・（附）林鵞峰』九〇頁参照）。

【傍線部】「東・筒・雄・工・紅」は一一〇頁の宗礀の詩に対応する次韻。

［二］春を迎え、若松を三保にひき芦原で若菜を採り、富士の雪や浅間社の桜など風趣に接し詩心が動き、京への思いを抑えきれず詩にまとめた。この部分は慶長十八年の初春の頃のこと、但し律詩第二句には「霖雨旬を過て　飯筒を裹む」と

あり、もう五月と思われる。
暮雲を眺めあなたを思い遣る、ここは関東。
長雨が続き、もうちまきを包む季節である。
あなたの健筆は神業の如くで、凡俗を越えている。
言論の鋭いこと無敵で、誰が雄を争おうか。
役所勤めを嫌い、私をいたわろうとされる。
二人とも文章を作るのにさして努力を要さない。
遥か風流な花の下の風景を思う。
三月の都は紅い錦を敷いたようでしょう。

［三］将に踵《つ》いでこれ〔右の律詩のこと〕を呈せんとす、未だ其の便を得ず。駒陰荏苒〔月日は過ぎのびのびになる〕、悽《せい》遑《くわう》〔あわただしくおちつかないこと〕忩忩、□叟の鯉素〔手紙〕を寄するに会ふ。告て謂らく、前況、□八條親王〔智仁親王〕に侍り、史記高祖本紀を読む。今、又、生徒に授くるに、毛詩故訓を以てすと。■〔ココマデ図版アリ〕余、聞て以為《おもへら》く、諸生の幸ひと。夫れ遷史〔史記〕の中華に行はるる、置て論ぜず〔言うまでもない〕。本朝延天〔延喜・天暦〕の盛世、橘氏・紀氏、史を読て最も著はるる者、比比として〔しきりに〕出づ、人無しとせず。就中、鎮西都督大王〔大宰府長官〕、史記を吏部江侍郎〔大江朝綱〕に受く。時に朝綱序を献ず。曰く「大王、馬遷が史を習ふと雖も、車胤が勤め〔蛍光を頼りに苦学した故事、『蒙求』車胤聚蛍〕を忘れず。豈に東平王の善を為すに非ずんば、則ち是れ曹子建が文を好むなり、謂つべし一世の美観也」と。

【鎮西都督大王、史記を吏部江侍郎に受く】『本朝文粋』巻九「春日　前鎮西都督大王史記を読むに侍りて教に応ず　後江相公」（二六〇番）による。訓読で示す。「是の故に鎮西の都督大王、史記を吏部江侍郎に受く。蓋し聖訓を尋ぬる也。大王仁義余あり。百行失ふなし。馬遷之史を習ふと雖も、車胤之勤を忘れず。また楽しみて善をなすにあり。若しくは東平王之後身にあらずや。業只文を好む。則ち是れ曹子建の再誕なり」（〔新日本古典文学大系〕二八一頁下）。

【東平王】東平の憲王蒼は、帝の問いに対し、善をなすのが最も楽しいと答えたという。『蒙求』一五九「東平為善」。

【曹子建】建魏の人、曹植《そうち》、武帝（曹操）の第三子、文に優れ陳思王とも称された。『蒙求』三八四「子建八斗」。天下の文才のすべてを一石とすれば、そのうちの八斗分を子建が占めるほど文才があった、という譬え。

〔三〕これを贈ろうとしたが、ついでがないうちに、宗礀の来簡〔これに当たるものは未確認〕に接した。そこには、京で宗礀が八条親王〔智仁〕に『史記』高祖本紀を講尺し、弟子には『詩経』を講じていると書かれていて、私は聴者の幸を思う。宗礀が八条親王に侍し『史記』を講じたことは、第七章で触れる。親王の御年譜には、『史記』講釈は元和二年の記事しか見えないが、おそらくそれ以前、すなわち慶長十七年頃にすでに宗礀は智仁親王に『史記』を講じていたのであろう。平安の昔、橘氏・紀氏など『史記』を講ずる者が現れたが、中でも大宰府長官が大江朝綱に『史記』を学んだ際、『史記』を学んで勤学を忘れない、また曹子建のように文を好んだと〔朝綱が〕大王を称えたのは素晴らしいことであった。これは智仁親王を大王、宗礀を大江朝綱に喩えることになるか。

〔四〕王度秕〔王法が廃れる〕となり、武臣秋《とき》〔機会〕を得るに至て、貂《てう》を弭み紳〔朝廷に仕える貴人〕を搢《はさ》むの文章、皆変じて衲毳《だふぜい》〔僧のこと〕に入る。近代の禅者、牧仲蕉雨が史記を読む、人僉《みな》これを慕ふ。今、叟此の紀〔史記〕を瓊樹花前〔貴人〔智仁親王〕の前〕に読む。江侍郎〔大江朝綱〕が鎮西王〔大宰府長官〕に於けると、以て并せ案ずべきか。然も叟の慕ふ所、此に在るか彼に在るか。嗟、漢楚の興亡、巻を開て目に在り。然る所以と然らざるとは、設ひ史筆の及ばざるも、誠に学者の宜しく講ずべき所か。

【王度秕となり】この部分の前半に類似するかと思われる趣旨が、『羅山文集』巻六十六「随筆二　百七條」のうちに見える。「日本王室中ころ微なり。貴介搢紳の文章を以て世に鳴る者、近代則ち亡し。足利氏の天下兵馬の権を領するに至て、洛陽五山諸師の文字禅を以て時に名ある者、間出すること多し。是に於て天下の文章皆禅に流す。更に儒を言ふ者無し。悲しいかな」（八二〇頁上を訓読。この箇所については、浅山佳郎・大島晃・瀧康秀・長尾直茂「羅山随筆抄訓読稿㈡」第九十六条〔『漢文学解釈与研究』一〇号、二〇〇八・三、一五六頁〕に訓読あり）。また羅山の子鵞峰の『鵞峰林学士全集』巻三「碩果林記」の中にも、「応仁より以来、朝廷式微儒礼悉く廃す、文字之業僅に、禅徒之手に入る、痛哉、悲い哉、此の時に当ては則ち未だ絶へざる者殆ど絶へ、未だ燼へざる者殆ど燼て、我が道極んぬ」（『近世儒学文集集成　第十二巻　鵞峰林学士文集　上』〔一九九七・一〇、ぺりかん社〕一七オ、七五頁右）とあり[7]、文章に携わる主流が儒から禅に移ったことをいうのだろう。

【牧仲蕉雨】臨済僧、牧中梵祐と桃源瑞仙（一四三〇～一四八九、号、蕉雨）のこと。桃源は牧中に就いて『史記』を学び、『史記抄』はこの二人が著録した[8]。

［四］王法が廃れ武家の世になると、公家が携わる文業に僧が関与するようになり、最近は禅僧が『史記』を読み、皆がこれを良しとする。今、宗碩が貴人の前で『史記』を講じるのは、大江氏が大宰府長官に講じたのと併せ見るべきである。『史記』を繙き漢楚の興亡の因由については、史書に記されなくとも学者が講ずべき所である。

［五］余、公務の暇、人のために孟子を読み、又、南華の篇〔荘子〕を繙く。漫漫叨叨〔口数が多い〕、口に信《まか》せ字を指す。一は則ち以て先儒鸜鵒の譏りを恐れ、一は則ち以て古人霧露〔病〕の評に慙づ。余を以てこれを観れば、叟の講ずる所必ず斯《かく》の若くならじ。是れ幸とする所以のみ。且つ又、周詩〔詩経〕の教授、想ふ当に■〔ココカラ以

下、図版アリ〕情性の正に本き、風雅の趣を知て、夫の世俗記誦の輩らと、以て雷同すること無かるべくんば、則愈々嘉《よみ》すべし。卑絶句一首、余〔図版、小字〕が志の之く所贅《ぜい》〔余計なものを加える〕す。此に詞に云く、

近時聞説講筵開　近時聞くならく　講筵開くと
傾耳応云匡鼎来　耳を傾けて応《まさ》に云ふべし　匡《きやう》鼎《まさに》来ると
猶笑荊公将剝棗　猶笑ふ　荊公〔王安石〕まさに棗《なつめ》を剝せんとてするを
却疑鄭氏不知梅　却て疑ふ　鄭氏が梅を知らざるを
（＊傍線部、図版「圧」）

【匡鼎来】『詩経』を専攻した前漢の儒学者、匡衡《きょうこう》が学に優れたことを、諸儒が諺にして「『詩』を説くなかれ、匡、鼎《まさに》来たらんとす。匡、『詩』を説かば、人の頤を解かん」と評価した（『蒙求』匡衡鑿壁）。宗碉を匡衡に喩えたか。

【荊公将剝棗】棗を剝ぐは陰暦八月のこと。転句・結句の王安石・棗、鄭氏・梅の箇所は不明。

［五］私も公務の合間に『孟子』や『荘子』を読むが、散漫で人まねの謗りを免れないものだ。宗碉の講義はそうでないのは幸である。また『詩経』について、凡俗の講ずるのとは一線を画し、風雅の真髄を講義されるのは慶祝すべきである。余計なものだが絶句一首を贈る。

最近、講筵を開きなさると聞く。
よく聴き、そしていうべきである、匡衡の如き本物の学者が来たと。
王安石が棗を剝ごうとするのを笑い、
かえって鄭氏が梅を知らないのを疑う。

［六］別后言んと欲する者、臆〔思い〕堆阜《たいふ》〔小高い丘〕を生す。併ら晤言の時に在り。越鳥越に向ひ、胡馬胡を念ふ。矧《いはん》や人に於てをや。白雲西に飛び、流水東に逝く。人何ぞ洛を忘れん哉。山部赤人富士を詠じ、都良香富士を

記す。古、既に人有り□叟其れ意《こころ》無らんや。叟来らんか、余往かんか、只思ふ晤会の遠からずして、乖別の漸久しきを慰せん而已。時、惟れ秋獮《しうせん》〔秋に行う狩〕冬狩、農の隙を以て、毎歳武を鎮東に講ずる者、是れ吾□幕下の嘉謨〔図版「模」〕也、余も亦行に侍る、故を以て、冗裏艸艸筆を渉る、筆短して情永し、枉《まげ》て以て此に止まる。▲〔図版ココニ「再拝白」〕

九月二十一日　　羅浮子道春（花押）

已陳斉宗碉叟　烏皮右〔机辺に〕　　〔▲から以下、図版にあり、『文集』になし〕

【越鳥越に向ひ、胡馬胡を念ふ】『文選』第二十九雑詩の部『古詩十九首』其一のうちに「胡馬は北風に依り、越鳥は南枝に巣ふ」。故郷の忘れ難いこと。

【白雲西に飛び、流水東に逝く】『文選』「秋風辞一首并序」（漢武帝）に「秋風起りて白雲飛び」。「流水」は羅山自身を喩えるか。

【山部赤人富士を詠じ、都良香富士を記す】前者は『万葉集』巻三「山部宿禰赤人、富士の山を望る歌一首并せて短歌をさす。」の詞書を持つ「三二〇番、天地の分れし時ゆ神さびて……」と反歌「三二一番、田子の浦ゆうち出て見れば」の歌。後者は『本朝文粋』巻十二「富士山記」（三七一番）。

【秋獮冬狩、農の隙を以て、毎歳武を鎮東に講ずる】『春秋左氏伝』隠公五年に「故に春蒐・夏苗・秋獮・冬狩は、皆、農隙に於て事を講ずるなり」。

〔六〕別れて以来、伝えたいことは山ほどあるが、すべてお会いした時に。越鳥や胡馬以上に、人たるもの故郷は忘れがたい。白雲が西に飛び、水は東に流れ、どうして都を忘れましょうか。昔も赤人・良香が富士を詠じた。宗碉殿も詩心がおありでしょう。あなたがおいでになるか、私が行きましょうか。遠からず会えることを想い、別離の長きを慰めるだけです。今は農閑期で、私は幕府の行事に従い江戸で武を講じている。その合間に早々に筆を走らせ、心を尽くせないが、こここにとどめる。この部分は、「時、惟れ秋獮冬狩、農の隙を以て、毎歳武を鎮東に講ずる」とあり、秋から冬にかけてのこと、鈴木『年譜稿』によれば、慶長十八年九月十七日、羅山は家康に従い駿府を発し、九月二十七日に江戸到着、以後川越方面での家康の鷹狩に伴をしている。とすると、この書翰の日付の九月二十一日は、その途次に発せられたものであろうか。

以上、この「宗磵叟に答ふ」の詩文は、林羅山が駿府に下向してすぐに執筆したものの、当時送る機会がなく、以後何段階かに分けて書かれたものと推察される。親しい交際が、一時的にも途絶える別れは悲しいものである。去年の冬、私が東下する際、宗磵叟は素晴らしい漢詩で出立に色をそえてくれた。それに返事を送らねば、と思う内に駿府に着き、公務多端で年末を迎えた。春になり、当地三保や芦原、富士、浅間神社などの好景に心動かされるが、やはり京洛のことが思われ、和する詩を作った。［二］に見える漢詩は、霖雨、ちまきをつつむとあり、五月のものか。宗磵の詩作・言談を称え、致仕したことにも理解を示し、京都での風雅を想像するものである。［三］では、宗磵から書翰があったと推測され、そこには智仁親王への『史記』高祖本紀の講釈や、私塾での『詩経』故訓の講義のことが書かれていた。羅山は平安の昔、大江朝綱が大宰府長官に行った『史記』講義の例を引き、また最近は桃源瑞仙らの『史記抄』がもてはやされる状況などを述べ、宗磵が学者として史書を講ずる偉業を称賛する。［五］では羅山自身が公務の余暇に行った、『孟子』や『荘子』の講義を謙遜しつつ話題にし、宗磵の『詩経』教授の秀逸さを称える絶句を載せる。［六］では別れて以後時間が経ち、伝えたいことは山ほどある、京都が懐かしく、会って話す機会を早く持ちたいという。江戸では、秋冬の農事の隙に兵武を講じるのが恒例で、私も随行しており、匆々の間で言を尽くせないが、ここで筆をおく。ほぼこんな内容で、慶長十七年（一六一二）年末から同十八年九月までの、何次かの詩文を集めたものであろう。

四　林羅山、祖博詩を和し、兼て宗碉に寄する詩

ここまで見てきた三点の書翰は、宗碉が肥後から都に帰り在京の頃、旧知の林羅山と交わした遣り取りであるが、林羅山が宗碉に寄せたと思われる漢詩がもう一点ある。『羅山林先生詩集』巻四十四所収の「贈答二」の三番目に「祖博詩を和して、兼て宗碉に寄す　駿府作」（五七頁上）と題されるものである。次韻の確認のために、下段に前出（一一四頁）の「宗碉叟に答ふ」中の律詩を掲げる。

医名藉甚海之東
丹在薬爆砭在筒
不乱斑蝥同地膽
能知烏喙類天雄
逍遥欲慕荘周迹
詩句聊餘介甫工
憶昔京城交会夜
燈花相対落残紅

医名藉甚　海之東
丹は薬爆にあり　砭は筒にあり
斑蝥の地膽に同じきを乱らず
能く知る　烏喙の天雄に類するを
逍遥　荘周が迹を慕はんと欲し
詩句　聊か介甫〔王安石〕が工を餘す
憶ふ昔　京城交会の夜
燈花相対して　残紅を落せしを

暮雲起処是江東
霖雨過旬裹飯筒
健筆有神能抜俗
談鋒無敵孰争雄
却嫌仕宦為労我
共要文章不費工
遥想風流花下景
洛陽三月錦鋪紅

【藉甚】名誉や評判が高いこと。

【丹】水銀を原料とする練薬。【砭】治療用の石針。

【斑蝥】薬用のハンミョウ。[9]【地膽】土ハンミョウ。

【烏喙】とりかぶと。【天雄】薬用とりかぶと。

【荘周が迹を慕はん】荘子は楚の威王の招聘を辞退した（『荘子』外篇・秋水篇の六）。そのように宗磵も、清正没後嗣子に仕えるのをやめ、京へ帰ったことをさすか。


律詩の大意はつぎのようであろう。

〔祖博の〕医家としての名声は、関東でもとくに高い。
よく練った薬は秘蔵され、石針は筒に収められている。
斑猫は地膽〔土斑猫の異名〕と同じであると誤らない。
猛毒のトリカブトが薬用の天雄と同類であることを熟知している。
〔宗磵が〕肥後から退却したその生き方は、荘子の迹をたどろうとするものであり、
彼の詩句の秀逸さは王安石の修辞に迫るほどである。
以前、京都で会合した夜には、
燈火が、散り残りの紅葉を照らしていたのを憶えている。

詩題に「兼て」とあることから、祖博・宗磵両人に宛てたものと考えられる。内容を見ると、前半の首聯・頷聯は医薬に関する力量を称え、後半の頸聯・尾聯は荘周の迹をたどり、詩に優れ京都での出会いの思い出などを詠む。つ

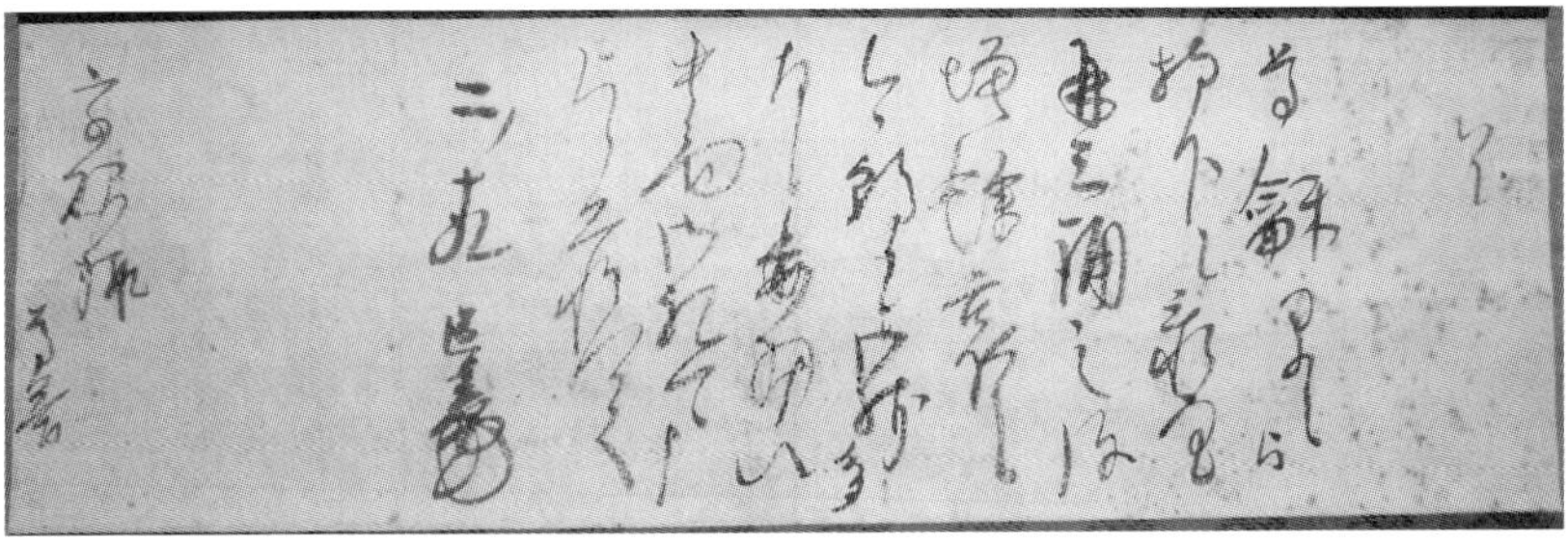

宗磵宛林羅山書翰（架蔵）

まり前半は祖博を、後半は宗磵を対象にしたとみられる。この詩のすぐ後に「祖博に謝す五首　并に序」（『詩集』五七頁下）が載り、そこで羅山は去年病気の際、祖博に薬をもらい治癒したと感謝しており、祖博の医業については確認できる。同詩によれば、祖博は医の能力を買われ伊予へ赴任したとある。この祖博（涸轍）は直江山城守兼続の側近の僧で、足利学校に学び、古活字版の刊行に関与している。宗磵も医の知識は持ち合わせたであろうが、具体的な医療や薬についての記述は、ここまで見当たらない。また本詩の後半は羅山の「宗磵に寄する序」、および「宗磵叟に答ふ」と基調を同じくし、宗磵を称える内容である。

さらに、詩の句末に傍線を付した箇所（一・二・四・六・八句の脚韻）は、宗磵が羅山に贈った詩（一一〇頁）、および羅山が韻を和した返しの詩（一一四頁）と全同で、次韻である。すなわち羅山は、宗磵から贈られた一詩に応じて、駿府で二つの詩を作成した。一つは宗磵にあて、いま一つは祖博と宗磵の両人にあてた。当然のことながら、祖博と宗磵は互いに知己であり、こうした詠み方が容認される、という認識が羅山の側にあったのであろう。

五　林羅山の宗磵宛礼状

羅山と宗磵の交流を示す資料として、羅山の短い書翰がある。(10)全文を示す。

尊酥早々被／持下之忝存候、／再三誦之後／増餘哀候、／今朝者御残多／存候、委細以／貴面御礼可申／上候、

恐惶謹言／二ノ十九　道春（花押）／宗礀様／尊答／

〔追而書〕以上

冒頭に尊和とあり、羅山の詩に和する詩を作り、宗礀がわざわざ羅山の許に持参したのであろう。羅山はそれを再三朗誦し、尽きることのない悲哀を覚え、今朝はことに心残りの気持ちで、委細はお目にかかって御礼申し述べたいとある。これだけでは何年の二月十九日かはわからないが、羅山が家康の命で剃髪し道春を名乗ったのは、慶長十二年（一六〇七）二十五歳の年であり、これ以降で羅山が駿府から帰り、京都に滞在した折の作であろう。[11]

以上、四通の書翰と一首の漢詩からは宗礀と羅山の親しい交際の様が窺える。羅山は恐らく学問を通じて、若くして宗礀と知己になった。宗礀は一時期加藤清正に仕えのちに致仕し、羅山は時の最高権力者たる徳川家に仕える。境遇や年齢の差はあるものの、羅山は京に帰った折には宗礀と連絡を取り、旧交を温めるなどしており、学問や詩を介しての互いに尊崇の念は変わらなかったものと思われる。

注

（1）【待賈43・名家真蹟】No.196「林羅山自筆文稿　慶長十七年成　一巻」、一四二頁下に解説、一四五頁上に後半の図版掲載。【待賈50・善本】No.342「林羅山自筆　和宗礀叟言懐詩并引　慶長十七年十一月成　原本　一巻」、三三八頁に後半の図版と解説掲載。

（2）「宗碙は余が二七年前の忘年也」の部分、検討を要する点が二つある。一つは「二七年」を二十七年とするか、十四年とするかという点で、もう一つは「前」を年長とするか、以前と解するか、である。すると次の四つの案が想定される。

①二十七歳年長、②二十七年以前から、③十四歳年長、④十四年以前から。

慶長十七年（一六一二）、この年羅山が三十歳であることは動かない。②とすると羅山三歳から知り合い、というのは成り立たない。③とすると宗碙は四十四歳となり、天正十九年（一五九一）に伊達政宗の接待の任を務める甚蔵の親としてはあり得ない（二十一歳の宗碙が十歳以上の子を持つことになってしまう）。①は、年上の相手に年齢を明記した書翰を贈ることになり、これは非礼であろう。結局、④の十四年以前からの知り合い、と解釈するのが穏当だろう。

（3）京都医師会医学史編纂室編『京都の医学史』（一九八〇・三、思文閣出版）二七一頁。

（4）陳力衛「『四庫全書』などの全文データから明らかになること――漢語の出典確認の可能性をめぐって――」（『日本語学』三五巻一〇号〔特集・漢文の最新情報〕、二〇一六・九）は、「棗亀」という語に関する研究を進展させ、該語の出自は「宋の趙善璙の撰による『自警編』の可能性が高」く、「江戸初期の儒学者の間では意外にも知られていて、当時の書簡語としてもよく使われていたと考えられる」（一五頁上）とする。

（5）以下の古書目録に載る。

・【待賈43・名家真蹟】No.196「林羅山自筆文稿」（一四二頁下に解説、一四五頁下に後半の図版掲載）。
・【自筆本二集】No.26「林羅山自筆長文尺牘」（二八頁に解説、三四頁に図版〔中間部ナシ〕）。
・【待賈49・名家自筆】No.11「林羅山自筆長文書簡」（八頁上に解説、図版なし）。年次を慶長十二年とする（八頁）が存疑。
・『古典籍逸品稀書展示即売会 三越』〔名家真筆〕（一九七二・一）No.361（二〇頁上）。
・【東京古典会1980】No.766「林羅山自筆文稿」（二八頁上、一一二頁に後半の図版）。年次を慶長十七年頃とする。
・【東京古典会2016】No.1474「林羅山書簡」（五七頁上、三四四頁に後半の図版）。

（6）鈴木健一『林羅山年譜稿』は慶長十七年の項に、「□この年、「答宗碙叟」を著す〔文集二〇二九〕」（三五頁）とする。

（7）揖斐高『江戸幕府と儒学者　林羅山・鵞峰・鳳岡三代の闘い』〔中公新書2273〕（二〇一四・六、中央公論新社）一〇三頁参照。

（8）足利衍述『鎌倉室町時代之儒教』（一九三二・一二、日本古典全集刊行会）二八一頁。玉村竹二『五山禪僧傳記集成【新装版】』（二〇〇三・三、思文閣出版）五一八・五九九頁。柳田征司『室町時代語資料としての抄物の研究〈上冊〉』（一九九八・一〇、武蔵野書院）の第二章 五山僧の抄物、第二節「桃源瑞仙聞書・抄『史記抄』の本文について——『漢書抄』との関係から——」に、「奥書の記すところによれば、『史記抄』の一部は桃源が牧中梵祐の講義を聴いて筆録した聞書であり、他の部分は桃源自身の抄したものである」（二五二頁）とある。

（9）慶長十七年（一六一二）八月十八日、角倉與一（素庵）は安南（ベトナム）からの舶来品を徳川家康に献じ、その中に斑猫があったという（『駿府記』二三八頁上）。久保昌二氏によれば、斑猫は乾燥させると生薬（漢方薬）になり、猛毒を持つものの、ごく微量を用いることで、疥癬・悪瘡・瘰癧や狂犬病に効験があるという（林屋辰三郎『角倉素庵』〈朝日評伝選19〉、一九七八・三、朝日新聞社、一六〇頁）。

（10）本紙一六・七×四九・五糎。『潮音堂書蹟典籍目録』一九号（二〇一五・五）に掲載、No.105林羅山書状一幅（五三頁下、図版あり）。

（11）鈴木健一『林羅山年譜稿』を手掛かりに、この「二月十九日」の年次を想定してみる。道春を名乗った慶長十二年（一六〇七）より後で、かつ宗碩も在京と推測される二月に、羅山が京都にいたと思われる年の候補としては、細かい考証は省くが、慶長十三・十四・二十年および元和五・七年が挙げられる。このうち慶長十三・十四年二月は、加藤清正は存命中で、宗碩は京と肥後とを往来していた頃である。さらに、羅山は二十六・二十七歳で、宗碩がわざわざ足を運び、詩を届ける相手として若すぎる感もある。慶長二十年（一六一五）は羅山三十三歳、その正月二十九日に父理斎を亡くしており、二月二日には昕叔顕晫が弔問のため「香燭十」をもって羅山を訪れている（『鹿苑日録』五・一一三頁下）。羅山は三月十九日には駿府に赴いており、この間の二月十九日ならば、二人の間に漢詩の遣り取りがあってもおかしくない。文中「余哀増し候、今朝は御残り多く存じ候」とあるのは、羅山の心情として自然である。宗碩から、父への悔やみの詩を贈られたか（三七日のとも考えられる。もう一つ想定されるのは元和七年（一六二一）で、正月二十九日に父理斎の七回忌を行い、三月四日には木下長嘯子宅を訪問している。羅山は四月十七日に京都を出発しており、この年の二月十九日かとみても不自然ではない。

第七章　宗礀と智仁親王、漢籍講釈

前章の林羅山書翰の中に「前況、八條親王に侍り、史記高祖本紀を読む」（一一五頁）とあり、おそらく慶長十七年（一六一二）ごろ以前からか、宗礀は智仁親王に漢籍を講釈していたことがわかる。ここでは宗礀と智仁親王との関係について述べる。智仁親王（天正七年〔一五七九〕～寛永六年〔一六二九〕）は正親町天皇の第一皇子誠仁親王の第六皇子で、母は新上東門院、後陽成天皇の同母弟にあたる。幼少の頃、豊臣秀吉の猶子となったが、天正十八年（一五九〇）秀吉の奏請により、八条宮をおこし親王宣下を受けた。学問文芸、書道等に優れ、細川幽斎から古今伝授を受け、御所伝授の道を開いた。下桂村の別荘は桂離宮の起こりでもある。[1] 宗礀はこの、当代きっての文化人と言える智仁親王とも交際があった。

【智仁親王略系図】

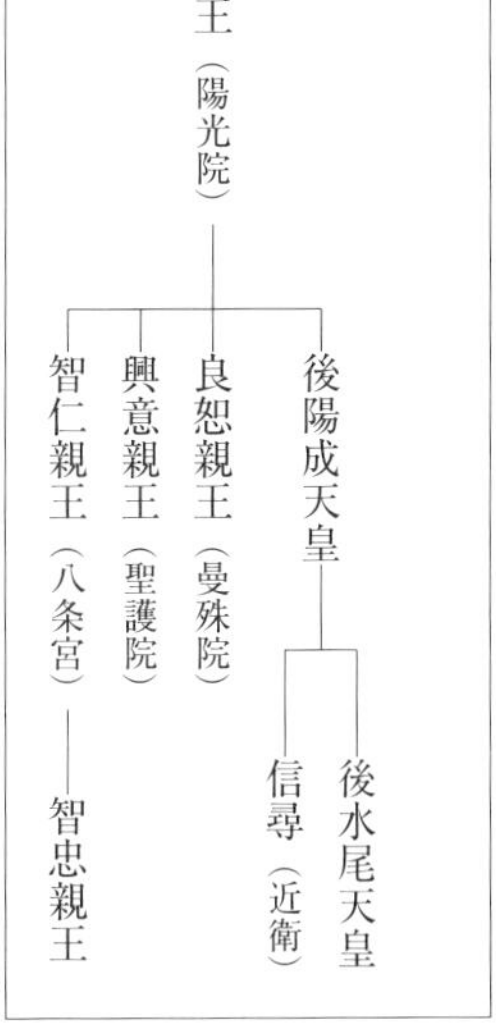

宗礀が智仁親王（八条殿下）に漢籍の講釈をしたことは、『智仁親王御年暦』[2]などから窺え、その最初は、慶長十四年（一六〇九）十月の『三略』講釈である（『御年暦』三二七頁下）。宗礀が一五五五年生れとすると、この年五十四歳、一方親王は三十一歳

で、師弟関係としては穏当な年齢差といえよう。

一　智仁親王の古典漢籍受講

親王はその生涯に、多くの学者・僧から和漢にわたる典籍について、講義を受けまた聞書を残している。柳田征司氏は「梅印元冲講智仁親王聞書『蒙求聞書』(3)」の中で、宮内庁書陵部蔵『聴書抜書類』第三冊所収の『蒙求聞書』を紹介し、講者である南禅寺の梅印元冲（一五五九〜一六〇五、細川幽斎実弟）の事績を仔細にたどる。さらに聞書者である智仁親王が、ほかにどのような講義を聴講したかを、『聴書抜書類』『聞書類』『智仁親王御年暦』『鹿苑日録』から抜き出し、通覧している。氏は「特定の原典に対する講義聞書に限る」とされるが、〔智仁親王略年譜〕や『慶長日件録』その他の記事も参照し、聞書・聴聞および講義の記録を、年代順に並べ作品と講者（括弧内）を示す。

・文禄四年（一五九五）九月五日　詠歌大概講釈（最胤親王）　〔親王十七歳〕
・文禄四年（一五九五）九月八日　古今集（聖護院准后道澄）
・文禄五年（一五九六）三月十日　東坡聞書（月渓聖澄）
・文禄五年（一五九六）三月二十日〜四月十八日　伊勢物語聞書（細川幽斎）
・文禄五年（一五九六）九月三日　未来記講尺聞書（細川幽斎）
・慶長元年（一五九六）月日未詳　雨中吟、未来記講釈（細川幽斎）　〔親王十八歳〕
・慶長五年（一六〇〇）三月二十五日　古今集（細川幽斎）

・慶長六年（一六〇一）二月三日　源氏物語帚木（中院通勝）
・慶長六年（一六〇一）九月十六日〜十一月十六日　蒙求聞書（梅印元冲）
・慶長七年（一六〇二）九月二十三日以降　源氏物語
・慶長八年（一六〇三）五月二十日　蒙求講釈（梅印元冲）
・慶長九年（一六〇四）四月八日・二十日・二十七日・五月十二日・二十二日　錦繍段（梅印元冲）
・慶長十年（一六〇五）十一月七日　孝経（舟橋秀賢）
・慶長十一年（一六〇六）九月十九日　源氏物語初音・胡蝶聞書（後水尾天皇）
・慶長十一年（一六〇六）十一月十四日　古文真宝講釈（玉甫紹琮）
・慶長十二年（一六〇七）二月・三月　古文真宝講釈（玉甫紹琮）
・慶長十二年（一六〇七）閏四月九日〜十六日　論語聴書（舟橋秀賢）
・慶長十二年（一六〇七）七月二十日　論語講釈（舟橋秀賢）
・慶長十二年（一六〇七）八月二日〜九月六日　三体詩聴聞（玉甫紹琮）
・慶長十二年（一六〇七）八月七日〜十日　論語講釈（舟橋秀賢）
・慶長十二年（一六〇七）八月二十五日　錦繍段素読（昕叔中晫）
・慶長十二年（一六〇七）十一月十五日　源氏物語談義、禁裏
・慶長十四年（一六〇九）十月　三略講尺（宗礀）〔親王三十一歳〕
・慶長十四年（一六〇九）十一月十二日　中庸講釈（舟橋秀賢）
・慶長十七年（一六一二）八月十日　古文真宝講釈（月渓聖澄）

・慶長十八年（一六一三）八月九日　講釈（書名ナシ）（宗礀）
・慶長十八年（一六一三）八月十八日～十月三十日　蘇東坡詩講釈（文英清韓）
・慶長十九年（一六一四）八月十日　源氏物語清濁聴書（里村昌琢）
・元和元年（一六一五）八月八日～　孟子講釈（宗礀）　〔親王三十七歳〕
・元和二年（一六一六）五月二日～六月三日　史記講釈（宗礀）
・元和二年（一六一六）八月十七日　三体詩講釈（古澗慈稽）
・元和二年（一六一六）九月七日　講尺（書名ナシ）（宗礀）
・元和三年（一六一七）九月十三日　法華経講釈（良範）
・元和三年（一六一七）十二月五日　三体詩聞書（古澗慈稽）
・元和四年（一六一八）正月十八日　錦繡段聞書（以心崇伝）
・元和四年（一六一八）六月二十日　論語講義（興意親王）
・元和四年（一六一八）六月二十八日～九月二十七日　山谷聴書（昕叔中晫）
・元和六年（一六二〇）五月二十二日　黄山谷詩講釈（集雲守藤）
・元和六年（一六二〇）九月十三日　蘇東坡詩講釈（文英清韓）
・元和九年（一六二三）三月十六日　源氏物語橋姫聞書（中院通村）
・元和九年（一六二三）十一月十七日　日本紀聴書（施薬院法印宗伯）
・寛永元年（一六二四）十一月十六日・十七日　日本紀聞書（饅頭屋林宗博）
・寛永二年（一六二五）八月二十日　伊勢物語聞書（烏丸大納言光広）

・寛永二年（一六二五）九月十七日　　伊勢物語聞書（三条西大納言実条）
・寛永二年（一六二五）九月二十七日　日本書紀三箇大事伝授（林宗博）
・寛永三年（一六二六）二月十六日　　野馬台聞書（剛外令条）
・寛永三年（一六二六）九月二十二日　元亨釈書聴書（昕叔中晫）〔親王四十八歳〕
・寛永三年（一六二六）十一月九日　　尚書聴書（正意）
・寛永十三年（一六三六）七月二十九日　源氏桐壷・帚木聞書（中院通村）〔親王没（寛永六年）後、中院通村が著録〕
　＊以上のほか、年次未詳『琵琶引聴書』（講者未詳）、『古文孝経〔聞書〕』（講者未詳）、『和漢朗詠集下巻抜書』（中院通村）

以上、毎年のように、当時の錚々たる学僧や公家などの講義が記録される。寛永六年（一六二九）四月七日、五十一歳で没するまで、親王の好学の程は止むことはない。その講者の中に慶長末から元和はじめにかけて、宗碩の名が交ることは、当時彼の学識が十分に認識されていたのを物語っている。

二　宗碩、智仁親王に『孟子』・『史記』を講釈

元和元年（一六一五）八月八日からは『孟子』講釈が続く。宮内庁書陵部蔵『聴書類』（十一冊、桂、五〇三・一三三）の第二冊は、外題に「孟子聞書」とあり、冒頭に「孟子聞書、元和元年仲秋八日／宗碩講」と記される。(4) 以下余白に「九日、十日、十三日、十六日、廿二日、廿三日、廿六日、晦日、九月二日、六日、八日、十日、十二日、十三日、十八日、廿二日、廿四日、廿六日、廿八日、卯月廿八日、五月二日、五月六日、五月十日、同十四日、同十七日、同廿日、同廿三日、同廿六日、同廿九日、六月三日」とあり、長期にわたる受講であることを示している。なお附章で紹介す

る、焼失した阿波国文庫旧蔵の『孟子』七冊（二五五頁〔22〕）が、宗碩の多福文庫旧蔵本であることも（「多福文庫」印が捺される）、宗碩が『孟子』を講釈して然るべき人物であったことを示す傍証となるであろう。

元和二年（一六一六）五月二日から六月三日までは『史記』を講釈している。第六章で触れた林羅山の書翰「宗碩叟に答ふ」（慶長十八年九月二十一日と推定）中に、「叟の鯉素〔手紙〕を寄するに会ふ。告て謂らく、前況、八條親王に侍り、史記高祖本紀を読む」（一一五頁）とあり、『史記』講釈は元和二年以前から行われていた節が窺われる。『御年暦』慶長十八年の項に「八月九日、宗碩講尺」と書名が記されない記事があるが、これは羅山書翰のいう、「史記高祖本紀」講釈を指すものかもしれない。このほか元和二年（一六一六）九月七日にも講釈があったようだが、書名はわからない。慶長十四年には『三略』の講釈も行っており、宗碩は兵書の分野にも通じていたと思われる。

三　『智仁親王詠草類　二』所収の漢詩について

宮内庁書陵部蔵の桂宮文書群のうち、智仁親王の筆になる詠草類を整理したものが、『圖書寮叢刊』の三分冊に収められている。このうち標題の資料(5)には宗碩の名が三度現れる。まず一つ目は聯句会の記録らしく、「有節、、、、、、、、、　九」とあり（「、」の数は句数を示す）、以下連衆名と句数が記される（七、竪紙、二六四頁）。参加者と句数をあげておく。

有節（周保）　九
昌琢　九

色　九句
集雲（守藤）　八
古澗　九
云　九句
玄仲　八
友林（三江紹益）　八
昕叔　九
宗碉　七
了倶　七
呂倶　七
信知　一

〔色は智仁親王、云は興意親王（聖護院宮）〕

宗碉は七句詠んでいる。会の年次を探るために、参加者の生没年次、及び没年齢を照合すると、次のようになる。

有節（周保）　（一五四八～一六三三、八十六歳）
昌琢　（一五七四?～一六三六?　六十三歳）
智仁　（一五七九～一六二九、五十一歳）
集雲（守藤）　（一五八三～一六二一、三十九歳）

古澗　（一五四四～一六三三、九十歳）
興意親王　（一五七六～一六二〇、四十五歳）
玄仲　（一五七六～一六三八、六十三歳）
友林（三江紹益）　（一五七二～一六五〇、七十九歳）
昕叔（顕晫）　（一五八〇～一六五八、七十歳）
宗礀　（一五五五？～一六二五、七十歳）
了倶（昌叱門）　（一五八四～寛永三年〔一六二六〕の会に参加）
呂倶（未詳）　（元和九年〔一六二三〕の会に参加）
信知

以上の連衆のうち、未詳の人物を除き、没年がもっとも早いのは興意親王（誠仁親王息、後陽成天皇の弟で智仁親王の兄）である。元和六年（一六二〇）九月、江戸に下向し、十月七日、彼地にて急死した（『史料総覧』十五・二七九頁下）。従ってこれは元和六年以前の聯句会の記録と思われる。

二つ目は、牡丹を愛で、宴への参加を喜ぶ宗礀の漢詩である。

4384 牡丹新発自無塵　　牡丹新たに発き　自ら塵なし
野客誇恩賜宴辰　　野客〔無位無官の者〕誇る　恩賜の宴辰
宿雨想応傅霡雨　　宿雨に想ふ　応に霡雨〔恩沢〕に傅《かしづ》くべし　（傍線部「岩」を見セケチにして、右に「霡」）

花王得佐十分春　　花王〔牡丹〕佐けを得る　十分の春（三〇三頁下）

宗磵の詩の前後は昌琢らの和歌が載り、「（以上十一首、短冊形を模す）（二八・二九、竪紙）」とある。

三番目は「仲秋十四日於臨川寺」と題があり、智仁親王・有節（周保）との聯句である。

4524 遊目山川景　遊目す　山川の景　色〔智仁親王〕
豈帰欲月時　豈　月時に帰らんとす　同
研精今古道　研精す　今古の道　有節〔周保〕
作業惜陰孜　作業　惜陰し〔時間を惜しみ〕孜《つと》む　同
先節菊灯点　節に先んじて　菊灯を点ず　宗磵
（以下欠）」（一八、折紙）（三三四頁下）

臨川寺〔嵯峨〕で仲秋の名月を愛でた折の作、名月の夜にどうして帰れようか、と由緒ある古今の道を探し歩き、重陽の節に先立ち、菊灯の儀〔九月八日〕に灯りを点じた、というのであろう。以上の三件は断片的ではあるが、ごくわずかしか知られない宗磵の詠作として貴重である。

四　元和二年北陸行の漢詩は宗碉作

『圖書寮叢刊　智仁親王詠草類　二』には、作者未詳だが、年次と場所が特定される上、その内容が注目される紀行漢詩八首が載る。以下、同書の翻刻（三五七頁下～三五九頁下）により全文を紹介し、試みに訓読と略解を行う（片仮名付訓、返り点は翻刻のまま。傍線は私）。

元和第二十月十有五日、俄有北路之行、告別於平生久要〔古い約束〕而乱道〔拙作〕云

〔元和二年（一六一六）十月十五日、急に北へ旅することになり、日頃の誓いにそむき、拙詩に曰く〕

4793 俶装俄促出京畿　俶装〔身支度〕俄に促し　京畿を出づ
忽袖柳枝堪約帰　忽ちに柳枝を袖にし〔別れの挨拶〕　堪へて帰るを約す
頻感残生別筵涙　頻りに残生を感じ　別筵に涙す
今朝不雨湿蓑衣　今朝雨降らざるに〔涙が〕蓑衣を湿す

同十六日、入江泛湖、風雨驟至矣、於是繋㆓船於堅田《カタタノ》浦ニ㆒、客愁実難忍、詩云

〔同十六日、近江に入り琵琶湖に船を浮べたが、急に風雨が強くなる。そこで船を堅田の浦に繋いだ。旅愁堪えがたく、詩に曰く〕

4794 一夜篷窓雨又風　一夜篷窓〔船の篷に開いた窓〕に　雨又風

今朝吹霽水光濃　　今朝吹き霽《は》れ　水光濃し
波間對我衰顔影　　波間　我が衰顔の影に対す
自嘲老来何業功　　自嘲す　老来何の業功あらんや

4795

十七日、宿雨初晴、雖解纜残波猶未穏、故舟行六七里而停棹於比良之下、午後快晴、掀篷愛湖上之景色而慶慰旅愁云

〔十七日、続いた雨が初めて晴れた。纜を解いたが波が残りまだ穏やかでない。船を六七里進め比良山の下に停めた。午後は快晴となり、とまを上げ湖上の景色を楽しみ、しばし旅愁を慰む〕

雨後風濤留征檣　　雨後の風濤　征檣〔帆柱〕を留む
群山晴景映湖光　　群山の晴景　湖光に映ず
白鬚大釣比良渚　　白鬚大いに釣る　比良の渚
黒主霊蹤志賀傍　　黒主の霊蹤　志賀の傍
雲隔郷関悲旅客　　雲郷関〔くにもと〕を隔て　旅客を悲しむ
宿投江畔伴漁郎　　江畔に宿投し　漁郎と伴にす
水禽飛尽都無事　　水禽飛尽き　都て事もなし
篷下高眠送夕陽　　篷下に高眠し　夕陽を送る

【白鬚〔明神〕】近江の地主神で、志賀浦で釣りをすることは『太平記』巻十八「比叡山開闢事」など諸書にあり。

【〔大伴〕黒主】神となることは『無名抄』「黒主神に祝事」などにみえる。

十八日、過七里半渓畔有残楓、客路之奇観、尤可愛者也
〔十八日、七里半（近江の今津から愛発山を通り、敦賀に通ずる道）を過ぎる、渓谷沿いにまだ楓が残り、旅路のうち賞玩すべき景観である〕

4796
臨水登山七里餘　　水に臨み山を登る　七里余
郷雲日遠懶鞭驢　　郷雲日遠く〔日に日に遠ざかる〕　驢を鞭うつに懶し
隔渓遥認残楓朶　　渓を隔て遥かに認む　楓朶〔枝〕の残るを
只恨終無坐愛車　　只恨む　終に坐愛の車なきを

〔承句の傍線部「顧郷関却不」とあり、左にミセケチ、右傍に「郷雲日遠懶」〕

【臨水登山】『楚辞』九弁（宋玉）に「山に登り水に臨み、将に帰らんとするを送るが若し」。
【坐愛車】杜牧の七言絶句「山行」をふまえる。
遠上寒山石径斜　　遠く寒山に上れば　石径斜めなり
白雲生処有人家　　白雲生ずる処　人家有り
停車坐愛楓林晩　　車を停めて坐に愛す楓林の晩
霜葉紅於二月花　　霜葉は二月の花よりも紅なり

十九日、到二木目《キノメニ》一〔越前国敦賀郡と南条郡との境の、積雪の多い難所の峠、標高六二〇メートル〕焉、斯地也北路第一之険処而捫〔さぐる〕井攀〔よじる〕参、蜀道〔四川省の危険な栈道〕之艱難亦可并按矣、去年過此地、風雪

堆路而馬蹄難前、於是賦詩而遣興而已焉〔「焉」左ニ見セケチ〕、今日重来、旧時之詩思俄然而萌于懐矣

【捫井攀参】井と参は天の蜀の分野の星。天の星を探りながら険山の難路を進むさま、山道が高いので、手足が星座に届きそうだ、という表現。「蜀道難」（李白）に「参《しん》を捫り井《せい》を歴て　仰いで脅息し」。

〔十九日、木目に着く。ここは北陸路第一の険路で、高い山を攀じ登り、かの蜀の道の苦しみもかくやと思われる。去年ここを過ぎた時は、風雪甚だしく馬も進むに苦しみ、詩を賦し興を遣るばかりであった。今日再来し、旧時の詩を思い、俄然詩心が萌した〕

4797
記得去年風雪紛　記得す〔今も忘れない〕去年風雪の紛れ
重来猶恨路難分　重来〔再び来る〕猶ほ恨む路の分ち難きを
登々艱険何時尽　登々艱険　何時尽くる
山外山深雲外雲　山外山深く　雲外〔雲の上〕また雲

廿日、過越之前州、長途日已迫矣、暮」鴉随例飛入村樹而得宿処、我亦何処求宿〔コノ六字、左ニ見セケチ〕、吁○《呼》孤客不及寒鴉色□《(虫損)》〔□ノ左ニ見セケチ〕哉、此夕終宿二金津《カナヅ》之民屋一《ニ》矣、感慨難堪而言〔コノ二字、左ニ見セケチ〕詩云

〔二十日、越前を過ぎる。長い道のりでもう日没が近い。夕暮れの烏はいつも通り村の木に入り寝処を得た。ああ、一人客は寒鴉にも劣ることだ。この夕方はついに金津の民家に宿した。感慨は堪えがたく詩に曰く〕

4798
嵐光景冷悩吟魂　嵐光〔山の気が日に照り映じた光〕景冷じく　吟魂〔詩心〕悩む
目送寒鴉数点飜　目送す　寒鴉数点翻るを

客路日昏何処宿　客路日昏れて　何処の宿
犬声近聞定民村　犬声近く聞こえ　民村に定む

〔＊4798の詞書の」の前までが一紙の表で、その後は紙の裏に記される。一四四頁図版参照〕

同廿有一日、入賀陽之地、及晩陰雲覆地、寒雨暗空、以故入民村而寄宿矣、問村名、曰二小松《コマツ》ト一

〔同二十一日、加賀に入る。夕方、雲が地を覆い、暗い空に冷たい雨が降る。そこで民村に入り宿をとった。村の名を問うと小松という〕

4799
雲天日々遠郷関　雲天　日々郷関遠し
老去愧吾身未閑　老去　吾が身未だ閑ならざるを愧づ
迷雨行程問前路　雨に迷ふ行程　前路を問ふ
牧童遥指小松間　牧童遥かに指さす　小松の間

【牧童遥指】杜牧の七言絶句「清明」の転句・結句に類似の表現が見られる。「借問す　酒家　何れの処にか有る　牧童　遥かに指す杏花の村」。

廿二日、到暁雨猶不止、忽着蓑衣出小松之宿、渡口喚舟而暫立馬矣、俄風師駆雲而雨亦〔左ニミセケチ、右ニ「忽」〕晴矣、於是〔コノ二字左ニ見セケチ、「是」ノ右ニ「越」〕矯首望之〔コノ二字、左ニ見セケチ、右ニ「遊観則」〕。「越矯首遊観則」トナル〕、尾山《ヲヤマ》突出于霧外、正是予可卸笠之地也、詩云

〔二十二日、明け方も雨やまず、蓑を着て小松宿を出る。渡し場で船を呼びしばし馬を留める。急に風が雲を吹き

払い、雨はたちまちに晴れた。首をあげて見ると、霧の外に尾山が突き出している。これが、まさに私が笠を脱ぐ目的地である。詩に曰く」

【矯首遊観則】陶淵明「帰去来辞」に「時に首を矯げて遐《とお》く観る」。

【尾山】金沢城近辺を尾山という。「霧の外に突き出る」とあるのは、城の上部が霧から突き出て見えた様であろう。小松から金沢城下までは約三〇キロである。渡口で船を呼んだとあるのは、小松の北方一〇キロほどにある、手取川のことか。

4800
海雲吹雨裹長空　　海雲雨を吹き　長空〔大空〕を裹む
立馬渡頭頻喚舸　　渡頭に馬を立て　頻りに舸〔船の意〕を喚ぶ
晴乍先探去年景　　晴れてたちまち先づ探す　去年の景
尾山《ヲヤマ》高聳夕陽中」　尾山高く聳ゆ　夕陽の中
（八、折紙）

以上八首の詞書から地名（以下、傍線）を拾い行程をたどると、つぎのようになる。元和二年十月十五日に京を出発し、十六日に琵琶湖の辺に至るが、風雨強く堅田にて待機する。十七日には晴れたので出発したが、波が荒く六七里進んで比良山の下で停泊、午後は湖上の景色を楽しんだ。十八日は七里の道を景観を眺めつつ旅をした。十九日は、北陸行き最大の難所である木目に至る。去年はここで風雪に悩まされ、今年再訪し当時を思い出した。二十日には越前を過ぎ、夕方に宿所を探し、ようやく金津の民家に泊まることになった。二十一日に加賀の地に入る。夕方、寒空の中で土地の名を問うと、小松という。二十二日、まだ雨模様だったが、渡し場で舟を呼び馬を載せた。にわかに眺望が開け、霧の外に尾山が見えた。これこそが目的の地である。京都を発してほぼ七日間で金沢に着いている[6]。

【京都から金沢までの略地図】

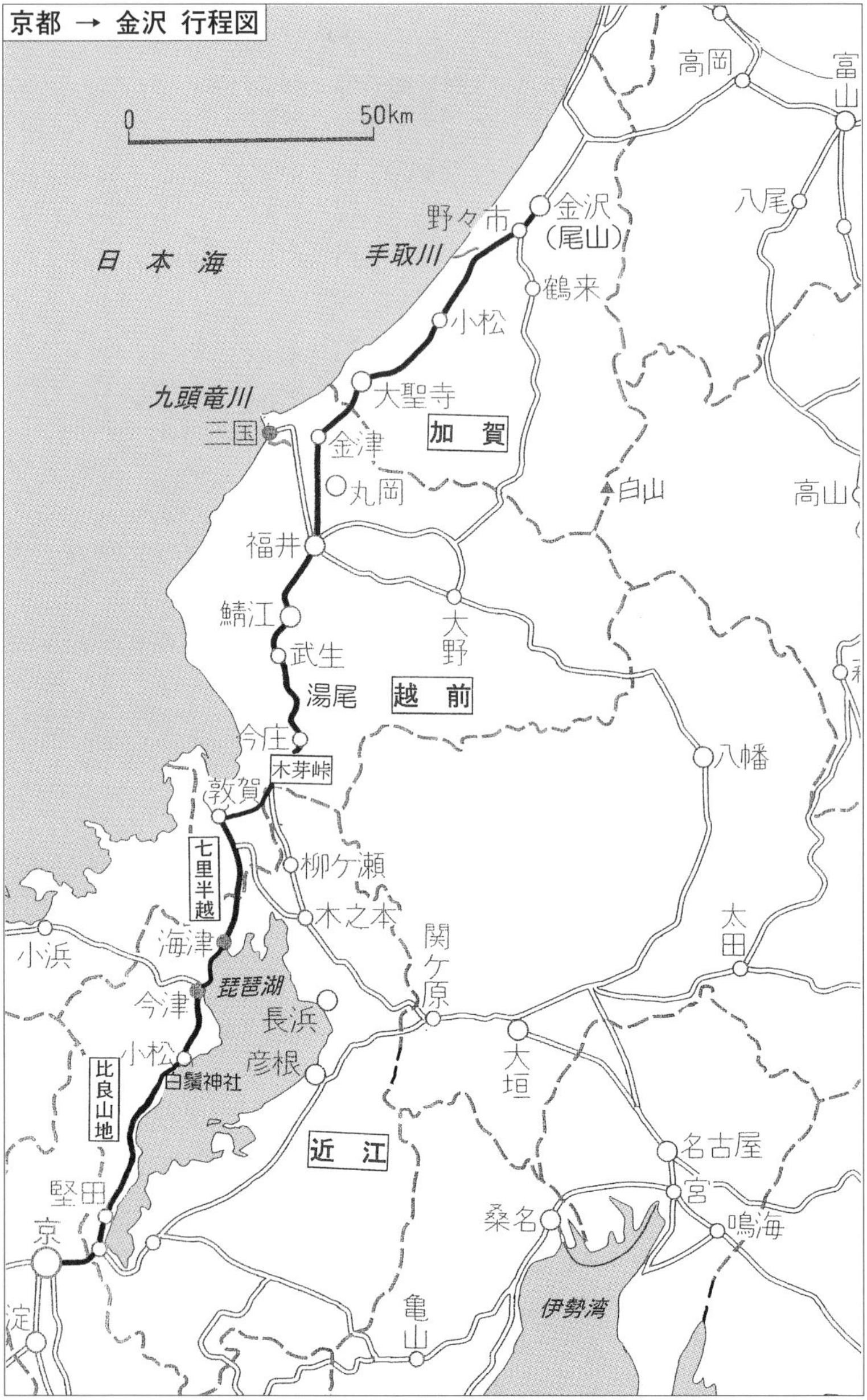

さて、元和二年（一六一六）十月十五日に京を出発し、七日後に金沢に着く旅をし、その紀行を漢詩に詠み上げることのできる人物で、しかもこれが智仁親王の詠草類を集めた中に収録されるとなると、該当人物は限定される。まず智仁親王自身はどうかという点であるが、『智仁親王御年暦』の元和二年（親王三十八歳）の項から抜き出すと、「十月、連歌、禪高・昌琢出座、玄仲□、十一月十日、連歌、昌琢・玄仲出座」、「十月廿七日、近衞殿（信尋）・一條殿（兼遐）・三宮御方・曇花院殿（聖秀）・光照院殿（尊清）・近衛政所・十宮御方（尊覺親王）御成、能アリ、十月比ヨリ臺屋建」（三三二頁）（括弧内は校訂者注記）とある。ここから判断すると、十月十五日に京を出発し、七日ほどで金沢に着く旅をする（そして京に帰る）、時間的余裕があるとは思われないし、何よりも北国へ赴く理由も見当たらない。さらに智仁親王ほど高位の人物が、都を留守にしたとあれば、何らかの記録に残るであろうが、それもない。というような理由で、親王はまず考えられない。となれば、智仁親王と交流があり、漢詩が詠め、加賀に行く理由がある人物となる。しかも、詠作中に二重傍線を付した箇所は、作者が老年であることを物語っている。宗碩は元和二年（一六一六）には六十一歳と想定され、この作者は宗碩その人ではないだろうか。後年、元和九年冬に宗碩に同行して、加賀へ赴くことになる松永昌三は、元和二年にはまだ二十四歳で、老年の作者とするにはあたらない。

宮内庁書陵部蔵の『智仁親王詠草類』第七十四冊目を写真版（複五五一七）で確認したところ、この紀行漢詩は、折紙一枚に端麗に記され、親王その他の筆跡とは明らかに異なるものである。大胆な推測を述べれば、親王に漢籍を講釈したこともあり、昵懇の宗碩が、こんなものが出来ましたと言って、親王の許にもたらしたものか。次頁の図版にみるように、推敲（訂正）の痕跡も残っており、他者がこうした書写をするとは考えにくく、とすればこの一紙は宗碩の書跡であるかもしれない。

さらに波線部には、「去年過此地」「今日重来」「去年風雪紛」「重来」「去年景」とあり、作者は昨年も同じ時期に、

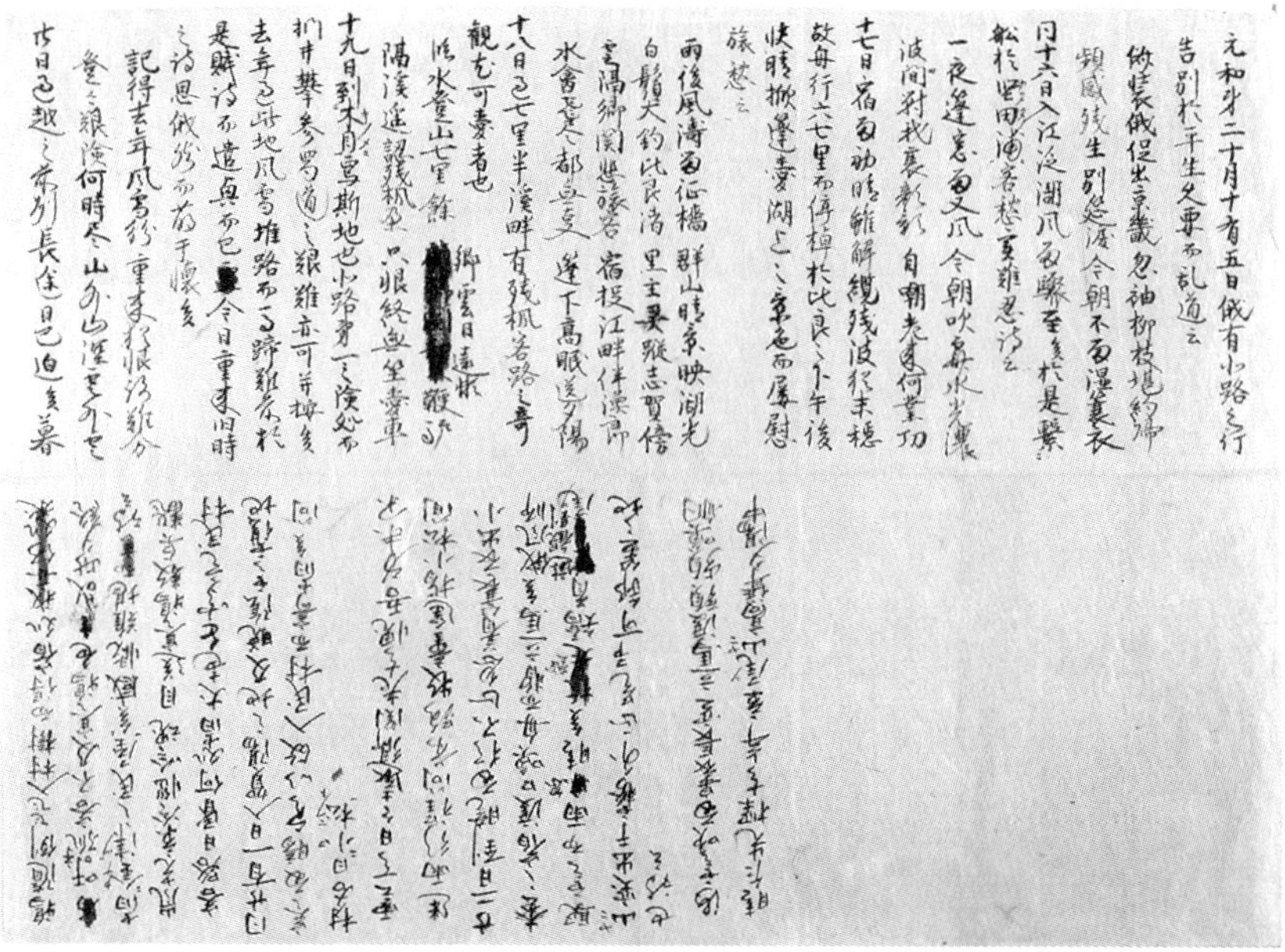

宮内庁書陵部蔵　智仁親王詠草類第七四冊　（4793～4800の紀行詩の部分）

この行程で旅をしたことがわかる。この詠草は宗碩が元和元年の、おそらく冬（十月～十二月）にも加賀をめざして旅をしたことを示す、間接的な証拠になるだろう。後掲（一五九頁）、『中院通村日記』元和二年（一六一六）三月二十九日には「午下刻宗碩来、自旧冬下向于賀州、去月下旬上洛、其後南都下向、仍無音之由也」とあり、元和元年冬、すなわち十月以降加賀に赴き、同二年二月下旬に京へ帰ってきたことは、資料の上でも証明されるのである。

松永昌三と宗碩の加賀行きについては、第九章で触れることになるが、ひとまずこの章では、宗碩は元和元年冬と同二年冬に北陸路を旅し、金沢に赴いたことを確認しておく。すでにこの頃から、加賀前田家から招聘されていたのであろう。なお、宗碩と智仁親王との交流は深く、(7)『時慶卿記』元和四年（一六一八）六月二十四日条によれば、智仁親王の父君である陽光院（誠仁親王、天正十四年〔一五八六〕七月二十四日没、三十五歳）の三十三回忌に先だち、御八講が八条殿で行われ、宗碩も地下の衆として参拝している。

注

（1）庭園論の分野から、その前提として智仁親王の概略について述べた論文に、町田香「八条宮智仁親王サロンの主要な活動と構成員」（『ランドスケープ研究』六六巻五号、二〇〇三・三）、同「八条宮智仁親王サロンの形成と展開にみる固有性と時代性」（『ランドスケープ研究』六七巻五号、二〇〇四・三）がある。

（2）智仁親王の事績については、早くに嗣永芳照「資料紹介　智仁親王御年暦」（『書陵部紀要』二〇号、一九六八・一一）があり、その後この「御年暦」は〔関係略系図〕〔智仁親王略年譜〕と共に『圖書寮叢刊　智仁親王詠草類　三』（二〇〇一・三、宮内庁書陵部）に収められ、親王研究の基本資料である。

（3）『築島裕博士傘寿記念　国語学論集』（二〇〇五・一〇、汲古書院）所収。

（4）小高道子「智仁親王の漢文学――古今伝授後の智仁親王（四）――」（『近世文学と漢文学』〔和漢比較文学叢書7〕、一九八八・六、汲古書院）に指摘あり。

（5）宮内庁書陵部編『圖書寮叢刊　智仁親王詠草類　二』（二〇〇〇・四、明治書院）。

（6）室町中期のことになるが、冷泉為広（冷泉家第六代当主）は延徳三年（一四九一）三月、細川政元（管領）と同道し越後へ下向している。その際の記録（『為広越後下向日記』〔冷泉家時雨亭叢書第六十二巻〕所収）によれば三月三日に京を立ち、十一日には金沢に着いている（小葉田淳『史林談叢　史学研究60年の回想』〔一九九三・一一、臨川書店〕の第一章「冷泉為広卿の能登・越後下向」）。また松永昌三の『尺五堂先生全集』巻七所収の「慶安三年庚寅年／加州紀行」には、「自九月二日出洛至八日来加州小松」（一五五頁上）とあり、京から七～八日程度で金沢に着くのが通常の行程だったのであろう。

（7）東京大学史料編纂所蔵写真（六一七三・一九・一二）四八頁。

【追記】三校時、『智仁親王実録』（『四親王家実録　第Ⅱ期　桂宮実録』全七巻のうち第一巻、二〇一六・一〇、ゆまに書房）の刊行を知ったが未見。

第八章　宗碩と中院通村

一　堀河具世筆『八代集』をめぐって

前述のように宗碩は中院通勝とは、源氏講釈を通じて知り合いであり、さらに子の通村とも縁は深い。本章では宗碩と中院通村との関係を中心に論述する。第五章で『伊勢物語』写本が細川幽斎の筆か知りたくて、宗碩が烏丸光広に問い、その確認を得たという書翰を示した（八五頁）。また『十五首和歌』について、宗碩が烏丸光広・中院通村に定家真筆か鑑定を仰いだことも紹介した（九一頁）。本書の最初で触れた『大雲山誌稿』二一・多福の中にも、宗碩が貴顕の筆跡に関心を寄せていたことを示す記事がある。

此八代集、堀河宰相具世卿筆跡也、往年宗碩法師／感得之、携来正真贋於亡父卿、攀頻引證決疑矣、惜」(49)
哉古今半部已失而闕焉、堀河中院依有一源分派／之好随、予改補之、仍凌休暇、而書以足成之次、令校合／了、
　慶長辛亥夷則下浣、／羽林次源通村（花押）／
宗碩曾孫沽却之節、予臨席惜之哀嘆之次令寫奥／書者也、於戯々々、／

寛文六年仲春日　　天寧書（50）

寛文六年（一六六六）二月、「宗礀曾孫沽却」の場に臨んだ龍安寺西源院の天寧和尚が、宗礀旧蔵本（多福文庫）の散逸を惜しみ、中院通村の奥書を写し取ったのである。それによると、往年宗礀が『八代集』を持参して通勝の許を訪れ、堀河具世の筆かどうか尋ねた。通勝はいろいろ証拠を引き疑いを解決した。惜しいことに『古今集』が半分欠けていたが、堀河家と中院家とはもともと一流から分派したというよしみもあったので、通村が休暇を使って書写し、ついでに校合も加えた、というのである。慶長辛亥夷則下浣は慶長十六年（一六一一）七月下旬、この年中院通村は二十四歳、父通勝は前年三月に没している。

堀河具世は、村上源氏の堀河具守からかぞえて五代目（具言の息）、『尊卑分脈』に具雅「従三位、参議中将、改具世」とある（三・五〇二頁）。『公卿補任』には永享十一年（一四三九）に「参議、正四位下、堀川同（源）具世、三月十八日任。左中将如元　父。母。」（三・一三七頁下）と載るのが初出、宝徳四年（一四五二、享徳元年）に「前参議、正三位〔次年以下不見〕」（三・一七〇頁下）とあり、その後の動静は未詳である。参議ではあるが、さして著名でもなく名筆として知られる人物でもない、堀河具世の筆跡に宗礀がこだわった理由は、わからない。

寛文六年は宗礀没の寛永二年（一六二五）から四十一年後で、『大雲山誌稿』に「宗礀曾孫沽却之節」とある。もとより家の没落ということは、いつの世にも有り得るものだが、その場に居合わせた天寧が、奥書を書写したのは感慨一入であった故であろう。日下幸男氏によれば、通村はすでに十代の頃から古筆に興味を持ち古典の書写に手を染め、(1)慶長十六年二月から三条西実条に入門し、歌学の指導を受け始めていたという。(2)二十四歳での『古今集』書写は当然の行為といえよう。なお宗礀が中院家を訪れたのはいつなのか、といえば、通勝没（慶長十五年〔一六一〇〕三月二十五日）以前としか限定できない。

この写本は今に伝わる。『圖書寮典籍解題　文學篇』（一九四八・一〇、國立書院）に『八代集』の写本四部が紹介されており、そのうちの「室町中期書寫本で、中院通村の加證奥書によると、一部を除き堀河具世筆とされてゐる十五冊本（五五七・四九）」（二七頁下）に該当する。中院通村はこの『八代集』の各集の奥に、堀河宰相具世筆である旨の加証奥書を記しているが、『詞花集』では「但此一冊他筆也」とことわっている。例えば『新古今集』下（八一・二〇・二六二）には、つぎのような奥書がある。

此八代集堀河宰相具世卿筆也但詞花集他筆／宗碉法師携来正真贋於亡父卿廻／攀頗而決疑矣、以古今半部闕染／執毫之次、依所望加證明之詞者也、／慶長第十六七月下旬／左近衛権少将源通村（花押）

（国文学研究資料館蔵紙焼写真による）

前出『大雲山誌稿』が紹介する奥書に酷似するが、これには堀河家と中院家が一源から分派したこと、通村が休暇を凌いで書き足したことは書かれていない。さらに、年次や職名の書き方に小異があり、天寧が書写したという『八代集』の奥書はまた別のものであろうか、やや疑問が残る。

二　中院通村補筆の『古今集』下巻と偏易

ところで前述の堀河具世筆、中院通村補筆の『古今集』については、宗碩没後の、その行方が知られる。宗碩伝とはいささか離れることになるが、該時代の書物の伝存の様相を伝えて興味深く、またそれに係った人物も紹介に値すると思われ、少しく紙数を費やす。相国寺の鳳林承章（一五九三～一六六八）は勧修寺晴豊の第六子に生れ、慶長五年（一六〇〇）八歳で南禅寺の西笑承兌について参禅得度した。慶長十三年（一六〇八）には師の後を継いで鹿苑寺金閣の住持となり、寛永二年（一六二五）に相国寺第九五世となった。『隔蓂記』はその鳳林承章が、寛永十二年（一六三五）から寛文八年（一六六八）までの三十三年間にわたって書き続けた日記で、宗僩没後の記録ながら、豊穣な寛永文化を伝える貴重な資料である。勧修寺晴豊の妹晴子は後陽成天皇や智仁親王の母（新上東門院）である。すなわち鳳林承章は、後水尾院（後陽成天皇の皇子）とは親戚関係にある。万治三年（一六六〇）の時点で、後水尾院のあとに即位した後光明天皇（後水尾院第四皇子）はすでに没しており、後水尾院第八皇子の後西天皇が位に即いていた。後水尾院・後西天皇ともに好学で知られ、とくに後西天皇は東山御文庫の基礎を作った方である。こうした関係で鳳林承章は院・天皇ともに近しい立場にいた。

【後水尾天皇周辺系図】

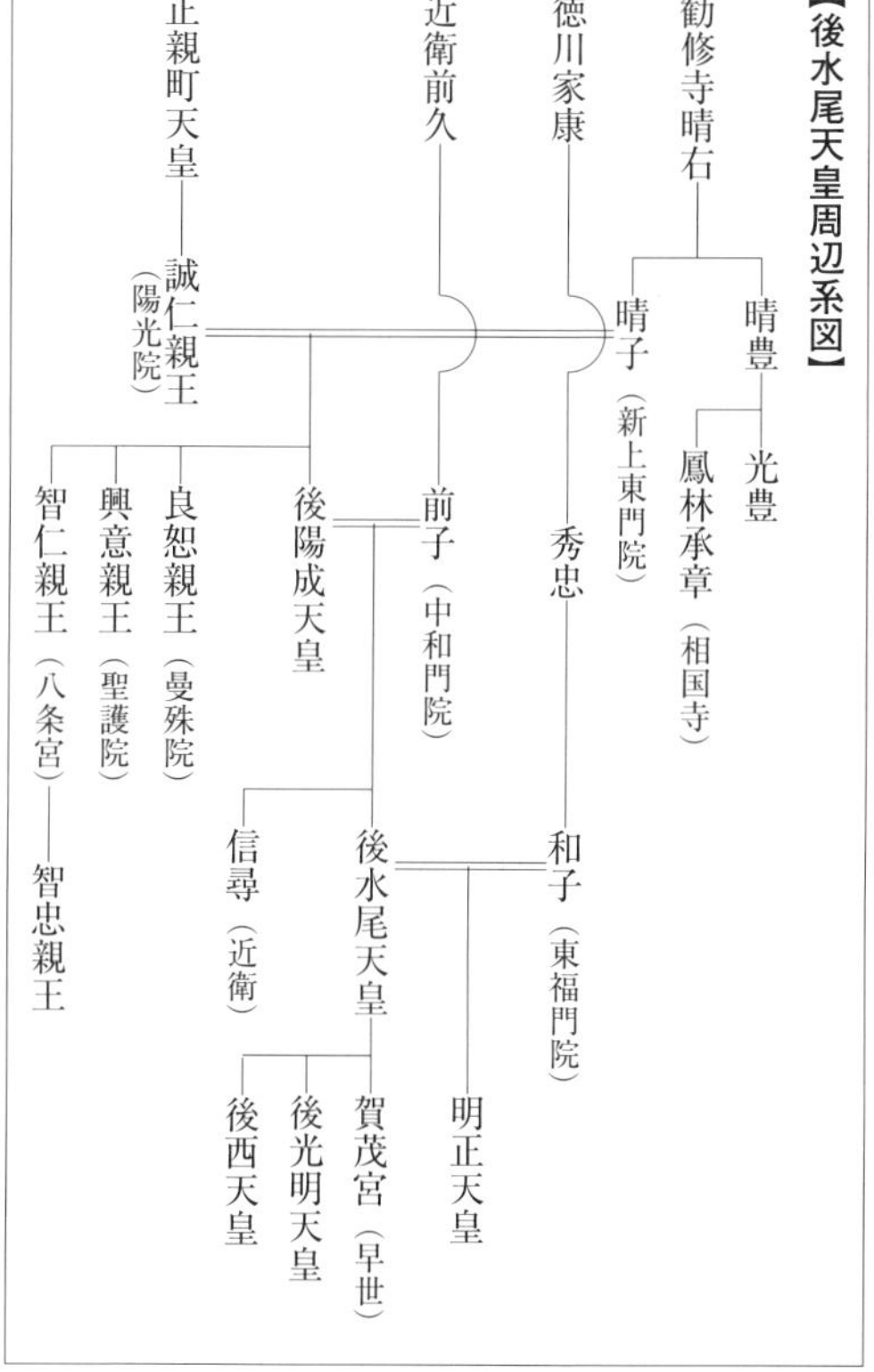

『隔蓂記』によれば、万治三年（一六六〇）十二月十四日、鳳林承章は後水尾院の許に参り、中院通村筆の『古今集』下巻を預かり、偏易なる人物に渡すなか

だちをすることになる。

偏〔變〕易所持八代集者、堀川宰相具世卿之一筆也。古今集之下巻不足、中院前内府通村公被書下巻、被補闕也。右之下巻於仙洞、而有之由、偏〔變〕易承及、被頼予、而相窺度之旨、依被申、而去年相窺。則御穿鑿被遊、若於有之者、可被下之　仰。此比下巻　御尋出故、今日被　仰出、被下間、可遣于偏〔変〕易之旨　仰、而下巻予請取、令退出也。近日可渡于偏〔變〕易也。（四・七五〇頁、〔變〕は校訂者による）

偏易所持の『八代集』は堀川具世筆で、そのうち『古今集』下巻が欠けているが、中院通村が書いて補われたという。この下巻が院の許に有る、と偏易が耳にし、院にお伺いしてくれるよう私（鳳林承章）に頼んできた。そこで去年、院（後水尾院）にお尋ねした。お探しになって、もし見つけたら下さるとの仰せであった。最近下巻を探し出したゆえ、今日おっしゃるには、下賜するから、偏易に遣すよう仰せられた。そこで下巻を私が受け取り退出した。近く偏易に渡すつもりである。その三日後、『隔蓂記』十二月十七日条にはこうある。

寒気酷也。寒風吹也。斎了、赴龍安寺之偏〔變〕易老也。篠屋宗礀所持之八代集者、堀川宰相具世卿之筆也。古今集上〔下〕巻者不足、而中院通村公之先刻被書足也。上〔下〕巻者　仙洞文庫有之由、内々偏〔變〕易承故、依被頼予、而去冬御物語申上處、仙洞仰、内々被　聞召也。上〔下〕巻者先年宗礀息宗榮時、被下之様被　思召之旨也。近頃御穿鑿被遊。則上〔下〕巻依有于　禁中、而即　仙洞江被　仰請、去十四日於予、被　仰下、上〔下〕巻被下候間、偏〔變〕易江可遣之旨、仰也。依然、今日令持参、古今上〔下〕巻具世卿一冊渡偏〔變〕易也。偏

〔變〕易忝被致頂戴也。（四・七五二頁、〔變〕〔下〕は校訂者〔ここは「下」が正しい〕）

関係部分を逐語訳しておく。斎のあと、龍安寺の偏〔変〕易の所に行った。宗碩所有の『八代集』は堀川具世卿の筆である。その『古今集』の下巻（上巻は誤記だろう）が欠けていたのを、以前中院通村が補写した。下巻が院の文庫に有る由を、偏易が内々に耳にし、なんとかならないかと、私に頼んだので、昨冬に院に申し上げた。院も内々にお聞き及びで、上巻は先年宗碩の子息の宗栄の時に下賜したように思う、とのことであった。近頃、探されたところ下巻は禁裏〔後西天皇〕にあるとわかり、すぐに院の方へ渡すようお頼みなされた。去る十四日に私にお話しがあり、下巻をくだされ、偏易に渡すように、との仰せであった。そこで今日持参し、具世卿筆の一冊を偏易に渡した。彼はありがたく頂戴した。

『隔蓂記』の記述からは、この『古今集』下巻が偏易の許に帰るのが自然であるかのように読める。以前に宗碩が『八代集』を所持していた。その『古今集』下巻が欠けており、先年中院通村が補写したものが、院の許にあると聞きつけて偏易が所望したのであろう。また院の方は、下巻を先年宗碩息の宗栄に下賜されたように思っていたとある。この万治三年（一六六〇）の時点では、宗碩はもちろん亡く、その子宗栄も寛永十年（一六三三）に没している。宗碩が構えた多福文庫も明暦二年（一六五六）には廃絶した（『大雲山誌稿』）。その後、堀川具世筆『八代集』は、おそらく偏易の手許に蔵されていたのであろう。偏易は宗碩の息甚蔵とは、少年の頃からの知り合いである（三宅亡羊『履歴』）。ただ、宗栄と甚蔵の関係が未詳（同一人物か、兄弟か、どちらかであるのは確か）なのは残念である。そうした経歴を持つ偏易は、次節で触れるように、中院通村とも親しく古筆に興味を持ってもおり、龍安寺西源院に縁のある宗碩所持の『八代集』のうち、欠落していた『古今集』下の行方を知り、手許に揃えておきたいという願いを持ったとしても不思議ではない。そこで、おそらくかねて知り合いであり、後水尾院と縁戚関係にある鳳林承章（偏易より八歳の年少）に、依頼したものであろう。

三　偏易の経歴と事績

さて龍安寺の偏易とは、どのような人物であろうか。鈴木健一『林羅山年譜稿』の索引に導かれ『林羅山文集』を繙くと、寛永元年（一六二四）正月一日、「按ずるに此れ、惺窩に啓するの前たるべき弱冠に及ぶ比ほひの作ならん、偏易に答る啓」と題し、偏易丈人〈長老〉が贈ってきた四六文への復書が載る。その題注に「初大徳寺の僧為り、後に俗に遷り洛外に隠淪す」（『文集』巻十一・一二九頁上）とある。また、『羅山先生詩集』には歳旦詩歌に和した「漫りに響きを嗣ぎ、以て偏易丈人試毫の佳作に酬ゆと云ふ」と題する詩があり、寛永元年と注記される（『詩集』巻十五・一六五頁）。同年正月十六日から林羅山は洛北・八瀬に遊び、偏易と詩の贈答もしている。そのうち「又天台山詩の韻を和し、偏易に寄せ兼て友之に簡す二首」と題する詩には「時偏易弟為沙門在山中」（『詩集』三八九頁上）と注記される。すなわち偏易は、寛永年間に林羅山と交流があり、その弟は延暦寺の僧であったようである。

『隔蓂記』に龍安寺偏易老とあることから、龍安寺の寺誌『大雲山誌稿』を通覧した所、その二四・寺家部　第伍「霊光」の項に、偏易に関する記事が八丁分ほどあるのを見出し、少なからざる知見が得られた。

偏易居士

偏易居士、號〈号〉反中、名螻制窟地〈謙辞ならむ。「螻」はおけら〉、初在大徳寺、出家後／因事離山、直易俗服、

寓于龍安霊光、寛文二壬寅十／二月廿四日卒、時年七十有七、　易天性英才神俊、／學兼和漢、頗妙翰墨、嘗與中院亜相通村卿、曁《および》金森／宗和・林羅山・野間三竹・松永昌三等相善矣、其佗〔他〕池／上惟山・山岡元隣共、遊易之門、受学者也、／松月堂〔京都寺町の書肆堀原甫（小川源兵衛）か〕云、林道春羅山文集有偏易事（44）

これによれば最初大徳寺にいたが、事情により還俗し龍安寺の霊光院に住し、寛文二年（一六六二）十二月二十四日に七十七歳で没したという。逆算すれば一五八五年（天正十三年）生れで、二歳年長に林羅山がいる。引用した後半の記事は重要で、生まれつき英才で和漢兼学、書にも優れたという。中院通村・金森宗和・林羅山・野間三竹・松永昌三（尺五）らと交わり、その他、池上惟山(3)・山岡元隣は偏易の門に学んだとある。かつて榎坂浩尚氏は、俳人でもある仮名草子作者、山岡元隣の伝記として比較的まとまっているとされる、寛文十一年の『宝蔵』跋文に「其後通大雲山螻制窟、聞老荘之玄理、兼迄頓宗之遺風也」とあるのを引用し、「ところでその師は誰なのか。「大雲山螻制窟」というわざとらしい中国的表現からは全く見当もつかない。大雲山は或いは京岩倉の大雲寺、螻制窟はその塔頭の名を示すものかと考えているが、勿論全くの当推量に過ぎない(4)。」とされたが、この山岡元隣の師「大雲山螻制窟」こそが、龍安寺の偏易居士なのである(5)。

さらに、上引の偏易の経歴に続いて、彼と書跡に関する注意すべき記事がある。

脇坂内記　實名安植播之／竜野家之臣　云、上加茂社人季鷹所／所蔵手鑑、有易之真蹟、而書新古今和歌集　菅太」政大臣ツクシニハ紫ヲフル之一首云、外簽龍安／寺偏易和尚／翁之書、坊間儘観之、彰〔西源玄彰、『大雲山誌稿』撰者〕先年獲二枚、壱則附霊光、／一則置于西源　頃《このごろ》書賈宛委堂持書翰三枚、来示／余（45）

脇坂内記〔播州竜野の脇坂家の家老らしい〕[6]からの伝聞ではあるが、偏易の真蹟が賀茂季鷹（一七五四〜一八四一、上賀茂神社祀官で歌人、古典学者）蔵の手鑑に所収であるという。『新古今集』に載る菅原道真の詠歌「筑紫にも紫生ふる野辺はあれどなき名かなしぶ人ぞ聞えぬ」（巻十八・雑下・一六九七番）を書き（短冊にであろう）、題簽の文字（これは手鑑のか）も偏易の手によるとある。また偏易の書蹟は巷間に時々見かけ、玄彰はそれを入手し霊光院と西源院に収めた。最近も書肆宛委堂が書翰三通を持参し見せたとある。宛委堂は京都・千本通にあった書店堺屋伊兵衛（河野信成、天保十三年〔一八四二〕七十一歳で没）であろう。[7]

このように偏易は和漢の学に通じ、書跡も優れていたようで、古典籍の享受や流伝にも注目すべき事績を残している。篤学で知られる高乗勲氏の旧蔵書に「寛文元年偏易書写本」『徒然草』（国文学研究資料館蔵、高乗、89・7・1〜2、W）がある。下冊末に「寛文元年辛丑八月／応于吉田氏需書／之于時偏易七十歳」の書写奥書があり、「各冊表紙の打ち付け書外題も同筆と見られる」[8]という。同じく高乗氏旧蔵『徒然草　槃斎老講尺聞書』に「偏易筆ノ本」と見え、偏易は当時『徒然草』の注釈に関して、識者に注意されている存在らしい（注（8）の『田安徳川家蔵書と高乗勲文庫』一二九・一三〇頁）。江戸後期の、幕臣にして故実家の栗原信充の『柳葊随筆』辺字篇第六に、「○偏易子　朗詠巻軸跋　偏易子書以送₂於淡斎老人₁時年七十歳　偏易　京都龍安寺　偏易子」（『百家説林』続編下二〔一九〇六・一二、吉川弘文館〕四一一頁上）とあり、『朗詠集（和漢か）』にも筆蹟があるという（淡斎老人は未詳）。また、高知県・山内神社宝物資料館蔵『古筆手鑑』にも「伝龍安寺偏易和尚筆続千載和歌集短冊」が残る。[9]さらに小松茂美『日本書流全史　上』（一九七〇・一二、講談社）によれば、書流系譜の諸本の一本である『古筆分流』（写本、小松氏蔵）の、大虎庵光悦流の中に偏易の名が見える（四二七頁）。

偏易は茶人としても知られた人物らしく、金森宗和の茶会記に参会の記録が残る。明暦元年（一六五五）五月二十五日に金蔵院・碧玉・多福と、また同二年（一六五六）四月六日に金地院（席主）・久兵衛・関民部と、同年七月二十九日に金龍・碧玉・黄梅と、さらに同年九月二十五日にも青木甲斐・瀬川宗徳・亀屋宗富・上林三入と同席したという[10]。金森宗和は明暦二年（一六五六）十二月十五日、七十三歳で没している。

『大雲山誌稿』二四の（45～52）は無著和尚の龍安寺誌に曰くとして、いま少し詳しい偏易の事歴を伝える。俗姓は織田氏、大徳寺の瑞峯院の僧で吉首座と名のった。開山忌の際、回向を読み違えて自ら恥じ大徳寺を退き、弟の特英が居た関係で龍安寺の霊光院に入ったとある。偏易杉・偏易鍬子など、彼の名を付したある種の名物的な物も紹介され、存命中、そして死後までも説話的人物と称するのがふさわしい、実に興味深い記事が見えるが、本旨からあまりにも逸脱するので省筆する[11]。

四　中院通村と宗礀、古典籍をめぐって

中院通村の古典研究に関しては『中院通村日記』が残ることもあり先学の蓄積が多い。綿密な年譜作成に取り組んでおられる日下幸男氏に諸論があり[12]、また高梨素子氏「中院通村簡略年表[13]」も備わる。

宗礀が堀河具世筆『八代集』を中院通勝の許に持ち込んで、鑑定を仰いだのは慶長十五年三月の通勝没以前のはずであるが、つぎに宗礀と中院通村との関係がわかるのは、『中院通村日記』慶長二十年（一六一五）正月二日の記事である（東京大学史料編纂所蔵〔二三七三・一三・二〕『大日本史料』十二之二十三、三八〇頁に一部分引用あり）。

二日晴、礼者雖有五六輩依窮窟無正躰不対面、今朝向男末有一献例事也、入夜参御祝、同元日篠屋宗磵来、帯一筋進之、不対面」（2オ）

元日、年始の挨拶にだろう、宗磵は中院通村の許を訪問した。宗磵は帯一筋を通村に進呈したが、しかし通村は対面はしなかったという。この年通村は二十八歳だが、参議正四位下右中将という高位、宗磵は六十歳ほどのもちろん無位無官である。

このほか慶長・元和の頃かと推測される、中院通村から宗磵宛の書翰が二通知られる（ともに月日もなし）。一つは【待賈43・名家真蹟】九八頁掲載[14]のもので、図版から翻字する。

加州へ之状之事、昨申候き、／好便何比候哉、承度候、兼又／万葉第 少用之事候間、暫可／返給候、第三も無所用候は一覧／申度候、被点懸候は不苦候、但即時／可借遣候、次、紅梅何方へも被／誂候哉、若書生無之候は、可染／悪筆之由、申候者候間、料紙／可給候、急速ニ出来候様、可才学候、／かしく／　宗磵参　中

古書目録の解説を引く。

・奉書竪て書き。通村の壮年時代、慶長・元和初め頃のもの。貸した万葉集を一寸返してほしいといい、また源氏物語の紅梅の巻の書写をまだ外へ頼んでないなら、こちらで書いて上げるというものがあるから、紙を届けてほしいと申送つて居る。

（【待賈43・名家真蹟】九八頁）

・まだ版本の多くない時代だから、知識階級の友人間で、万葉集の貸借やら、紅梅（源氏物語の内）の書写の誂えやら、通村が色々指導もし、助け合っても居る事情が知られて、珍しい内容である。（【待賈44・古文書】二三九頁）

解説と重なるが、大意を記す。冒頭は通村が加賀へ書翰を送りたく、それを宗碩が加賀へ手紙を送るのにあわせて頼みたい、ということで、発送はいつごろか、と尋ねている。また宗碩に貸していた『万葉集』がちょっと必要になったので、暫く返して欲しいという内容、傍線部「第」の次に、心なし広めの字間があるが、ここに巻数を書き忘れたのだろう。巻三もあなたが使わないならば、一覧したい。点を付けるのは構わない、但し借りてすぐに、また遣わすつもりである。つぎに紅梅の巻の書写はどなたかに頼みなされたか、もし書き手がいないなら写してもいい、という者がいるから、料紙を送ってもらえたら、すぐにでも完成するよう手配する。この書翰から、宗碩は料紙を用意できる立場（職掌）であることがわかる。

『万葉集』貸借の記事の中に付点は差支えないとあるが、附章の多福文庫旧蔵本の項〔30〕で触れる、龍谷大学大宮図書館蔵古活字版『万葉集』巻二十の奥には、つぎのような識語があり注意される。(15)

此萬葉集廿巻者／予先師宗碩先生申降／中院後十輪院前内大臣通村公之手所筆／之點本終書写之也／于時萬治元年月日了

この『万葉集』は、中院通村が自ら点を付した本を、先師宗碩が借り受けて書写した、その本から点を写したものである、という内容。万治元年は一六五八年、宗碩没後二十三年にして点書写の功を終えた予が誰であるかはわからない。また中院通村蔵の『万葉集』については未確認で、上記記事と龍谷大学蔵本とが関係あるのかどうかも、検討すべき所である。

中院通村書翰の後半の『源氏物語』紅梅書写の記事は、大部な物語を何人かで書写する、いわゆる寄合書き、調製の調整役を宗碩が務めていたことを示している。第二章で宗碩が連歌師玄仲に『源氏』松風書写を依頼し、それが慶長十九年（一六一四）七月中旬に功なったことを紹介したが、右の書翰がこの「寄合書『源氏物語』と関連するものであれば、本書状の推定年代をもう少し上げることができる」[16]という見方もできる。

もう一通は【筑波46】[17]掲載、縦二八糎横三七糎。端裏に「宗碩参　中」の宛名と署名記。

昨晩之書中、／今朝被見候、一巻則／使者衆ヲ帰候由候、其外候／哉、如何様之物候哉、未／抑留候者、可見給候歟、／為其申上候、／〔追而書〕此中無得隙候而／疎闊々々候、（一頁）

昨晩預った書は今朝拝見しました。一巻は誂え使者衆を帰しました。そのほかにもありますか。どんなものがありますか。もう少しこちらに留め置いたら、御覧なさいますか。そのための書翰です。（追伸）最近は暇がなくごぶさたしています。未詳な点があるが、ほぼこんな趣旨であろう。宗碩から預かった書を通村が見て返却する内容で、他にどんなものがあるかの問いは、宗碩の蔵書の借覧のためであろうか。

五　烏丸光広の富士山詠をめぐる噂話と中院通村

つぎに宗礀が中院通村を訪問したことがわかるのは、元和二年（一六一六）三月二十九日である。やや長文になるが『中院通村日記』（東京大学史料編纂所蔵、謄写本、二一三七三・一一三）を引用する。

廿九日、陰雨不降、巳刻許良庵息男九才同来、午下刻宗礀来、自旧冬下向于賀州、去月下旬上洛、其後南都下向、仍無音之由也、生蚫十帯一筋恵之、良庵始而参会云々、良庵禁中御池等見物望也、仍申入長橋局可乞見之由仰之間、付青侍遣之、見物之後直帰宅云々、宗礀言談移刻、言談云於駿府烏黄門詠曰、

心あてにみてや、みなんふしのねは雲より上の雲を桜と

又此哥歟別歌歟、三西大許へ被触候処無返答、重而よしやあしやと被申送云、予其答有無不聞、未下刻許帰了、（66）

宗礀は元和元年（一六一五）冬頃（十月以降）に加賀へ下り、翌二年二月下旬に上洛、その後奈良へ下向していたので、ご無沙汰したといい、蚫十と帯一筋を通村に持参した。前述のように、宗礀はこの半年後の元和二年十月にも加賀へ下向している。息子づれでやってきた良庵は医者で、宗礀とは初対面とある。御所の池などを見物したいという良庵の希望を、長橋局にとりついだ、という記事は宗礀には関係しない。

以下の、宗礀が言談した内容は、元和二年春、徳川家康の病気見舞いに駿府へ下った烏丸光広が、富士山を詠じた和歌についての逸話である。傍線部が宗礀の談話の内容で、彼はおそらく京都あたりで、物見高い誰かから光広に関する噂話を耳にしたのであろう。この元和二年二月の、家康の病気見舞いの勅使は武家伝奏の広橋兼勝と三条西実条である。光広は自歌の出来を、おそらく褒めてもらいたく、三条西実条に問うたのだが、返事がなくそこでもう一度

聞いたというのである。光広は正三位権大納言で三十八歳、実条も権大納言で従二位四十二歳である。この話で宗磵は何を言いたかったのか、歌の良し悪しか（上手い歌とは思われないが）、光広のしつこい態度か、実条が問いを無視したことか、どうもわからない。「又此哥歟別歌歟」とあるのも含みがあるような気がする。また中院通村が答えの有無を聞かず、という態度を取ったのもわかりにくい。この逸話については高梨素子氏は、つぎのように述べる。(18)

光広のこの歌に歌われた富士の貴峯への感嘆は、徳川氏の勢力への讃嘆と相俟っているように感じられる。富士の嶺の「雲より上の雲」と表面上は雪の譬喩で、それが心あて（当て推量）に桜に見えたという歌だが、「雲の上」は宮中の別称であるから、雲より上に（今を時として）桜が咲いて見えると歌うのは、富士を領土に持つ駿府徳川氏への賛美ではないだろうか。桜は「散る」というイメージも伴うが歌全体に暗さがないので、マイナスイメージで詠まれたのではあるまい。徳川氏への媚びを感じさせ、その点で話題性をもつ歌であろう。富士山の実景を目にした単なる素直な自己表明かもしれないが、武家伝奏として駿府滞在中の実条に告げたが返答がなく、再度歌の可否を尋ねたという尾鰭の付いたとも思われる風聞となった。「予はその答えの有無を聞かず（「知らない」ではない）という強い表現は、「聞くまでもない」という気持ちで、天皇の側近であり、のちに武家伝奏の職をわずか四年で罷免されるような通村の不快な気分を示すように感じられる。（八八頁）

烏丸光広は宮中姦淫事件の際、家康に摺り寄るような言動をし、結果赦免される（慶長十四年十一月十日、『続史愚抄』中・七八四頁など）というように家康に借りがある。一方中院通村は硬骨の人で、駿河での家康への追従とも思われる、光広詠に伴う噂話を、苦虫を嚙み潰すような思いで聞いていた、と受け止めてもよいのかもしれない。

「予其答有無不聞」という表現に、強い拒絶の態度が窺えるのは、高梨氏のいうとおりだろうが、その原因はもう一つ別にあるかと、以下のように推測してみる。第五章の中院通勝の項で触れたように、通村の妹は光広も関与した宮中姦淫事件で、伊豆の離島に流罪となる。慶長十四年（一六〇九）十月のことである。この妹が赦免されるのは元和九年（一六二三）九月二十七日頃（『史料総覧』十六・五五頁下）であり、通村の心中にはある意味棘のように、常に配流中の妹のことがあったとしてもおかしくない。

少し後年のことになるが、元和八年（一六二二）十一月、中院通村は勅をうけ急遽東下することになり、宗碩は七言詩を贈り別れを惜しむ。高梨素子編『中院通村家集 上』（古典文庫642、二〇〇〇・五）を引く。

元和八年〔可入祝歌〕十一月、にはかに勅をうけ給はりて関東に下向せしに都をたちし日、宗碩法師を
くりし、

1612 離別忩々情苦艱　　離別忩々　情苦艱
官梅不発待君還　　官梅発《ひら》かず　君の還るを待つ
高才正識相類聚　　高才正に識る　相類聚
吟伴扶桑第一山　　伴に吟ず　扶桑第一の山

出門のおりなりしかは、落句の韻はかりを和し侍りし

1613 忘れすはかそへてまても程もなくかへりこん日の逢坂の山

おなしくかきそへつかはしはへりし

1614 かきすつる筆もとりあへす勅なれはいともかしこし道いそくとて（三三二頁）

この年十一月二十一日、中院通村は徳川秀忠の江戸城本丸への移徙を賀すために、勅使として東下した。『資勝卿記』に「午刻中院中納言（通村）江戸下向候、餞別持申候」（『大日本史料』十二之四十九、一三〇頁）とある。1612宗礀の詩の承句、役所の梅は花を開かずに君の帰りを待つ、とあるのは通村が勅使であることを意識した表現。通村1613の詞書に落句の韻だけに和した、というのは1612結句「扶桑第一山」に対応させた「逢坂の山」をさす。以上は光広の和歌の逸話とはもちろん無関係である。が、『中院通村家集 上』のこの数首あとの、以下に載せる和歌は、具体的な内容の詞書を伴い、通村の心情が露呈している。

晦日、きよみにとまりて、あくる朝くらき程に出て、やう〳〵明行ころ、ふしの山をみて

1617 ふりつもる雪よりあけてふしのねのすそのゝ雲に残るよはかな

十二月二日、みしまにいたりぬ、これより伊豆国といふ、先年予かいもうと、此国の島になかされて今にあり、よりてかの源氏に、「海にます神のたすけにかゝらすは」とあるを思ひて、おなしすちなれは心のうちに祈念しはへりし

1618 海にます神ならすともとし波のなかれのみ行人をあはれめ

小田原をたちて海のかなたをみやれは山あり、おなし国ときけはかのあたりにやあるらんと思ふに、故入道中納言殿の「おもひやるたよりも波のすて小舟心あるあまのことつてもかな」とよみて落涙し給ひしこともおもひ出られて

1619 ひく人もなくてやつゐにあら磯の波にくちなんあまのすて舟

この度もたよりをたにきかてやとおほつかなさに

1620 いかにしてよそなからたにはゝきゝのありとはかりも人にしらせん

江戸にて人にあひ侍しに、ふしにて歌はよみつやといひしかは

1621 ふしのねをみしやいかゝと問人に我こたふへきことのはそなき（三三三・三三四頁）

これらの歌からは、伊豆の孤島に流されている妹を思う、哀切な思いが伝わってくる。通村にとって、富士はといえば駿河そして伊豆、伊豆は妹の配流先という連想がなされたであろう。都での詠作ならばともかく、まじかに富士に望み、名所だからといって詠歌の対象にする気などとうてい起きない、というのではなかろうか。1621番の歌にそれがよく表れている。事件から十年以上経過した、元和八年の時点でもそうなのだから、まして元和二年での通村の心情はさらに痛切なものであっただろう。その心情を逆なでするような、〔家康にとり入り、事件の処罰を巧妙にまぬかれた〕烏丸光広の富士の嶺の歌など聞きたくもない、というのではないだろうか。通村が日記の中で「此哥歟別歌歟」としているのは、歌の具体など正確には聞いてもいなかったことを示していよう。なお1618番の詞書「海にます神のたすけにかゝらすは」は、『源氏物語』明石巻の光源氏の歌をさす。1619番詞書の故入道中納言殿は、通村の父通勝のこと、「おもひやる」の歌は未確認[19]。

中院通村は元和八年十二月十三日に江戸城で秀忠に謁見、同十六日に江戸を出立し（『家集』1622詞書に「十二月十六日、江戸をたちてのほりくるに、十八日、大磯のこなた梅沢といふ所をすくるに」、古典文庫下三〇二頁）、同二十七日に京に着く（『資勝卿記』、『大日本史料』十二之五十、三五六頁）。翌元和九年（一六二三）十月二十八日、通村は武家伝奏に任じた（『史料総覧』十六・五七頁下）。

六　前田利常、中院通村に『源氏抄』を所望

宗磵は中院通村とかなり近しい関係であったようである。『中院通村日記』元和二年五月二日の条には、「自女院御所賜鯉生放置／水桶」とあり、三日には「辰下刻許退出、昨日鯉魚遣宗磵許」（東京大学史料編纂所蔵写本、83ウ）と見える。因みに宗磵は、この五月二日から女院（新上東門院）の息智仁親王に『史記』を講釈している。賜わった鯉を水桶に放っておき、それを宗磵に遣したとあることからみれば、宗磵は中院通村邸の近くに住まいしたと推測される。『中院通村日記』元和三年（一六一七）五月十三日条によれば、この日宗磵は中院通村邸を訪問した。加賀の松平筑前守（前田利常）の依頼を通村に取り次ぐためで、『源氏抄』執筆の依頼である。

未刻許篠屋宗磵来、自去年十月下向加州、加賀宰相松平筑前守東関下向故、令上洛云々、去年歟、就予被求、源氏抄、其事等言談、文字少ゾ義理分明之抄物所望云々、難計会之由答之、然共明星抄可書遣之旨示之、予猶令新作授与者、可為祝着之由、自去年内々被示之、雖然公私不得隙之間難叶、於得隙者、予亦内々可抄出之義、挿心中之由答之、（『大日本史料』十二之二十八、六三〇頁）

冒頭からわかるのは、宗磵が去年（元和二年）十月から加賀に赴いており、この五月に都へ帰ってきたことである。帰洛の理由は前田利常が関東へ行き、その間加賀での滞在理由がなくなったからであろう。利常は慶長十年（一六〇五）四月八日、従四位下侍従兼筑前守に叙任、松平姓を許されている。徳川秀忠は元和三年（一六一七）五月十五日

に前田利常の江戸辰口邸を訪れており、利常の江戸在が確認される(『史料総覧』十五・一七六頁)。中院通村は加賀の前田利常の学問の師であるという[20]。去年、利常は通村に『源氏抄』を所望してきた。文字が少なく意味明瞭な源氏注釈書がほしいとのことであった。用意し難い旨答えたが、かわりに『明星抄』(中院通勝の祖父、三条西公条の源氏聞書)を書写し送ると伝えた。通村が新しく執筆してくれれば利常公は嬉しいのだが、と去年から内々で言われている。しかし公私とも余裕なく、それは難しく、時間ができたら自分で抜書きする心づもりだと答えた。『源氏抄』に関するこの記事については諸氏が言及している[21]。この『源氏抄』が実際に贈られたかは確認していないが、前田利常の所望に応じて中院通村が贈ったと推定される源氏の梗概書に『源氏抜書』(和歌をすべて抜き出し、前後の文を繋ぎあわせて説明とした梗概書)があるという[22]。

七 『桑華字苑』にみる宗碩父子の評

前田利常と『源氏抄』のことに触れたついでに、加賀での宗碩の評判について、やや後のものであるが紹介しておく。『加賀藩史料 第参編』の万治元年(一六五八)十月十二日(前田利常、小松城に薨ず)条に引く『桑華字苑』に、以下の二つの挿話が載る(宗閑は宗碩とみてよいだろう、会話記号は私意)。

一、或時微妙院様、越中え御鷹野に御越被成。今石動にて御旅屋にげんじの屏風立て在。利常公篠屋宗閑にむかはせたまひ、「此絵は源氏とみえたり、大形よき絵なるが、何やらんかつかう〔恰好〕あしきやうに見ゆる、宗閑何とおもふぞ」と御意。宗閑かしこまり「御意のごとく、絵は源氏若むらさきにて御座候。扨もたいめいの御目通りは各別の儀にて御座候。如仰此御屏風の絵も、手本の絵と見え申候へ共、かつかう悪敷御座候。上方にて何方に御座候源氏の屏風も、かつかうあしく御座候に付て、各かやうの儀かうしやなる者ども、せんさくを仕たる事にて御座候。昔土佐が筆に、源氏のちいさきおしゑ御座候を、其ちいさき一枚を、加様に屏風いつはいにかき申に付て、何としても小を大にうつし申に付て、かつかうあしく御座候かとせんさく仕たるは、かやうの物に明暮なれ申ての上の儀に候。唯今御覧被成、はやかつかうの悪敷を御覧被為付候事は、ふしぎなる御事」とかんじ奉る。（傍線部、欄上に「たいめい本のまゝ」（大明の意か））（七三五頁）

一、御帰りにくりからの峠にて御休被成、宗閑申上る。「加賀の国を大き成国と奉存候處に、越中の国のおびたゞしき儀、中々目も届不申候。加様の国々をしろしめす殿様は、人間にては無御座と申、其上在々宿々ふつき安泰にて、家作等諸人の心やすく見え申てい、乍恐けつかうなる御仕置」とかんずる。利常公、「如申大国預りて、せめて萬民の心安き様にと思ふ外他事なし」と御意。其時宗磵謹而、「扨も難有御意にて御座候。加様の大国の御主様、御領国を我物と不思召、御預り被成候とは、我々躰の心中とは各別の儀なり。京都にて我等の屋敷、おもて口四五間うらえ廿間計御座候。此屋敷は、天の星までも屋敷の上は我等のほしと存て居申に付て、我家の上を鉄炮を打通すを聞ても、腹を立申候。加様の御国を御預り被成たるとおぼしめす御心より被仰付御仕置なれば、萬民の心安く罷有も道理にて御座候」と申上たり。此宗閑は京都の町人にて、歌学者源氏読なり。宗閑子今村宗永出頭して、小松にて風気を煩ひ死たり。父子ともにあいさつとはちがひ大悪人也。（七三六頁）

『桑華字苑』は前田利常の孫綱紀が座右に置き記した、いわば雑記帳である。綱紀の宗磵父子への評価は、傍線部のようにきびしく、これら挿話は口先だけの阿諛を嫌ったものだろうか。綱紀は寛永二十年（一六四三）生れで、宗碩父子はすでに故人である。祖父利常（一五九三〜一六五八）からの伝聞で、こうした酷評が生れたのだろうか。

なお『金沢古蹟志』第四編（一九三三・九）の「○法華法印日翁傳」とある項に、『太平記秘伝理尽鈔』の伝授のことなどが記されるが、中につぎのような記事がある。

按ずるに、法華法印日翁が事は、拾纂名言記に、中納言様御家督後、御咄衆とて承傳ふる分は、津田道句・今枝宗仁・法華法印・石黒釆女・丸茂道和・恒川竹仁・廣橋一斎・高田慶安・篠屋宗永・中村久越・佐々木道休、盲には虎澤・松坂・鹿嶋・小林云々。と見え、又改作方記に、微妙公御隠居以前御次に詰め、時々御前へ出で、御咄申上ぐる衆は津田道句・今枝宗仁・法華法印日翁・石黒釆女・丸茂道和・恒川斎仁・廣橋市斎・高田慶安・篠原宗永此の外多く有之。（二一六頁）

傍線部に見える名に異同があり資料的な問題が残るが、宗碩息の宗永が御伽衆に加わっていた蓋然性はある。この記事は『加賀藩史料』第二編の寛永三年の「是歳。法華法印日翁、前田利常に京都本国寺の旅館に謁し後その臣となる」（五四六頁）とある項目にも引かれる（五四九頁）。

八　水宿子から宗碩宛書翰

宗碩が加賀から帰洛した頃のものと思われる書翰一点があるが、差出人の素性もわからず、十分に読み解けていな

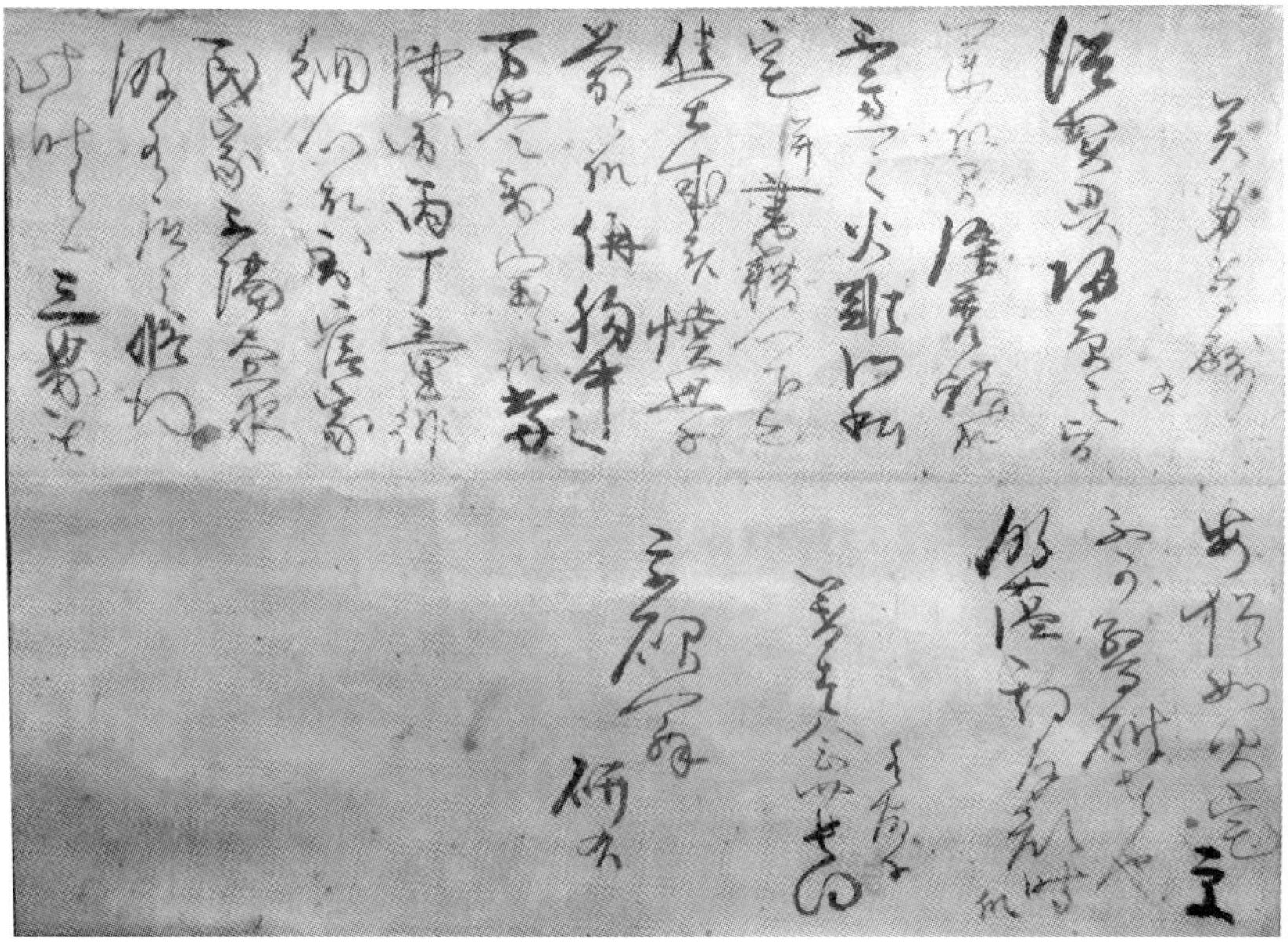

宗礀宛水宿子長向書翰（架蔵）

い。(23)

従賀州帰京之旨／承候間、染禿翰候、／不慮之火難、御私／宅并書籍以下迄／焦土成矣、憤思千／萬ニ候、併胸中之／万巻至宝ニ候、當／津國丙丁童徘／徊以故、到官家／民家不隔昼夜／趣、有道之修行／此時ニ候、三界無／安猶如火宅、更／不可驚破者也、／餘藴期拝顔時候、／暮春念四　水宿子長向／宗礀翁／研北

〔追而書〕美身尊酬／右

某年の三月二十四日、摂津の水宿子長向から宗礀へ送られたもので、冒頭によれば加賀から帰京した旨の書翰に対する返事である。【待賈44・古文書】の解説には「かなり癖の多い書である。前田家に伴して金沢へ下った宗礀が、彼の地で火事に逢い、多年蒐集の書籍等を焼失した事実が知られる。慶長後半のものであろう」（二五〇頁）とあるが、金沢での火災とする根拠は

なく、後述するが晩年近く、龍安寺の傍に僧房を建立したことから考えると、むしろ京都での火災とみた方がよいような気もする。「併しながら胸中の万巻至宝に候」とあるのは、日頃の宗礀の研鑽ぶりを熟知しているものといえる。「當津國」以降、後半の表現がよくわからない。丙丁童は火の神のことで、「丙丁童子来つて火を求む」という禅の公案があるという。火自身が火を求めることで、自己に本来備わっている仏性を他に求めることをいい、仏法とは理会することではないことを示す公案である（『禅学大辞典』）。摂津では仏法の理解が不十分な輩が多い、という意か。それとも、官民区別なく昼夜共に火災が多いとでもいうのだろうか。差出人の長向は出家名で、水宿子（水辺の宿駅に居る、ぐらいの意か）は号であろう。被災した宗礀を見舞いつつ自身の述懐も見せ、両者はかなり親しい間柄と想像される。きわめて独特の癖のある字体だが、摂津の水宿子が誰なのかは未詳である。

九　加賀前田家からの書物と中院通村

中院通村と加賀前田家の利常との関係は続き、元和九年頃、加賀から書物の装幀を依頼されてもいる。第三章の、宗礀の子甚蔵の件で触れたが（三九頁）、『中院通村日記』元和九年（一六二三）十二月二日条を引く（東京大学史料編纂所蔵、二〇七三・一三・二）。

及黄昏経師藤蔵来、自加州書物表紙被誂之、仍申付、宗礀子サ、ヤ甚蔵今朝来、然而経師依遅参帰宅也、仍又以使者招之、亥下刻経師帰了、表紙絹等打裏張付之後帰之、甚蔵先是帰宅了（9オ）

夕方、経師の藤蔵が来たので、加賀から頼まれた書物の表紙の件を申付けた。今朝、ササヤ甚蔵が来たが、経師が遅参したため（甚蔵は）いったん帰宅した。そこで使いを出し呼び寄せた。表紙の絹や裏張りを付け、夜十一時頃に経師は帰り、甚蔵はそれ以前に帰った。藤蔵はこの当時の知られた経師のようで、『時慶記』慶長十四年（一六〇九）十二月四日条にも「一経師ノ藤蔵ヲ呼、午刻過ヨリ表紙申付候、及極晩」（四・二九八頁）などとみえ、西洞院時慶の許に出入りしたことがわかる。『中院通村日記』の「加州よりの書物表紙」とは、同じ十二月二日条のやや後（9ウ）に載る、『続後撰』（為重卿筆／有奥書）『新続古今』（栄雅様手也不知之）『恵慶集』（端定家卿／奥同嫡女筆）『入道右大臣集』（堀川右大臣歟）などを指す。また十二月十日条には、藤蔵がやってきて加州本の『恵慶集』『続後撰集』を閇（綴）じ、『新続古今集』の上下を切り揃えたとあり、甚蔵も来たとある。これらは、加賀から送られた歌集の写本を製作する過程を示すもので、藤蔵・甚蔵の手で製本装丁作業がなされたのだろう。[24] この直後にも興味深い記事が続き、「偏易白来書籍等有勧之事、予改元記少々見之、友輔短冊持来、後土御門二、邦高親王二、義政公一、教国卿二、静覚木寺ノ宮、為康五条／為経卿父、其外不覚悟廿枚斗有之歟」と、先に触れた偏易らしい人物が舶載書を勧め、友輔が持参の短冊も含めて、中院通村のもとには様々な書物がもたらされたことが窺える。『前田利常略傳』の「二七、美術品の蒐集」の図書の項によれば、『大和物語』『兼好家集』『十五番歌合一巻』は、通村が奥書を加えあるいは補写している（七三頁）。中院通村の古典の書写活動については、笠嶋忠幸氏も烏丸光広の能書活動を論じた中で言及される。[25]

十　『泰重卿記』にみえる宗礀

土御門泰重の日記『泰重卿記』元和六年（一六二〇）十一月二十三日条には、「中院百人首《（ママ）》講尺、予も晩炊以後聴聞申候、サ、ヤ宗碩発起也」（二・五七頁）とある。宗碩が発起人となり、中院通村の『百人一首』講釈が行われ、泰重も聴聞したという。[26]泰重は通村より二歳の年長で、この年は従四位下である。宗碩没の半年前、寛永元年（一六二四）十月二日に通村は土御門泰重とともに、龍安寺を訪問した。『泰重卿記』同日条に、

晴、中院同道、嵯峨二尊院当今若宮（賀茂宮）之三回忌為招〔焼〕香伺公仕候、香典百疋也、阿野（実顕）・中御門（宣衡カ）明日同道可有之之由、御誘引候へ共、同道不申候、大沢楓樹悉紅也、近比奇観甚也、龍和〔安カ〕寺へ中院同道参、宗碩（篠屋）所終日振舞、帯夕陽帰宅也（二・二四三頁、〔　〕（　）は校訂者）

とあり、中院通村と土御門泰重は、賀茂宮（後水尾天皇皇子、元和四年（一六一八）生れ、同八年十月二日没、五歳）の三回忌につき嵯峨の二尊院に参詣、さらに大沢（嵯峨、大覚寺境内）の楓樹の紅葉を見物、その足で龍安寺に赴いた。宗碩は終日接待をし、通村らの滞在は夕刻に及んだという。第十章で触れる松永昌三『宗碩老生誄并叙』の末尾辺に、加賀から帰洛して龍安寺の傍の僧房を創建したとあるが（二三四頁）、この時点ではもう竣工していたのだろう。ともあれ宗碩が龍安寺近辺に居たことを証す貴重な、そして彼の存命中の最後の記事である。

注

（1）　日下幸男「中院通村年譜稿――少青年期――」（『国文学論叢』三一輯、一九八六・一）。
（2）　日下幸男「中院通村年譜稿――中年期（上）――」（『国文学論叢』四八輯、二〇〇三・三）一〇頁。
（3）　龍安寺の寺誌『大雲山誌稿』二四の霊光院の祖節の項や、同書所引の『宝鑑録』（大圓寳鑑國師語録）中によれば、池上

惟山〔意三〕は偏易に学んだのち、水戸相公〔光圀〕に仕えたが、三十余歳で禄を捨て玄門の弟子となり出家する。上京し泉涌寺に住み『大蔵経』を閲る。のちに勝尾山に隠居し、火定に入ったという。紀州藩の神谷養勇軒が藩侯の命を受けて編輯した『新著聞集』勇烈篇第七「〇至心の火定身儀不乱」も同話を紹介する（『日本随筆大成』第二期5、一九七四・二、吉川弘文館、三二七頁）。

（4）榎坂浩尚「山岡元隣――季吟との関係を中心に――」（『近世文芸 資料と考証』五号、一九六六・二）三頁、後に『北村季吟論考』〔新典社研究叢書98〕（一九九六・六、新典社）に再録（一〇一頁）。

（5）山岡元隣について、『大雲山誌稿』二四はつぎのように記す。

本朝医家古今人物考 山岡元隣號而慍齋、家／世貨殖至隣、業醫、俳偕為季吟弟子、嗜儒学詩能哥／長俳偕、登大雲山螻制窟、聞老荘玄理、兼迄頓宗之／遺風（49）

なお川平敏文氏は「江戸前期における禅と老荘――山岡元隣論序説――」（井上泰至・田中康二編『江戸の文学史と思想史』、二〇一一・一二、ぺりかん社）の「Ⅲ、老荘思想」【本論】所収の中で『宝蔵』跋文の記述について、元隣の経歴や老荘思想との関連を勘案して「この「大雲山」は「岩倉の大雲寺」ではなく、大雲山竜安寺とは考えられまいか」（一八二頁）と推測されているが、慧眼というべきである。

（6）脇坂内記は龍野藩の家老で、諱は安植〔やすなり〕、字元培、号鷺山といい、高山彦九郎の洒友であったという。野間光辰『高山彦九郎 京都日記 日本の旅人7』（一九七四・一〇、淡交社）一四七頁による。

（7）井上隆明『近世書林板元總覧』（一九八一・一、青裳堂書店）二七三頁上。

（8）国文学研究資料館編『田安徳川家蔵書と高乗勲文庫 二つの典籍コレクション』〔古典講読シリーズ9〕（二〇〇三・三、臨川書店）所収「高乗勲文庫貴重書展 展示書目一覧」（落合博志編）二二〇頁。この寛文元年偏易書写本『徒然草』の奥書によれば、偏易は寛文元年（一六六一）に七十歳とあり、『大雲山誌稿』二四に、寛文二年七十七歳で没という記事とは食い違う。が、『大雲山誌稿』二四には、別の箇所（44）に、明暦二年（一六五六）丙申「龍安山下螻制窟中于時偏易子七十一歳」とあり、『徒然草』奥書の年齢は誤りであろう。でないと、前に触れた三宅亡羊と偏易との師弟関係（四二頁）に、年齢的に無理が生ずる。

（9）徳満澄雄「山内神社宝物資料館蔵『古筆手鑑』（甲）について〈前承〉」（『高知女子大学紀要 人文・社会科学』三三巻、一九八五・三）六頁下。歌は「一むらはやかて過ぬる夕立の……」。「龍安寺偏易和尚は伝未詳。筆跡も管見に入らない。」とある。

（10）谷晃・中井香織「金森宗和茶会記人名一覧」（『野村美術館研究紀要』一号、一九九二・九）、および谷晃『金森宗和 異風の武家茶人』〈茶人叢書〉（二〇一三・二、宮帯出版社）の表11、宗和茶会人名一覧。

（11）川上孤山著・荻須純道補述『増補 妙心寺史』（一九八四・六再版、思文閣出版）にも「（六）龍安寺偏易居士の事」の記事がある（二五五頁）。そこに偏易天狗を志す奇談（漢文表記）が紹介され、出典を記さないが『大雲山誌稿』と思われる。

（12）日下幸男「中院通村の古典注釈」（『みをつくし』創刊号、一九八三・一）。
同「中院通村と儒学儒者」（『みをつくし』五号、一九八七・一〇）。

同「中院通村年譜稿――少青年期――」（『国文学論叢』三一輯、一九八六・一）。

同「通村日記人名索引の試み」（『柴のいほり』三〇号、二〇〇三・三）。

同「中院通村年譜稿――中年期（上）――」（『国文学論叢』四八輯、二〇〇三・三）。

同「中院通村年譜稿――元和二年――」（『龍谷大学論集』四六二号、二〇〇三・一）。

同「中院通村年譜稿――中年期元和三年～八年――」（『龍谷大学論集』四七一号、二〇〇八・一）。

同「中院家の正月」（『龍谷大学国文学論叢』六一輯、二〇一六・二）。

（13）高梨素子『後水尾院初期歌壇の歌人の研究』（二〇一〇・九、おうふう）の第七章「中院通村の添削指導」。

（14）他に【待賈22・新収古書】三七頁、【待賈44・古文書】二三九頁、『大阪古典会創立百周年記念 古典籍善本展観図録 難波津』（二〇一二・五）二四〇頁にも掲載。また、【白木屋フェーアー1963】掲載の「七九四 中院通村自筆書状」（二八頁上）も「万葉集の事など」とあり同じものか。

（15）『龍谷大学所蔵古活字本目録』（一九八二・一一、龍谷大学）二六頁下。一頁に図版あり。

（16）高田信敬「紫林閒歩抄（其参）篠屋宗礀が誂えた『源氏物語』」（『年報』三号、二〇一四・四、鶴見大学源氏物語研究所）。
（17）同目録四七号が一九九三年二月発行で、それ以前。
（18）注（12）の高梨著書の第二章「歌人烏丸光広の生涯」八八頁。初出は近世堂上和歌論集刊行会編『近世堂上和歌論集』（一九八九・四、明治書院）所収「烏丸家の人々――光広を中心に――」。
（19）日下幸男『中院通勝の研究』所収「中院通勝年譜稿」の慶長十四年九月十六日条に、「通勝は娘の流刑を悲しみ詠歌。十月二十日に至る一連の悲愁の歌は、内閣文庫蔵『冬夜詠百首和歌外十種』一冊、東洋文庫蔵『也足軒素然集』一冊、『続三玉和歌集類題』一冊（文化十一年、柏原屋清右衛門他刊）等に載る。」とあるが、後の二点は未見。鈴木健一「猪熊事件顚末」（『江戸詩歌の空間』、一九九八・七、森話社、所収）は、通村詠の三首（1618・1619・1620）を分析し、「通村は妹の配流と光源氏の須磨流謫を重ね合わせて、『源氏物語』に関連した歌三首を詠んでいる」（二四六頁）と指摘する。なお鈴木論文が注に引く、森川昭「源氏人々心くらべ」（『成蹊国文』七号、一九七四・二）によれば、中院権典侍〔通村妹〕は伊豆網代を出航した船が漂流し、伊豆半島南端に近い山間の鈴木家に匿われ、そこで十五年の歳月を過ごしたという。
（20）日下幸男「俊成・定家・為家本伝来管見」（『中世文芸論稿』五号、一九七九・五）。
（21）注（12）の日下幸男「中院通村の古典注釈」、「中院通村と儒学儒者」。長友千代治「学者の講筵――中院通村日記――尋書有縁（3）」（『日本古書通信』八二五号、一九九八・四、『江戸時代の読書と書物』〔二〇〇一・三、東京堂出版〕所収）など。
（22）伊井春樹編『源氏物語　注釈書・享受史事典』（二〇〇一・九、東京堂出版）一八八頁。
（23）この書翰は【待賈43・名家真蹟】No.115（八九頁）、【待賈44・古文書】No.229（二五〇頁）、【筑波79】No.208（四三頁）にも載る。
（24）注（20）の日下論文は定家自筆本と中院通村との関わりについて、模写本作成の協力者の問題も含めて詳述する。
（25）笠嶋忠幸『日本美術における「書」の造形史』（二〇一三・一〇、笠間書院）の第六章「近世における能書活動と制作意識――烏丸光廣をめぐって」の「三　光廣の能書活動を取り巻く環境」二〇四～二一一頁。

（26）土御門泰重の漢和聯句への参加や、古典講読の発起・聴聞などについては、蔭木英雄「『翰林五鳳集』について——近世初期漢文学管見——（二）」（『相愛大学研究論集』五巻、一九八九・三）が言及する。

第九章　宗礀の加賀行きと松永昌三・王国鼎

一　松永昌三、宗礀の加賀行きに同行

肥後から都に帰っていた宗礀は、ある時期から加賀で冬を過ごすことがあったようである。第七章で触れたように、『中院通村日記』『智仁親王詠草類　二』所収の漢詩から、元和元年（一六一五）冬・同二年十月に、宗礀が加賀へ下向したことが確認される。宗礀と加賀前田家と機縁が生れる具体的な事情はよくわからないが、中院家を通じてであろうか。(1)

さて第十章で触れる『尺五堂先生全集』第九巻「宗礀老生誄并叙」の中頃につぎのような一節がある。

癸亥の冬暮、吾を誘ひ北征す。
晨に問ひ昏に定め、館を同じくして随行す。
清容に親炙し、薫陶篤情たり。（一八六頁下）

「癸亥の冬暮」は元和九年（一六二三）十二月で、この時松永昌三は宗碩に誘われ加賀へ赴いたようである。松永昌三（尺五は別号）は京都の出身で松永貞徳の子。文禄元年（一五九二）の生れ（おそらく宗碩より三十七歳若い）、林羅山・堀杏庵・那波活所と並び、藤原惺窩門の四天王と称された、少壮の儒者であった。宗碩はこの昌三と縁が深く、以下述べるように、加賀への旅を共にし、寛永二年（一六二五）六月の宗碩没の後に、昌三は誄を草してもいる。

元和十年（一六二四）正月二十四日、梵舜は松永昌三に泥絵色紙を遣わすが、昌三は去年から加賀へ赴いており、父貞徳に申し遣ったとある。

> 次勝遊（松永）へ箱入扇二・ヘウタン一ツ、昌三（松永）へ泥絵色紙十枚遣也、去年ヨリ加州へ越ニ依、親父（松永貞徳）へ申遣也。（『舜旧記』六・一五二頁）

この記事によると昌三は加賀に居たかのように読める[2]。ところが、松永昌三は同年正月十一日に林羅山の京都の家に年賀に赴き、林左門（羅山の長男俊勝）の七言絶句の二十八字を用い、羅山と七言絶句（二十八首）の遣り取りをしており、そこから判断すると、既に帰京しているのである（『尺五堂先生全集』巻五、一〇四～一〇九頁）。そして『舜旧記』寛永元年（一六二四、元和十年は二月三十日に寛永と改元）四月二十六日条を見ると、

> 三條衣棚町昌三（松永）来、青地鴨香爐一・油入・蠟燭器一ツ・扇五・饅頭五十持参、勝遊（松永）父母之音信也、年頭返禮也。（六・一六八頁）

とあり昌三は梵舜を訪い、年頭の祝いに対して、遅ればせの返礼をしている。四月になってから、年賀の返礼とはいかにも遅いのだが、これには事情があったのだろう。後述する「宗礀寄する所の菊花之詩に和す 并に叙」に、春の初めから長い病気で、久しく筆をとっていない（二〇二頁）とあり、また「宗礀老生誄」の終り近くに、「予採薪を憂ひ、轡を帰すに艱難す」（二三四頁）と見える。これらの記述からは、宗礀は発病を恐れ、加賀から一人帰京し、寛永元年前半は病気がちであったかと推測される。

『舜旧記』を手掛かりに、慶長の末から元和にかけての年頭に、松永昌三が在京か否かの記録を検してみる。

・慶長十八年（一六一三）正月十七日条に「次三條衣棚町勝熊へ罷扇五、息男昌三郎へ革蹈皮一足令持参」（四・九頁）。
・慶長十九年（一六一四）正月四日（四・八〇頁）・二十日条（四・八五頁）に在京の記録があり、二十一日条に「次松永昌三郎来、諸白一ツ・両種、持参也」（四・八五頁）とある。
・慶長二十年（一六一五）正月二十二日（四・一五六頁）、在京。
・元和二年（一六一六）正月十日（四・二二三頁）、在京。
・元和四年（一六一八）正月五日（五・五一頁）、十二日（五・五四頁）、在京。
・元和五年（一六一九）正月十四日（五・一三〇頁）、二十日（五・一三二頁）、在京。
・元和六年（一六二〇）正月九日（五・一九八頁）、同十三日（五・一九九頁）在京。
・元和八年（一六二二）正月十二日に、梵舜は三條衣棚町を訪れている。「昌山（松永）カン鍋一ツ、及面〔面会〕、羹・御酒己下祝義也」（六・六頁）とある。昌山は昌三のこと〔小高敏郎『松永貞徳の研究』（一九五三・一一、至文堂）一九三頁に、「昌山の宛字は昌三の訓方を教へる」とある〕。
・元和九年（一六二三）二月二日に、昌三は「木綿蹈二足」を持参し梵舜を訪れている（六・八二頁）。同八日（六・

八二頁)、同二十七日(六・八五頁)、三月十四日(六・八九頁)にも、在京の記録がある。

以上のごとくであるが、元和三年、元和七年春の、松永昌三の所在は『舜旧記』ではつかめない。おそらく元和九年十二月の宗碙の加賀行きに同行したのが、昌三が加賀へ赴いた初回であろう。さらに、宗碙没後のことになるが、徳田武氏の「尺五略年譜」(3)によれば、

・寛永四年(一六二七)三月
・寛永八年(一六三一)三月
・寛永十五年(一六三八)八月
・寛永十七年(一六四〇)正月
・寛永十九年(一六四二)閏九月
・寛永二十年(一六四三)八月
・慶安三年(一六五〇)九月
・明暦二年(一六五六)秋

と、松永昌三は八回にわたり加賀を訪れており、最後の加賀訪問は昌三没(明暦三年〔一六五七〕六月二日)の前年である。

二　『賀州行紀』について

柿衛文庫蔵写本一冊『賀州行紀』(五九〇・七〇四)は、墨付一一丁の短いものだが、『国書総目録』(第二巻、一二一

頁B）で宗碩の著作として検索できる、おそらく唯一の書物である（以下、『賀州』と略称）。本書には木下長嘯子の漢詩が載るゆえに、『長嘯子新集 下巻』（一九九三・九、古典文庫）に影印が収められ（五五〜七五頁）、吉田幸一氏の資料解説が備わり（一七六〜一七九頁）、津田修造氏も木下長嘯子資料紹介の中で本書に言及する。(4)

内題『賀州行紀』の下に「寛永八辛未」とあり、「三月三日出京」と題する昌三（松永尺五、以下『賀州』の表記に従い昌三と称す）の七言詩から始まる。作者は昌三・宗碩・道春・長嘯の四名、合計詩数は七十六首で、その内訳はつぎの如くである。

・昌三：七言絶句五十四首(5)、五言律詩三首、七言律詩八首、合計六十五首
・宗碩：七言絶句三首、五言律詩一首、七言律詩三首、合計七首
・道春：七言絶句二首
・長嘯：七言絶句一首
・昌三と宗碩：聯句各一句

このように松永昌三の作が大部分を占める。ところで寛永八辛未年は一六三一年で、前述のように宗碩は寛永二年（一六二五）にすでに没しており、この紀行全体が同年の旅のものとは考えられない。この疑問は松永昌三の『尺五堂先生全集』（以下『全集』と略称）巻之六の冒頭「賀州紀行 寛永八辛未」と、巻之二の最後の辺りに載る「北征紀行 時先生与洛之儒生宗碩楷行訪加州太守」とに掲載される漢詩を、併せ見ることによって解決する。

『賀州』掲載の全七十六首の漢詩に仮に1〜76の番号を付し、『全集巻之六』及び『全集巻之二』掲載の漢詩と比較すると、『賀州』はつぎの表のように三つの部分から構成されていることがわかる。

【『賀州行紀』・『尺五堂先生全集』他対照表】

『賀州行紀』番号詞書・作者（『長嘯子新集・下』頁数）	『尺五先生全集巻之六』賀州紀行（118頁上～120頁下）	『尺五先生全集巻之二』北征紀行（58頁上～59頁上）
1　三月三日出京・昌三	○	×
2　宿和爾	○	×
3　過湖汀	○	×
4　白鬚大明神祠　（55頁）	○	×
5　竹生島	○	×
6　泊海津	○	×
7　出海津〔七言律詩〕	×	○
8　尊和・宗礀〔七言律詩〕　（56頁）	×	×
9　七里半・昌三	○	×
10　観瀑布赴山中	○	×
11　疋田　（57頁）	○	×
12　出疋田〔七言律詩〕	×	○
13　尊和・宗礀〔七言律詩〕	×	×
14　途中椿桃盛開・昌三　（58頁）	○	×
15　踰木芽〔七言律詩〕	○〔※1〕	×
16　過木目	×	○〔※2〕
17　尊和・宗礀	×	×
18　今庄・昌三　（59頁）	○	×
19　湯尾	○	×
20　踰湯尾〔五言律詩〕	×	○〔踰伊尾五言〕
21　尊和・宗礀〔五言律詩〕　（60頁）	×	×

〔※1〕詩題の下に「四韻　此詩宜入ル句類然依紀行／之次第故存干此後多準是」とある。

〔※2〕詩題の下に「編次宜入絶句紀行之次第／不可闕故存此後放此」とある。

22	詩・仝〔七言律詩〕	×	×
23	和・昌三〔七言律詩〕	×	○〔和宗礀途中作〕
24	府中	○	×
25	浅水橋（61頁）	○	×
26	北庄	○	×
27	経北庄〔七言律詩〕	×	○
28	途中逢雨（62頁）	×	○
29	尊和・宗礀	×	×
30	阻河水・昌三	×	○
31	尊和・宗礀	×	×
32	聯句・昌三・宗礀〔五言〕（63頁）	×	○
33	田園雑興・昌三	○	×
34	舟梁	○	×
35	途中遥見白山	○	×
36	暁行（64頁）	○	×
37	過金津聞舞々声	○	×
38	細呂木	○	×
39	大聖寺	○	×
40	路傍拝天神社（65頁）	○	×
41	小松逢雨	○	×
42	翌日雨晴雖然前路河水横溢為留一日	○	×
43	水嶋未渡	○詩題の下に「未一未作」	×
44	到賀城（66頁）	○	×
	『賀州行紀』	**『尺五先生全集巻之六』**賀州遊覧（127頁上～129頁下）	
45	夏五十三日於賀之金澤遊東巒之諸院〔七言律詩〕	○	
46	十四日見曹洞禅寺	○	

47	十六日赴北間途中作		○	
48	北間湖上浮舟	（67頁）	○	
49	遊黒津舩〔七言律詩〕		○	
50	黒津舩観魚		○	〔黒津舩観捕魚〕
51	皈舟		○	
52	題作庭	（68頁）	○	
53	廿三日上茶旧山〔五言律詩〕		○	〔廿三日上茶臼山五言八句〕
54	同絶頂酌酒		○	
55	下山見落日	（69頁）	○	
56	辛未五月廿六夜於賀之旅亭夢一絶句覚而忘起承轉……		○	
57	宮腰途中見農耕有感	（70頁）	○	
58	寺中川上浮舟		○	
59	又		○	
60	宮腰四韻〔七言律詩〕		○	
61	游中逢雨	（71頁）	○	
62	又		○	
63	雨晴		○	
64	和竜安老醫之佳韻		○	〔和就安老醫之佳韻〕
65	帰輈	（72頁）	○	
66	題本光寺〔五言律詩〕		○	
67	次覚與鹽丈游寺之佳吟		○	
68	神壇前席地臥吟	（73頁）	○	
69	六月三日題旅夢		○	
70	奥村氏主殿公使予講論語到六月九日終巻……		○	

『賀州行紀』

		依拠資料
71	秋七月六日遊北野菅廟二首	○『尺五先生全集』巻五（112頁上）
72	又（74頁）	○『尺五先生全集』巻五（112頁上）
73	冬嶺松・道春	○『羅山先生詩集』巻五十五・草木（152頁下）
74	同・昌三	○『尺五先生全集』巻五（110頁下）
75	巳已之九月八日游霊山・道春	○『羅山先生詩集』巻三十六（394頁上）
76	和・長嘯（75頁）	○『長嘯子全集』五巻（227頁）

（詩番号は私に付した。作者名なしは、前句と同作者を意味する。詩形は注記しない場合、七言絶句。○は当該詩あり、×はなし）

『賀州』と『全集巻之六』とを比べてみると、『賀州』一首目から四十四首目までは、『全集巻之六』の「賀州紀行寛永八辛未」とある二十八首（一一八頁上～一二〇頁下）がすべて採録され、途中八箇所の網掛の部分に、『全集巻之六』には載らない十六首が配されている。この十六首はいずれも昌三と宗磵との唱和である。このうち昌三作の八首、および昌三・宗磵の聯句（32）は、そのままの順序で『全集巻之二』の末尾近く、「北征紀行　時先生与洛之儒生宗磵偕行訪加州太守」と題する部分に載る（五八・五九頁）。『賀州』は昌三と宗磵との唱和をそのままの形で載せるが、『全集巻之二』はそこから宗磵作を除外している。すなわち『賀州』は寛永八年の昌三の加賀行の時の詩と、おそらく元和九年冬の昌三・宗磵の加賀行の詩とを混合した構成をしており、『全集巻之二』はそこから宗磵作を除外し、松永昌三の全集としての体裁を整備したのであろう。次に『賀州』の四十五首目から七十首目までは、『全集巻之六』の五番目に収められる「賀州遊覧」の二十六首（一二七頁上～一二九頁下）にそのまま該当する。この二十六首のすべてが、宗磵と行を共にした元和九年冬の作かといえば、それは疑わしい。例えば45の題に「夏五十三日於賀之金澤遊東巒之諸院」とあるのは、冬ではない別の機会のものであろう。また56に「辛未五月廿六夜於賀之旅亭夢一絶句覚而（以下略）」とある辛未は、寛永六年（一六三一）で宗磵はすでにこの世の人ではない。この部分も昌三の、何回目かの加賀行の詠作で混成されているのだろう。

『賀州』の七十一首目から七十六首目までの四首は、昌三（松永）三首・道春（林羅山）二首・長嘯（木下）一首と著名人の作が並び、詩の内容も加賀行きに関わらない京都が詠まれており、1～70とは少しく性格を異にする。以下、詩題と掲出資料を示す。

71・72「秋七月六日遊北野菅廟二首」（昌三）―『全集巻之五』に同題で（一一二頁上）。

73「冬嶺松」（道春）―『林羅山先生詩集』巻五十五「草木」に「冬嶺松　寛永六年十月十／七日赴養源院」の題で載る（『羅山先生詩集』一五二頁下）。

74「同」―『全集巻之五』に同題で載る（一一〇頁下）。

75「巳己之九月八日游霊山」（道春）―「東山風物自無塵」で始まるこの詩は『林羅山先生詩集』巻三十六「会集附尋訪」に「巳己之九月二十日応二東山長嘯子之招一運歩二於松下一以採二蕈菌一食レ之風味不レ可レ言也及レ晩而帰」の題で載る（『羅山先生詩集』巻三・三九四頁上）。

76「和」（長嘯）山中不見馬頭塵

奔走堪憐名利人

盡日愛楓賓與主

九秋美景奈何春

この詩は、吉田幸一編『長嘯子全集　第五巻　詠草・書簡』（一九七五・一一、古典文庫）所収の（58）林羅山宛書翰〈十五日ニハ所労故不て（可か）発足萬々遺恨候……東山翁／道春老几前〉〈磯野風船子氏蔵〉の中に見える（但し、傍線部「馬頭」は「高影」、「名利」は「名和」とあるが『賀州行紀』の本文が良いだろう。二二七頁）。

なお75の傍線部に見るように、同じ詩に付される詩題の日付が、『全集』と『賀州』とでは食い違う。この矛盾については、津田修造氏が問題にしており、「寛永六年に羅山は七月下旬から十月中旬の間、京に滞在している。「羅山先生詩集」の九月二十日を東山訪問の日としておく」とする（注（4）の論文一三八頁上）[6]。

三 『賀州行紀』の宗磵・昌三の漢詩

右に見たように、『賀州行紀』は松永昌三（尺五）の詩集の草稿的なものを元に再構成してできたもので、寛永八年は宗磵の加賀行きの年次を示すものではないが、その中に『尺五全集』では削除されてしまった（32番の聯句一首だけは残る、五九頁上）、昌三の漢詩に宗磵が「尊和」した漢詩七首が掲載されている。昌三と宗磵との漢詩は、和韻の一種で次韻とされる方法（傍線を付した文字が一致し、原作の韻字を押して、先後の順序も原作と同じにする）で詠まれている。これらの漢詩は、昌三が宗磵に同行した、加賀への旅の様子を知る上でも貴重であり、私に訓読し略解を付す（番号は表の詩番号。傍線は和韻。原文の旧字体を訓読では通行字体に改める）。

［7］　出海津　〔昌三〕　（全集巻二・五八頁上）（『長嘯子新集　下巻』五六頁〔以下、新集と略称〕）

吟軌行々取旅程　　吟軌〔道々詩を詠む意か〕行々　旅程を取り

小蹊堺埆德紆縈　　小蹊堺《か》埆〔「埆」、全集は「角」。険しい〕　紆縈《うえい》〔曲がりくねる〕に德《つか》る

雨敧湖艇暁魂苦　　雨は湖艇を敧き　暁魂苦しみ
雪擁朝巒残夢驚　　雪は朝巒〔山々〕を擁して　残夢驚く
幽鳥不鳴寒水咽　　幽鳥鳴かず　寒水に咽び
征駈窟進旧崖傾　　征駈進むに窟《くる》しめられて　旧崖傾く
一奇平白依初見　　一奇〔優れた景色〕平白〔広く白い〕　初て見るに依て
何怕前山丈尺盈　　何ぞ怕れん前の山　丈尺に盈ることを

［8］　尊和　　宗礀　（新集五七頁）

遥上寒山七里程　　遥かに上る　寒山七里の程
利奔名走恨廻縈　　利奔名走して　廻縈《かいえい》〔廻りめぐる〕を恨む
路経蜀桟断猿叫　　路は蜀桟〔険しい道にかかる橋〕を経て　断猿〔悲しい声でなく猿〕叫び
雪擁藍関征馬驚　　雪は藍関を擁し　征馬驚く
瀑掛長川凝遠望　　瀑〔滝〕は長川に掛り　遠望を凝らし
日残高岫欲斜傾　　日残りて高岫〔高い山〕　斜傾せんとす
嗟予却老無丹術　　嗟予　却老〔若返り〕の丹術無く
何謂天生虧亦盈　　いかんぞ天生　虧《き》亦盈《えい》〔みちかけ〕

【雪は藍関を擁し　征馬驚く】韓愈の七言律詩「左遷されて藍関に至り姪孫湘に示す」の頸聯に「雲は秦嶺に横たはって家何くにか在る　雲は藍関を擁して馬前まず」。

〔前掲の表でつぎのような行程がわかる。京を出て和邇、琵琶湖岸、白鬚明神（高島町）、竹生島と過ぎ、［7］は湖北西岸の海津を出発してからである。道が曲りくねり、雨が舟を打つなど旅の苦しさを詠むが、初めての景色に感心し、前途に挑む気持ちが窺える。「初て見るに依て」とあるのは、昌三にとって、山が白く雪に覆われた景色を見るのが初めてであることを示すか。［8］は宗礀の句で、北陸路の難所七里〔今津・海津を通って、愛発山を越え、越前の敦賀に通じる道〕に差し掛かったあたりを詠む。蜀桟は蜀道に同意で、蜀へ通じる険阻な道、転じて人生の困難な道の譬えでもある。ここも難路をいうが、「利奔名走」した過去を悔やむ表現や、若返りの術なし、など老年の述懐的な心情が吐露される。」

［12］　出疋田　〔昌三〕　（全集巻二・五八頁上）（新集五八頁）

茅店雞声促馬鞍　茅店〔かやぶきの店〕の鶏声　馬鞍を促し
玉樓各聳曙光寒　玉楼各　曙光に聳て寒し
山川跋渉知忠操　山川を跋渉し　忠操を知り
風露宿飧恤世難　風露に宿飧〔宿の晩飯〕し　世難〔世の乱れ、憂い〕を恤《あは》れむ
高嶺行雲招宋氏　高嶺の行雲　宋氏を招き
窮戸積雪問袁安　窮廬〔貧しい家〕の積雪　袁安を問ふ
天工斯日賜晴景　天工〔天の神業〕斯の日　晴景を賜ふ
蛇腹羊腸子細看　蛇腹《だふく》羊腸　子細に看る

［13］　尊和　宗礀　（新集五八頁）

雲西残月送征鞍　雲西〔雲の西〕残月　征鞍を送り　〔「西」、「面」ヲミセケチニシテ〕

漸入山間客袖寒
渓水琴声弾雅操
雪径銀屑歩艱難
暫帰郷里夢初短
常混風塵身未安
休道出関無故友
群峰盡是旧時看

漸く山間に入り　客の袖寒し
渓水琴声　雅操〔雅楽〕を弾じ
雪径銀屑　歩むに艱難す
暫く郷里に帰り　夢初めて短し
常に風塵〔世俗〕に混り　身未だ安からず
道《い》ふを休めよ　関を出でて故友〔旧友〕無しと
群峰尽《ことごと》く是れ　旧時に看る

【山川を跋渉し　忠操を知り】『淮南子』巻十九・脩務訓に、南栄疇〔戦国時代の人〕が自らに聖道がないことを恥じて修養に努めた話がある。「身、霜露に淬し、蹻を敕けて跌歩し山川を跋渉し、荊棘を冒蒙し、百舎跰を重ねて、敢て休息せず、南の方老耼〔老子〕に見ゆ。教を受くること一言、精神暁冷し、鈍聞條達す。」この故事を踏まえた表現か。
【高嶺の行雲　宋氏を招き】宋玉〔戦国時代、楚の詩人〕の巫山の夢の故事をさす。「旦には朝雲となり、暮れには行雨となり、朝々暮々陽台の下にあり」（『文選』十九「高唐賦」）。
【窮廬の積雪　袁安を問ふ】『和漢朗詠集』下「丞相付執政」の六七九番「春過ぎ夏闌けぬ、袁司徒が家の雪路達しぬべし」（『本朝文粋』巻五、126菅三品）を踏まえる。袁安は後漢の汝陽の人、楚郡の太守となる。大雪の日に庶民の苦を思い、除雪もせずに閉じこもり、その廉孝のゆえに登用された故事がある（『後漢書』袁安注所引、汝南先賢伝）。司徒として朝廷から全服の信頼を得たことは、『蒙求』に「袁安倚頼」。

〔疋田（敦賀の付近）を出てさらに北へ進む。［12］の第三句・四句は旅をして世情を知るとでもいうのか。この日は晴れたようだが、道は曲折が続く。［13］の首聯・頷聯は旅の苦楽を詠むが、頸聯・尾聯は宗礀の述懐であり、「常に風塵に混り」「関を出でて故友無し」は今までの暮らしと孤独を思わせる。また第八句は以前に看たことがある、と解され、再度の旅を意味する。」

［16］　過木目　〔昌三〕　（全集巻二・五八頁下）（新集五九頁）

＊全集には詩題の後に、小字注記「編次宜入絶句紀行之次第／不可闕故存此後放此」。

撐崖拄谷百盤中　　崖を撐《つか》み谷を拄《ささ》ふ　百盤〔曲りくねる〕の中
歩々暫休形鞠躬　　歩々暫く休みて　形鞠躬〔身をかがめる〕す
若凭禹功鑿愁海　　若し禹功に凭れて　愁海〔無限の憂い〕を鑿《さく》せば
千山漫雪一時融　　千山の漫雪　一時に融せん

［17］　尊和　　宗碩　（新集五九頁）

旅愁累百一吟中　　旅愁累百〔数百〕　一吟の中
西泊東漂衰老躬　　西泊東漂し　衰老躬む
阿對泉頭未帰去　　阿対泉頭　未だ帰去せず
平生多病愧呉融　　平生の多病　呉融に愧づ

【禹功】堯・舜に仕えて洪水を治めた夏王の功績。
【呉融】唐代の詩人で、『三体詩』の「閿郷に居を卜す」と題する詩を踏まえる。阿対泉は閿郷にあった泉の名、呉融は翰林学士であったが病を口実にここに隠遁したという。宗碩は自らがまだ隠遁せず、加賀に赴くことを恥じている。

閿郷卜居　呉融　　閿郷に居を卜す
六載抽毫侍禁闈　六載　毫を抽いて禁闈に侍す
可堪衰病決然帰　衰病に堪ふべけんや　決然として帰る
五陵年少如相問　五陵の年少　如《も》し相問はば
阿対泉頭一布衣　阿対泉の頭《ほと》り　一布衣

〔木目峠に差し掛かり、［16］は難路に苦しむさまを詠む。［17］は詩中に旅愁多きこと、西泊東漂を重ね、衰老し、多病という宗礀自身の述懐。〕

［20］　踰湯尾　〔昌三〕　（全集巻二一・五八頁下）（新集六〇頁）　＊「湯尾」、全集に「踰伊尾　五言」

光暾峯闉幽　光暾〔朝の光〕　峰を闉《せん》幽し〔明らかにする〕
晃蕩極吟眸　晃蕩〔光が広大にあふれ〕　吟眸を極む
姑射蔵氷雪　姑射〔仙人の住む山〕　氷雪を蔵し
阿房瓊殿楼　阿房〔秦の始皇帝の阿房宮〕　殿楼を瓊にす
宅桑残教化　宅桑〔家の桑の木〕　教化を残し
遺秉想皈休　遺秉《いへい》〔落とした稲の束〕　帰休を想ふ
攅秀越州景　秀を攅《あつ》む　越州の景
行々破旅愁　行々〔行き行くさま〕　旅愁を破る

［21］　尊和　宗礀　（新集六〇頁）

民戸爨煙幽　民戸　爨煙《さんえん》〔かまどの烟〕幽かにして
邦君怒酔眸　邦君　怒りて酔眸《すいぼう》
紛奢誅比屋　紛奢〔はでやかな奢り〕　比屋〔軒並み〕して誅し
荒廢閉高樓　荒廃し　高楼閉づ
依旧山空在　旧山〔ふるさと〕　空く在るに依り
監時賢郎休　時に　賢郎〔令息〕休《とど》まるを監る
獨夫遷謫地　独夫　謫地に遷る
料識幾牢愁　料識す　幾牢愁〔憂愁〕

【遺秉】収穫が多すぎ、持ち帰り切れず残された稲束。「彼に遺秉あり、此に滞穂あり」（『詩経』小雅・大田）。

【比屋して誅し】『論衡』率性に「桀紂之民、可比屋而誅」とある。

【独夫】悪逆無道の君主をいう。『書経』泰誓下篇に、殷の紂王を「独夫受」と呼んでいるのに基づくといい、杜牧「阿房宮賦」（『文章軌範』巻七）では秦の始皇帝をいう。昌三の詩の第四句に「阿房瓊殿楼」とあるのを意識した表現か。


〔湯尾（越前、日野川の西岸、今庄へ通じる北陸街道の要衝。標高二〇〇メートルの小高い峠）を越える。[20]の首聯・頷聯・尾聯は好景を称え、頸聯は養蚕・稲作をいうのか。[21]はよくわからないが、民の炊事の煙がない、酔眼の主君の怒り、建物の荒廃、暴君の流謫、などの表現から推測すると、越前六十八万石の太守松平忠直（一五九五〜一六五〇、結城秀康の嫡男）の乱行、そして豊後へ配流された事件を詠んだものか。忠直が改易されたのは元和九年（一六二三）二月（『史料総覧』十六・三五頁上）で、忠直嫡男の光長が跡を継いだが、彼も翌寛永元年（一六二四）四月十五日越後高田城に移封されている（同・七〇頁上）。宗硼と松永昌三は忠直が改易された、その年十二月に越前北庄を訪れたことになる。後年、昌三は賀州行きの紀行詩において、「北庄」の題で「今古興亡仁不仁」（『賀州紀行 寛永八辛未』26番、『全集』一一九頁下）、「興廃有時雖易主」（『賀州紀行 九月上旬』、『全集』一二三頁上）、「曾聴君軽於社稷」（『賀州紀行 寛永十五戊寅仲秋下旬』、『全集』一二五頁下）などと詠んでおり、いずれも松平忠直の廃嫡を念頭においた詩と推察される。〕

［22］詩　仝〔宗礀〕（新集六〇頁）

登陟盤旋険路脩　登陟盤旋し　険路脩《なが》く
詩眸捈景々焉痩　詩眸景を捈《く》み　景焉《いづく》んぞ痩せん
隔离世事吟応好　世事を隔離し　吟ずるに応に好かるべし
轉眄郷関為少留　郷関を轉眄《てんべん》〔ちらりと見る〕するは　少留のため
高聳雲衢擎岱岳　雲衢〔雲の通い路〕高く聳え　岱岳〔高い山〕を擎《おしあ》げ
遠衢夜雨泛湘流　遠衢〔道〕の夜雨　湘流に泛《う》く
問山々亦何難苦　山に問ふ　山亦何に難苦
風雪忽晴已白頭　風雪忽ち晴れ　已に白頭

［23］和　昌三　（全集巻二・五八頁下）　＊『全集』は「和宗礀途中作」（新集六一頁）

関山附驥忘愁脩　関山〔関所と山々〕驥に附して〔同道すること〕　愁の脩《なが》きを忘る
驚見徳輝誰匿痩　驚き見る徳輝〔優れた人柄〕　誰か匿痩《とくしう》せん
夷境長塗雖壹鬱　夷境の長塗〔長旅〕　壹鬱〔気がふさぐ〕と雖も
風光佳処耐遅留　風光佳処　遅留〔留まる〕するに耐たり

湘漁拏艇呼溪口　湘漁艇を拏《ひい》て　溪口に呼び
越女浣紗凝水流　越女紗〔薄絹〕を浣《あらつ》て　水流を凝す
屢聴簫韶金玉句　屢《しば》し聴く　簫韶金玉〔美しく尊い〕の句
郷情点不到心頭　郷情〔故郷のありさま〕点とも　心頭〔心の上〕に到らず

【越女紗を浣て　水流を凝す】越女は越前の女性だが、『李太白詩集』巻二十一「懐古」に「西施は越溪女
苧蘿山より出づ　秀色古今を掩ひ　荷花玉顔に羞づ　紗を浣て碧水を弄び　自ら間波より清し（以下略）」
とあるのを意識した表現か。

〔［22］は宗碩の作で、世事を離れ詩作に好適な旅と述べており、珍しく述懐は少ない。［23］の首聯に「驥に附して」とあるは宗碩と同行する喜びをいい、「徳輝誰か匿痩せん」は、宗碩が自らの徳を表に出さない様を称えるものであろうか。尾聯「簫韶金玉の句」とは、これも宗碩の詠作をいうのであろう。［22］［23］の二首が越前のどこか、具体的な地名は未詳である。〕

［28］　途中逢雨〔昌三〕（全集巻二・五九頁上）（新集六二頁）

雲憎勝境掩天崖　雲勝境〔良い風景〕を憎み　天崖掩ふ
陰雨滂沱吟不宜　陰雨滂沱として　吟ずるに宜しからず
行客莫愁奇景少　行客愁ふことなかれ　奇景の少きことを
山如西子捧心時　山は　西子の捧心の時の如し

［29］　尊和　　宗碩（新集六二頁）

遠客漂淪天一涯｜　遠客漂淪す　天の一涯〔一方のはて〕
民村投宿興還宜｜　民村に投宿し　興還て宜し
英雄作楫又何面｜　英雄楫〔かい〕となす　又何面
水廣巨川失用時｜　水広巨川　用時を失ふ

【西子の捧心】西施が心配事があり顔をしかめた時も美しく見えた、との故事（『蒙求』西施捧心）。そのように雨雲におおわれても山には見どころがある、というのであろう。蘇軾の七言絶句「湖上に飲せしが、初めは晴れ後は雨ふれり」に、

水光瀲灎晴方好　水光瀲灎として　晴れて方に好し
山色空濛雨亦奇　山色空濛として　雨も亦奇なり
欲把西湖比西子　西湖を把つて　西子に比せんとすれば
淡粧濃抹總相宜　淡粧　濃抹　總べて相宜し

とあり、山と湖とは異なるが、趣旨に少しばかり通うものがある。

【英雄楫となす】『書経』説命上の、高宗が説《えつ》に「若《も》し巨川を済《わた》らば、汝を用て舟楫と作《な》さん」と命じた故事をふまえた表現か。

〔28〕は雨にたたられ、詩作どころではない、しかし山の素晴らしさは変わりない。〔29〕は民村に宿泊するのも、また興趣ありという。

〔30〕阻河水　昌三　（全集巻二・五九頁上）（新集六三頁）

暴流阻我宿田家｜　暴流我を阻め　田家に宿す　（「田家」、『賀州』は「由家」）

練漉多情愁愈加　練漉《れんろく》多情　愁ひ愈よ加はる
儒客文軍雖運策　儒客文軍　策を運らすと雖も
河辺堪笑欠嚢沙　河辺笑ひ堪ふ　嚢沙を欠くことを

［31］　尊和　宗礀　（新集六三頁）

行程日暮宿民家　行程日暮れ　民家に宿す
雨笠烟蓑郷思加　雨笠烟蓑　郷思を加ふ
野渡無舟望河北　野渡舟なく　河北を望む
強風萬里捲胡沙　強風万里　胡沙を捲く

【練漉多情】『三体詩』所収、唐彦謙「葦曲」の承句に「多情練漉して　已に低摧す」（豊かな感情は様々な出来事にさいなまれ、打ちひしがれた）」という例がある。

【嚢沙】川をせき止めるため、土嚢に入れる砂。

〔［30］は暴流に遮られ田舎家に泊した、諸事にさいなまれ愁いが加わる、文章を扱う儒客には策もなくどうしようもない。

［31］は日没のため民家に泊まり、雨の中故郷を思う、渡船もなく北を望むが、強風が砂を捲くばかり、といった内容。

この川は手取川か。〕

［32］　聯句　（全集巻二・五九頁上）（新集六三頁）

昌三

旅館呉耶蜀　旅館　呉か蜀か

雪晴雨打窓　　雪晴れて　雨窓を打つ

宗礀

遊程瀟又洞　　遊程　瀟〔清い〕又洞〔奥深い〕

雲盡月浮江　　雲尽て　月江に浮ぶ

〔［32］は天候が回復した様子、旅の宿は呉〔鄙びている〕や蜀〔山に囲まれる〕を思わせるというのか、未詳。〕

ここまで紹介してきた昌三の詩と、それに和した宗礀の詩とを比較してみると、概ねつぎのようなことがいえようか。昌三の作は、「征駈窟進旧崖傾」［7］・「歩々暫休形鞠躬」［16］と難路を嘆きながらも、「一音平白依初見」［7］・「蛇腹羊腸子細看」［12］・「風光佳処耐遅留」［23］・「山如西子捧心時」［28］などの表現からは、雪景・山路などに初めて接した新鮮な感覚が窺われる。対する宗礀の句には、「利奔名走恨廻縈」「嗟予却老無丹術」［8］・「常混風塵身未安」「出関無故友」［13］・「西泊東漂衰老躬」「平生多病愧呉融」［17］・「風雪忽晴已白頭」［22］などから、名利に走った過去の生き方への悔悟、衰老・多病の嘆き、未だ世俗に関わることへの自嘲といった、述懐的な心情が読みとれるが、一方では昌三という同行者がいた旅であり、寒季の北国行きの困難を歎じつつ、旅情を楽しむ面も少なくない。

宗礀と昌三とは年齢差はあったものの、おそらく気が合い、互いの性格を好もしく思う間柄であったと推測される。既に宗礀が世を去った後のことであるが、寛永十四年（一六三七）、四十六歳の年、昌三は許されて二条城の東門、堀川を隔てた地を賜い、講習堂を構築する。すべて京都所司代板倉重宗の篤志によるものであったという。そこでの生活を叙した「尺五堂恭倹先生行状」の文章と、併せてその箇所についての保野太郎氏の解説を引用する。

先生この園中に容与し、春は懐を杏壇の花に薫らせ、秋は心を川上の月に澄ましむ。官纓の束縛を絶て、功名ことごとく忘る。遠近風を望み、徳を慕て、すなわち門下に属す。隣家に僑居し、日々に講習堂に往来して、学を問ひ、義を叩く。教へて倦まず。

〔猪口篤志・俣野太郎『藤原惺窩・松永尺五』〔明徳出版社〕中の訓読〔俣野太郎氏〕を参考にする〔二五九頁〕。ぺりかん社版『尺五堂先生全集』では七頁下相当。〕

市井の樹ながら天朝の崇敬が篤く、昇殿まで許され、更に所司代とは格別の昵懇さであり、日本一の加賀藩を初め五指を屈する諸侯から賓師として仰がれ、多数の受業弟子を擁して儒名は京洛の内外をおおう大先生の、知名の齢前後の半隠士的清福の状況である。それは、生涯安住の境遇を求めながら遂に充たされなかったらしい先師〔藤原惺窩〕の晩年とも、幕政と密接してあわただしい羅山の覇気満々の日夕とも、はなはだしく相違しよう。

〔二六〇頁〕

また徳田武氏にも同趣の指摘がある。(7)

尺五は、終始一貫して官の束縛を絶って隠逸するという姿勢が明確で、講説の合間には名山大川に遊び、群弟子と花下に燕遊し、月前に吟杖を携え、京洛の名勝を探っては歓娯を極めた。経済的に富裕で、その富裕から生ずる時間と精神の余裕を自然の賞遊に振り向けたのである。『全集』に実に多く存する佳蹤追尋の詩文は、そのような折々の産物なのである。権勢名利の念が淡く、「富貴にまでは至らなくとも、忮《ねた》まず求めず、蔵書万余巻を有し、詩文三千篇を作れれば、他に願いは無し」（「尺五堂黍倹先生行状」ぺりかん社版、七頁下左）、と常にいっていたというが、これまた経済的な安定を基盤とし学芸を精神な娯楽としたことを示す言葉である。そのように読書を娯楽としたればこそ、羅山ほどではなくとも博洽であり、儒者が表向きには読むのを憚る「小説雑書」といえども閲読した。（一六頁）

一時期肥後の加藤清正に仕えたことを後悔し、その苦渋を詩文の中で述懐する宗礀の思いと、昌三の余裕のある隠逸の精神や黍倹な性格とが、おそらくどこかで共鳴したであろうと想像されるのである。

四　宗礀の菊花詩に和する松永昌三の詩文

松永昌三との交際は宗礀の最晩年まで続いていたようである。甲子重陽、すなわち寛永元年（一六二四）の重陽、宗礀は昌三に菊花の詩を贈った。これは宗礀没の前年にあたり、松永昌三は三十三歳である。前年の元和九年（一六二三）の冬の暮れ十二月から、昌三は宗礀に同行し加賀に赴き、両者は一層昵懇の間柄となっていたであろう。ただ本章の一で述べたとおり、昌三は、寛永元年（一六二四）正月には、林羅山の京都の家に年賀に赴いており、既に帰京していた。しかし昌三は、自分の病を恐れての帰洛であって、健康にやや不安を持っていたようだ。左の詩文の［三］に「春初沉痾に罹し已来」とあり、第十章で触れる宗礀誄の［十四］の「予採薪を憂ひ、轡を帰すに躊躇す」という記述からも、それが窺える（二三四頁）。

宗礀の甲子重陽の詩は管見にないが、それに答える昌三の七言詩が残る。『尺五堂先生全集』第四巻（九四・九五頁）

を、私に段落に区切り訓読し大意を記す。

宗磵寄する所の菊花之詩に和す　并に叙

［一］甲子重陽の節、吾が友磵公〔宗磵殿〕諭問を賜ひ、菊花を覓《もと》めらる、宿憊《しゆくはい》〔長患い〕窘迫《きんぱく》〔苦しむ〕にして、懶《らん》怠居然《たいきよぜん》〔手持ち無沙汰〕、佳節之祝忱《しゆくしん》〔祝福のまごころ〕を諠《わす》れ、黄花之詩篇を闕く、其の連日〔そんな日々に〕、又辱く恵示せらる、瓊揺《けいえう》〔贈られた詩文〕目を奪ひ、高調耳を驚かす、固《すで》に譾識《せんしき》〔浅はかな考え〕の測る所、俚才の與にする所に非ず、夫れ階《すすみ》て及ぶべからざる者歟、殺風景之嘲り、鄙心〔狭い心〕野態〔田舎びたようす〕之譏り、既に之に当れり

〔重陽の節に、宗磵から菊についての詩を求められたが、長らく病気で、めでたい節句の祝いを忘れ、菊花の詩を用意していなかった。そんな日々に詩を示された。優れた詩は目を奪い、高い調子は耳を驚かした。もとより私の及ぶ所ではなく、もし詩作しても粗雑のそしりを免れないだろう。〕

［二］然と雖も菊其の思ふこと無んや、曏《さき》に吾口を緘じ、吾心に萌さず、将た汶々たる〔汚れの譬え〕汚辞を嫌んや、将た先づ察々たる〔汚れのない〕高詩を聞んとするか、将た荊公〔王安石〕之説を無からしめんや、将た隠逸者にして〔「菊は花の隠逸なる者なり」、周茂叔「愛蓮説」〕名聞を絶つか、予れ欧公〔欧陽脩〕之才無し、則ち風艶之清製を知らず、誰人か誚訕を加んや、陸氏〔陸游か〕芳声を麗翰に摛《し》き、張氏残香を賦藻に余す、豈に隠逸にして名聞を絶つ者ならんや、然れば則ち汶々の汚辞を嫌ひ、先づ君の察々たる高詩を聞んとする者か、宜《むべなる》かなや名を屈陶〔屈原・陶淵明〕に斉くし、跡を経譜〔儒教の系譜〕に照らすこと也、微之〔元稹〕は開て後の花無きことを惜

しみ、鄭谷〔晩唐の詩人〕は秋香の未だ衰へざることを歎く、公の意茲に在るか

【汶々たる汚辞を嫌んや、将た先づ察々たる高詩を聞んとするか】『楚辞』「漁夫」に「安くんぞ能く身の察々〔潔白〕たるを以て、物の汶々〔けがれたさま〕たる者を受けんや」。

【荊公之説を無からしめんや……欧公之才無し】菊詩に関する王安石と欧陽脩の論の応酬をさすか(8)。

【陸氏芳声を麗翰に摛き、張氏残香を賦藻に余す】典拠あるはずだが未詳。

【微之は開て後の花無きことを惜しみ】『和漢朗詠集』上・秋・菊に「是れ花の中に偏に菊を愛するにはあらず　此の花開けて後更に花なければなり　元」（二六七番）。『全唐詩』元稹十六「菊花」、「佳句」菊による。

秋叢遶舎似陶家　秋叢舎を遶つて　陶家に似たり
遍遶籬辺日漸斜　遍く籬辺を遶つて　日漸く斜なり
不是花中偏愛菊　是れ花の中に　偏に菊を愛するにあらず
此花開尽更無花　此の花開け尽くして　更に花無ければなり

【鄭谷は秋香の未だ衰へざることを歎く】『三体詩』所収、鄭谷「十日菊」（七言絶句）。

節去蜂愁蝶不知　節去り　蜂愁ひて蝶知らず
暁庭還遶折残枝　暁庭に還《な》ほ　折残せる枝を遶る
自縁今日人心別　自ら　今日の人心の別なるに縁る
未必秋香一夜衰　未だ必ずしも　秋香は一日にして衰へじ

〔だが菊は何も思わないだろうか、そうではない。（私が）口を閉じ心に萌さないのは、拙い言辞が出るのを恐れたのか、それともまず優れた詩を聞こうとしたのか、はたまた王安石の説を否定せんとしたのか、あるいは隠遁して名聞から離脱したのか。私には〔王安石に反論した〕欧陽脩のような才能はなく、趣ある詩は作れないし、それを誰が非難しようか。陸游は菊花の芳声を手紙に書き、張氏は残香を詩賦に残した。隠遁したからといって、名聞を絶つであろうか。そこで汚

い言葉を避け、まずあなたの優れた詩を拝聴しようとするのか、当然である。あなたの名声は屈原・陶淵明にひとしく、儒学の流れも受けている。元稹は菊花が咲いた後には、来春まで花らしい花がないことを惜しみ、鄭谷は重陽の節を過ぎた十日の菊といっても、花の香りが一夜で衰えたわけではないことを歎く詩を詠んだ。あなたが詩を贈ってきた意図はここ〔時節に遅れても詩は詠める〕にあるのだろう。〕

[三] 春初沉痾〔長い病気〕に罹し已来、久く鉛槧《えんざん》〔筆記、文章を書く〕を事とせず、慈誨〔情け深い教え〕之慫慂に駭《おどろ》き、頻りに尖頭奴〔筆のこと〕を呼び、樸樕〔小木、転じて程度が低い、浅はかなこと〕を聚て、韻脚を支ふる者五絶、伏して雌黄を乞ふ

〔一月から病気で長いこと、ものを書いていない。情け深いお誘いに驚き、やっと筆をとり、つまらないものを取り集め、脚韻〔[四]以下傍線部、来〔助字〕・猜・梅〕を付した五首の絶句が出来た。添削をお願いしたい。〕

[四] 病裏空過佳節来　　病裏空しく　佳節を過ぐ
金章照坐忽驚猜　　金章〔優れた詩文〕坐を照らして　忽ち驚猜す
番風可愧詞花発　　番風愧づべし　詞花の発くことを
雖後菊葩猶先梅　　菊葩〔花〕に後るると雖も　猶梅に先づ

〔病気で菊の節をうかうかと過ごしてしまった所に、宗礀の優れた詩が届き驚いたこと、季節どおりの風も詩の開花に恥ずべきだ、菊の花には遅れたが、梅よりは先んじている。〕

［五］奇才賦菊寄吾来　奇才菊を賦し　吾に寄す
筆硯吹塵眼竊猜　筆硯塵を吹き　眼窃かに猜む
喜見小乗僧様軾　喜び見る　小乗僧様の軾〔蘇軾か〕
高風有孰比江梅　高風孰《かれ》に有て　江梅を比せん

【小乗僧様の軾】私は小乗僧のつもりで、と解してみた。(9)

【江梅】梅の一種で、野梅。

〔才ある人が菊を詠んだ詩を寄こした。筆や硯の塵を払いつつ、ひそかに羨んだ。自らを小乗僧の如きと自嘲した蘇軾ではないが、私は贈られた詩を喜んで拝見した。格調高い詩はあなたのものであり、野梅のような〔私の〕詩作を比べ得ようか。〕

［六］折送黄花招句来　黄花を折送して　句を招く
我無瓊玖又何猜　我れに瓊玖〔良い贈物〕無く　又何ぞ猜まん
丈夫出処皆由道　丈夫の出処　皆道に由る
吟作正風標有梅　吟じて正風に作り　標つる〔目じるしになる〕もの梅あり

【正風】『詩経』国風に正風・変風の別があり、召南は正風に属する。正風は王道が盛んな時の作という。

〔菊花を贈られ句作を慫慂されたが、私には良いお返しができない、しかしそれを猜むことはしない。転句「丈夫の出処　皆道に由る」は、肥後以降の宗礀の出処進退のことを意識しての謂いか。〕

〔七〕北嶺曾吟帰去来　北嶺曾吟す　帰なん去来《いざ》
優游自適靡愁猜　優游自適　愁猜靡《な》し
老栄少顕向人説　老栄少顕　人に向て説く
晩節黄花第一梅　晩節の黄花　第一の梅

〔起句「北嶺」は一般にいう比叡山のことでよいのか、あるいは前年に北国加賀に同行し、旅中に詩作したことをいうか。「老栄少顕」の部分、老いて目立たずという、宗礀の生き方を表現しているような印象を持つ。結句、末つかたの菊は、一番に咲く梅に等しい、というのか。ここも黄菊に宗礀が喩えられているか。「晩節香」は菊の異名という。〕

〔八〕刘岳開顔入箔来　刘〔劉〕岳顔を開き〔微笑み〕箔《すだれ》に入る
朝猿暮鶴更無猜　朝猿暮鶴　さらに猜無し
霜中雖索東籬菊　霜中　東籬の菊〔陶淵明「飲酒詩」による〕を索すと雖も
雪底先知北野梅　雪底《なん》ぞ先づ知る　北野の梅

〔起句「劉岳開顔入箔」はわからない。劉岳は山名か人名か未詳。承句「朝猿暮鶴」も未詳。『宋史』〔石揚休伝〕に「平居養猿鶴、玩図書、吟詠自適、与家人言、未嘗及朝廷事」とある話に関係するか。ならば朝に猿、夕べに鶴を飼うがごとく、俗事に関わらず自適の生活をすること。転句、霜中に菊をさがすは詩を詠む時節に遅れたこと、結句、雪がどうして北野の梅が咲くのを先に知ろうか、知りはしない、の意か。〕

正月以来病で筆もとれずにいた昌三が、重陽の節に、はるか年長の宗礀から菊詩を贈られ、いささか恐縮し、返しに七言絶句を贈ったのである。［四］～［八］の五句は脚韻を整え、修辞を凝らし、各結句末の「猶先梅・比江梅・標有梅・第一梅・北野梅」は菊を詠むのには遅れたが、梅を詠む時節としては先んじているという、意識的な表現だろう。十分には読み解けていない部分が多く残るが、いずれにせよ、たんに菊を詠んだだけの詩ではなく、五句とも宗礀の処世をも称えているような印象が窺える。

五　王国鼎の宗礀宛書翰

江戸初期に、明から日本に渡来し、賀陽（加賀国金沢）に滞在した王国鼎という人物がいた。折から金沢を訪れていた篠屋宗礀に宛てた、王国鼎書翰が存在する。所蔵者の池田温氏は、著書『東アジアの文化交流史』（二〇〇二・三、吉川弘文館）の中で、こう紹介する。(10)

中国において明・清両朝の交代は一七世紀早期に生起した重大事変であり、その危難を逃れて日本に渡来した著名人もいたことはひろく知られている。朱舜水はその最も際立った存在であるが、（中略）ここに簡単に紹介を試みる王国鼎の二通の書翰も、変動期の人の移動の一事例を加えるものである。筆者はこの方面には門外漢なので、原文を移録し未熟な訓読を提供するに止まり、日中交渉史の専家の更なる精研を期待する。（三八四頁）

この後に、原文録出〔翻刻〕と訓読を載せ、最後に書翰の来歴など〔本書の冒頭近くで触れた「追加出品目録」のことなど〕を記し、つぎのように結ぶ〔傍線部は「加賀」に訂すべきか〕。

かように宗僴あて書状がまとまって弘文荘の収蔵に帰していたが、その中に王元鼎〔ママ〕の二通が偶存したのである。元鼎は自ら述べる如く経芸・詩文を学び科挙に応じたがうまくゆかず、医術と人相見をたづきとして天下を遊歴し、ベトナムの順化・東京をへて長崎から賀陽（備中国賀夜郡、岡山県賀陽町）に至り仕官を願って宗僴に斡旋を依頼している。その筆蹟は堂々としており、故事を畳出して学のある所を吹聴するが、結果は未詳。文化交流をになう人間の心情を活き〱と伝える興味深い書翰といえよう。（三九三頁）

原本未見だが、池田氏の記述によれば、全部で三紙から成り、第一紙は白紙、本文は第二・三紙（裏打された紅箋）に記されたものらしい。末尾に「北明荘〔ママ〕」朱印（反町弘文荘）、とある由で、すると本資料は一時期弘文荘の許にあったようだが、管見の限りでは『待賈古書目』や東京古典会その他の目録に見えず、目録類に掲載されることなく、池田氏の架に帰したのであろう。

氏の原文録出（翻刻、三八四～三八九頁）と訓読を参照しつつ、改めて訓み下し、適宜段落を付け、要点を紹介したい。氏の訓読には、左側に傍線〔人名〕・波線〔書名〕、および振り仮名が付されるが、前者は踏襲し〔但し右側に〕、後者は一部省略した。仮名遣いは歴史的仮名遣いに改める。翻刻原文と訓読文とで、文字に異同がある箇所については注記する。また引用を省略した箇所は〔原文で○字略〕と示す。〔　〕内は稿者注。なお、東アジア外交史研究の中島楽章氏が論文中で本書翰に触れ[11]、池田氏の訓読を一部訂正し、池田氏もそれに従っている箇所がある[12]。

本資料は二通からなる。まず一通目はつぎのように始まる。

壬戌（一六二二）之秋八月朔後、友〔原文、「受」〕弟王国鼎頓首拝〔原文、「拝」〕書、大詞伯宗礀先生大人閣下に奉復す。辱労左顧《かたじけなくもおめにとまり》、華章を持贈《たまは》り情渥慇々厚矣《あつくねんごろにもてなさる》。自ら流落擁腫之夫〔おちぶれさすらう無用もの〕たるを意《おも》はず、国中に於て比較する所無く、顧《かへりみ》て独り払飾を荷ふ。詞を為り以て奨借〔人を実質以上に推挙すること〕せらるるに至り、旅中に咀嚼し手より去《はな》すに忍びず。

〔自分の存在が宗礀の目に留まり、書翰を贈られ、落魄の身にも拘らず篤く応対してくれたことに感激し、宗礀からの書翰が手放せないほどだという。〕

即ち世に称する所の猩猩之唇・玄豹之胎・洞庭之鱄・東海之鮞〔いずれも人語を解さないものの喩え〕、此に嗜《たしな》まざらんや。細《くは》しく文気雄健なるを閲《み》れば、左・国〔左伝・国語〕を包羅し、荘・騒〔荘子・屈原の離騒〕を吐納し、楊・馬〔関西の孔子と称された楊震・後漢の儒者馬融か〕に出入し、褒・雄〔褒は孔子の尊称褒成の意か、雄は前漢の文章家、揚雄か。「博覧にして見ざる所なし」といわれた（『漢書』巻五十七上「揚雄伝」）と並駕す。其の詩を為るや漢魏に錬格《せま》り六朝に借才《まな》び、沈・宋〔初唐の詩人沈佺期と宋之問〕と同工、李・杜〔李白・杜甫〕に登壇〔最高位につく〕す。又閃電流虹〔原文「紅」〕の若く名状すべからず、誠に日東の高華、人文〔人間社会〕の鴻鉅なり。僕の詩は足下と与《くら》ぶれば、猶《なほ》無塩〔醜婦〕の西施〔美女〕に見ゆるごとく〔釣り合わないことの喩え〕、其の醜を知らずと雖も、神気〔優れた趣き〕は自ら蕭索〔少ない〕たり。

〔ここでは宗礀の詩文の優れたさまを多くの比喩を用いて称える。言語を解さないものでも宗礀の文になじむであろう。筆力の力強さは、左伝・荘子などに並び、詩の秀逸なことは李白・杜甫にも匹敵するくらいだ。一方、自分の詩はそれに比べるべくもないと謙遜する。〕

日に〔後日に〕鼎語〔お言葉〕を蒙《かうむ》り、太守之前第〔合格する〕に推薦されむと欲《ねが》ふ。士は己を知る者の為に用《はたら》き、女は己に悦ぶ者の為に容《かたちづく》る〔『史記』「刺客列伝」の予譲の言葉〕。自ら才踈《つたな》く、世用に堪へざるを愧づるも、假《もし》今国士〔国中で一番優れた人物〕を以て我を御《め》さば、我も当《まさ》に国士を以て報いん。昔然明〔春秋時代、鄭の大夫、張奐〕は心を国僑〔春秋時代、鄭の執政、公孫僑〕に傾け、寗越《ねいえつ》〔戦国時代、好学の人〕は身を晏子〔春秋時代、斉の名臣〕に委ね、荀爽《じゆんさう》〔後漢の人、経書に通じる〕は車を李膺《りよう》〔後漢の人、宦官を抑えた名節の士〕に御す。彼《かれら》何人《なんびと》斯《ぞ》、情の感ずる所九原〔黄泉路〕まで以て恩に報ゆべく、神《こころ》の潜む所虎賁《こほん》〔勇士〕も以て流涕すべけん。（三八九頁）

〔太守に任用されるよう推薦の言葉をいただきたい。男子は自分を理解してくれる人のために働くという。自分は才乏しく役には立てまいが、優れた人物と遇してくれるならば、そのつもりで仕える。然明ら三名は、自己を理解し遇してくれた人への報恩を忘れなかった例である。〕

続けて「足下は盛徳の君子にして、志を康済〔民を安んじ助ける〕に存し、人の溺るるを思ふこと、なほ己《おのれ》溺るるごとく、人の饑ゆるを思ふこと、なほ己饑ゆるごとし。君山〔未詳〕子雲〔前漢の揚雄か。『蒙求』揚雄草玄〕に歎息するあれば、廷尉〔漢の人、司法長官の張釈之〕は王生〔無位無官の道家〕に結襪《けつべつ》す〔足袋の紐を結んだ。『史記』巻四十二・張釈之列伝、『蒙求』釈之結襪〕。」という。時世におもねることなく学問に励んだ揚雄や、無官の王生に頼まれた司法大臣が、恥を忍んで王生の足袋の紐を結んでやった故事をあげて、宗礀の寛厚な徳を称え、「僕は此の高誼に感じ、当《まさ》に之に矢《あた》りて世を畢えむ。」とここに骨を埋める決意であるという。このあと、今まで自分に接した人々の誠意のなさを愚痴る文言があり〔原文で約一八〇字省略〕、漸く自己の出自らしきものを語り始める。

自ら昔日の行状を嘆じ、固陋なるを知己に略陳《ものがた》らむ。僕の宗系は派《すじ》江左よりおこり、晋右軍羲之の苗裔なり。唐・宋を歴て散出し、我が大明に居至《いた》り、卿相たる者種々、なんぞ指を屈《お》り数ふべけんや。

〔先祖は長江下流の南岸地方に発し、晋の王羲之〔右軍は書家王羲之の異名〕の流れを汲み、唐宋の時代を経て明代には大臣を多く輩出した、名家と言いたいのであろう。〕

僕は束髪〔成童の年〕経芸〔経書の学〕を窮め、雕虫〔詩文を作る際の技巧〕を習ひ、才は倚馬〔優れた文才〕に非ずと雖も、幸風雲の会〔才能を発揮する〕に際し、以て起ち萬里に鵬摶〔発奮して羽ばたく〕せんとす。選部〔文官の選任〕の不均なるを疑はず、竟に愽《ひらい》て列宿〔長官〕と為し、即ちよく懐《こころ》に展布〔申し述べる〕するなく、未だ幾ならずして王府〔王の府倉、倉庫番〕に遷転す。その五斗折腰〔薄給を得るために汲々として上司に敬礼する。『蒙求』陶潜帰去〕を薄《なげ》き、帰去来辞を詠ず。それ男子の志は四方に在り、朝に於いてせずば即ち山林に於いてせん。山林は士の独《ひとり》養ふ所なり。山林に於いてせずば、即ち市隠の医相〔医術と相術〕に於いてせん。医相たる者は王公の聘きを以て、天壌〔広い世界〕を遨遊〔気ままに遊び暮らす〕すべし。


【男子の志は四方に在り】「丈夫四方の志　安んぞ固窮を辞すべけん」（杜甫・「前出塞」其九）。

【朝に於いてせずば即ち山林に於いてせん。山林は士の独《ひとり》養ふ所なり】この部分、『韓昌黎集』巻十六「後念九日復た宰相に上る書」に「故に士の道を行ふ者は、朝に得ずんば、則ち山林のみ。山林は、士の独り善くし自ら養ふ所にして、天下を憂へざる者の能く安んずる所なり。」を踏まえるか。『文章軌範』正編上「侯字集」所収。

儒学や詩文を学び、公平を信じて科挙に応じたが不本意な結果で国へ帰り、自由に生きる手段として医学・相術を学んだというのであろう。以下省略した箇所〔原文で約一七〇字〕では、各地の名所旧蹟を歴訪し、先人を慕い詩文に親しんだことをいう。その間、医術と観相とで口を糊したのであろうか。孔子・孟子・老子・荘子・李斯・屈原・賈誼・司馬遷・司馬相如・鄒陽・枚乗・淮南八文人・鄒衍・淳于髠・王文考、その他の名を挙げるが、「功名を塞馬〔禍福は糾える縄の如しの意〕に看んとするも、総之《つまりは》酔夢にして皆空しく、心事《のぞみ》を海鷗〔『列子』黄帝にある海鷗を好む者の話の喩えによる。無心の行為を是とする意〕に付さんとするも、畢竟機関《はかりごと》〔就職のための活動〕は用ゐられず、以て遊び以て優《たのし》み、吾はまさに自ら行楽に甘んず」というわけで、不如意に終始したようである。書翰の末尾の辺りを引用する。

庚申（一六二〇）に至り、安南順化に入り、聘に応じて王に医たり。辛酉（一六二一）東京に過《わた》るに舟次《ふなたび》〔船泊〕にて浅険に閣《とどま》り、魚腹に葬られて、嚢橐《ふところ》〔荷物袋、財布〕一空たり。長崎の艚長に倚附〔寄り従う〕し、日東に邀過《むかへ》られ、漂泊してここに至る。延ぶること有半載〔原文「延有宋載」〕、風雨聊《やすき》なく、饑渇独り忍ぶ、挙目言咲、誰とともに歓を為さんや〔『文選』巻四十一・答蘇武書一首〕。太守の不棄を蒙り、留まりて論語を書す。適《たまたま》国母の登仙に値い、去る止む両《ふたつ》ながら難し。窮途の阮生〔竹林の七賢の阮籍。『文選』巻二十三・詠懐詩十七首〕を哭《なげ》き、倦遊〔故郷を離れた生活に疲れること〕の王祭〔原文も「王祭」だが、王粲のことか、王粲は三国魏の詩人。『文選』巻二十三・七哀詩二首〕を顧み、羈旅放言、聊か知己に伸べん。伏して乞ふらくは、伝宣《つたへ》られ、恩に感ずること浅からず、来春再び賀陽を容《みと》められよ。太守国主殿下に叩謝し、併せて知己を萬〔原文、満〕一に酬ゆるなり。紙に臨んで主臣たる〔恐れ入ること〕に勝《た》へず。（三九一頁）

〔明を逃れた王国鼎は一六二〇年に安南（ベトナム東岸）・順化（ベトナム中部の都市、フエ）に入り、一六二一年に東京（ベトナム北部、中心はハノイ）を通過、船が難破し長崎の艚長に同行して日東（日本）に迎えられ、ここ（賀陽＝加賀）に来た。ここまでに半年かかった意か。風雨に悩まされ、飢餓に耐え、誰とも喜ぶこともできない。その後太守（前田利常）に拾われ、留まって論語を書いた。ところが国母の死に会い、ここを去ろうか、留まろうか進退に困惑している。国母の死は、書翰の日付から考えて元和八年（一六二二）七月三日の前田利常夫人天徳院の没（『加賀藩史料』二・四八一頁）をさすのだろう。阮生や王粲のように行き詰まった前例を顧みて、旅先で言いたいことを少しばかり述べる。来春ふたたび賀陽（金沢）で過ごせるよう、太守に伝えてほしい、というのである。これによれば、壬戌（元和八年・一六二二）之秋八月朔後（一日の後）以前に、王国鼎は宗碉と、おそらく金沢で知り合い、宗碉から書翰をもらった。本状はそれに対する返書で、つまる所、任用延長の願いを太守に訴えてほしいというのである。〕

第二通目の書翰は八月二十五日付で、留任運動の効果は、ほどなくあらわれたらしい。その冒頭から引用する。

八月念五日　友弟王国鼎頓首拝書、大詞伯宗碉先生足下に上る。それ礼義を知る者は必ず謙忝、文墨を識る者は意気を重んず。僕賀陽に入り、蓋し未だ同声なる者有らず、言葉諳莫《かたるな》しと雖も、談論また耳に入らず、足下一《ひとたび》至り、乃ち空谷の足音〔予期しない喜び。『荘子』徐無鬼篇〕聞えて、その慷慨豪宕〔意気盛んで太っ腹〕・温良盛徳の俗儕者と大いに径庭あるを喜び見たり。傾盃の間、遂に爾《なんぢ》と莫逆〔気の合う友〕となり、譚吐〔談論〕歓びを尽し、以て旅懐を消す。賡《しょく》歌和韻〔詩歌を唱和し、韻を合わせて作詩する〕、他郷にあるを忘記《わする》。奈何《いかんせん》未だ幾《いくばく》ならず、足下は沐《やすみ》に山泉に往き、以て其身を潔くす、清しと謂ふべし。（三九一頁）

〔王国鼎は加賀に来たものの言葉が通じなくて困っていた。宗礀との出会いは予期せぬ喜びで、その性格も俗物とは異なる好もしいものであることを知った。盃を遣り取りする間に親しくなり、詩歌を交わし他国にあることも忘れたという。〕

日に〔先に〕足下の物色〔人を選ぶこと〕百般を蒙り、太守の前に提挈《みちびか》れ、枯樗賤品〔役に立たない身分賤しい者〕をして、居然《ゐながらに》荃薫〔香り美しい草〕の林に木《うつりて》培植せらる。感載の恩此生に当り、蛇雀の報を為すも未だ已まざるなり。昨《きのふ》太守公を辞し帰らんと欲するに、嘉意命済を承け、藤中務・松原内匠助二公、僕を留めて門下客と為し、賜はるに起居の所を以てするも、馮驩《ふうかん》の鋏を弾ずる〔孟嘗君に仕えた馮驩が、鋏〔長い剣〕を叩いて待遇改善を要求した故事。『史記』孟嘗君伝〕を致すことなきや。白鐐十板を恵まれ、家眷を移すの費たらしむ。僕は思ふ来往長途なれば、百金に非ざれば不可なりと。吾は世情の尤も変遷《うつりやすき》易を恐る。蛾眉〔美人〕宮に入り妬まれ、玉を指し石と為し、聚蚊雷と成り浩大ならしむ〔小さな悪口が大きくなる意か〕。家眷ここに至り、給与銖錙薄俸、五斗折腰、去止両難《ゆくとどまるふたつながらかたく》進戦退守の策無し。斯の時僕まさに何の状を作《な》さんや？　幸にこれを足下に指送し、回《かえる》日《ひ》利害を将《もつ》て、また太守に陳べん。〔以下原文で約七五字略〕（三九一頁）

〔宗礀を介して、太守の前に導かれ任用された恩は莫大である。太守の善意の命をうけ、藤・松原の二役人が、食客として住いを与えてくれた。それ以上の要求はせずにいると、家族を呼び寄せる費用として白鐐十板を恵まれた。しかし長旅なので百金がないと困る。〔高額を要求して〕藩の雰囲気が変わり、妬まれたり中傷されたりするのを恐れている。来賀する家族と共に薄給に甘んじるか、不本意にも低頭するか、自分ではどうしようもなく、どんな嘆願書も書けない。幸にも、この書翰を貴殿に送り、得失を太守に伝えたい。〕

ほぼ以上のような内容である。宗礀を通じての留任運動はひとまず受け入れられたようであるが、家族を呼び寄せる旅費を上げてほしいという要求が認められたかどうかは分らない。書翰中の藤中務は未勘、松原内匠助は『有沢氏覚書』に「利常公御代元和二年六月廿二日有沢采女被召出。（中略）則其時分出頭御右筆松原内匠に、人々の名を書付可申旨にて」（『加賀藩史料』第二編、四二五頁）とある人物で、加賀・能登の百科事典ともいうべき日置謙『増補改訂加能郷土辞彙』（一九七三・一〇復刻版、北国新聞社）に、

マツバラカツツグ　松原一二　通称内匠。越中なる北浦石見守斉安の子。氏を改めて、慶長十六年前田利長に仕え、千六百石を領し、大坂再役に青屋口で首一つを獲、寛永七年歿。子孫藩に世襲する。（八二七頁Ｄ）

と立項される人物が該当するか。

王国鼎の書翰は故事や人名・地名を列挙し対句を多用するなど、実に衒学的で、以上の略解では十分に解読できていない箇所が残る。中島楽章氏は注（11）の論文で「王国鼎の自述の信憑性を確かめる術はないが、科挙受験参考書にありがちな故事典拠を執拗に列記し、衒学的な修辞を連ねた文体から、科挙のための学問を修めた知識人であったことは間違いない。（中略）当時の日本には、〔渡来明人の名、二名略〕王国鼎など、たまたま事績が伝わった人物のほかにも、少なからぬ無名の明人医師が渡来していたはずである。医術や文事などの技能によって中国辺境・ヴェトナム・日本などに活動の場を求めた王国鼎の経歴は、彼ら「移動する知識人」にとって、国境の壁がさほど厚くはなかったことを示している。」（三〇頁）と指摘する。王国鼎は、宗礀との出会いの印象から、おそらく彼ならばこの文章を解読理解してくれるものと考え、自身の留任問題も絡んでおり、知る限りの知識を縦横にめぐらし、入念に執筆したものと推測される。

六　王国鼎の事績

王国鼎の事績については、不明な点が多く残るが、二、三の記事を紹介しておく。『燕台風雅』全十一冊は、加賀藩士富田景周が寛政三年（一七九一）に撰し、追記を加えて文政八年（一八二五）に藩侯に献じたもので、加賀・能登に関する文学一般を集大成した書である[13]。その巻一の加賀の儒学の起こりについて触れた部分、割注形式で記される中に王国鼎に関する記事が見える。原漢文を読み下し、片仮名は平仮名に改め、適宜句読点を付し、仮に三段落に区切る（〔　〕内は双行、」は改丁）。

〔一〕慶長中、二世　瑞龍公〔前田利長〕、明儒王伯子を辟《め》す。伯子、字は國鼎、明季の亂を避け、海を航して歸化する者、　公これを今の所謂程乘第の地に寓する。凡そ明儒本邦に歸化し來る、尾張に元贇を置き、水戸に朱舜を置くと雖も、並に萬治を上らず。況や文華既に行るる時に在や。伯子の如きはこれに先こと施々七十年、武弁是競之際に當て、これを辟召す、　公英邁不世之器量に非んば誰かこれを為ん。謂つべし諸侯異邦の儒を徴すの先鞭と也。

〔二〕今猶越中瑞龍寺に、三世　微妙公〔利常〕、嘗て喜捨する所の画鷹屏風の幀、賛辞の十六首、曁《および》金澤販藥行〔中屋某／號半仙〕蔵する所二十四孝画屏の讃辞、其の餘骨董郎の手に出て、鬻〔売ること〕せんと欲する者八九幅、予親《まのあた》り覧ことを得。皆伯子の筆跡にして、遒逸圓勁、嘉歎するに足る。又金府の醫家津田養なる者、嘗て得る所、金撤扇面山水を畫き、且つ詩に題し其題尾に、日本慶長六年八月日大」明王伯子、賀陽旅舍に寓して題すと書く者有り。其の書画皇國人の企及する所に非ず。養や、壮年放縦飲博に耽り、資産蕩盡寒貧に逼ぎ、這の扇面等を賣り、一方書を購ふ故に今存せずと予に語る、惜しむべき也。

〔三〕三世　微妙公、則ち小瀬甫庵を聘し、或は寛文九年閏九月松永昌三を小松に引見し、齋藤實盛の冑の傳由及び其銘を記さしめ、或は慶安中小松城上及び三叉《みつまた》河口〔小松市の梯《かけはし》川下流〕亭子にして、詩賦を命ぜしむ。予未だ二公學を好むを聞かずと雖も、是等二三の雅致を以て之を攷《かんがふ》れば、則ち斯文を崇するの機、此に胚胎する耶。

（巻一の二冊目）

また、『加賀藩史料　二』の慶長十九年（一六一四）五月二十日に「前田利長越中高岡に薨ず」という死亡記事があり、「前田利長行状」として記事が列挙される中の、『又新斎日録《ゆうしんさいにちろく》』（文政七年〔一八二四〕七月二十三日、六十四歳で没した書写役人の湯浅進良が著した考証随筆）に次のような記述がある。

一、瑞龍公〔利長〕慶長中大明の儒者王伯子を召し、金府に置せらる。其證あり。今越中瑞龍寺に蔵する、和人の畫せる鷹の屏風十六枚に、王伯子書賛あるもの遺存す。又金府の医師津田豹阿弥所蔵之金扇面に、山水を畫し、題詩も有て其遒逸也。其終に日本慶長某年某日大明王伯子寓加陽旅舎題すと書し、其扇面の金色も甚古色なりしが、今はなし。〔*〕貧窮したるとき売りたると語る、惜むべき事也。瑞龍寺屏風の書賛に印二顆あり。上の印に王印柱の三篆は見ゆれども、𠥱の篆考べからず。下の印は國鼎氏と見ゆ、伯子の字なるべし。十六枚とも、其筆力優逸可称也。但題詩は唐詩なども雜り見ゆれば、伯子自作には有まじ。（二一六頁）

さらに『金沢古蹟志』巻九の「程乗屋敷」（兼六園・蓮池内）の項に、上掲『又新斎日録』の〔＊〕までとほぼ同内容の記述があり、その後につぎのようにある。

又金沢販薬所中屋彦右衛門家にも、二十四孝の画の賛を伯子肉書する屏風あり。画は狩野元信と云ふ。此の外古董郎の手に在つて往々見るもの四五度に及ぶ。多くは式紙の大きさ程に、語勢勇壮の一両句を書たるのみにて、全詩のものを見る事なし。といへり。（第四編、一五頁）

前出、日置謙『増補改訂 加能郷土辞彙』は、上記資料などに拠ると思われるが、王伯子を立項する。

名は国鼎、伯子はその字である。明の逋播の臣で我が邦に流寓したものであつたが、慶長中前田利長は之を聘して、城外蓮池園に居らしめ、衣食の資を給して優遊せしめた。凡そ明儒の帰化したる者、尾張の陳元贇は寛永中に在り、水戸の朱舜水は万治中に在るから、伯子は之に先だち、異邦の儒者の諸侯伯に仕へた第一人者であつた。利長又当時我が邦で重刊した四書に譌誤多きを憂へ、伯子をして之を校正して公にせしめた。前田利常の越中高岡瑞龍寺に寄進した画鷹の屏風にも、伯子の題した賛辞十六章があつた。その他民間に伝はつた二十四孝の画讃及び山水を描いた扇面があつて、今は所在を詳かにせぬが、後者には日本慶長六年八月日大明王国伯子寓加陽旅舎題と記してあつたと伝へられる。（二〇八頁A）

傍線部の四書校正のことなど、別に拠る所あろうが未詳である。また『稿本金沢市史 学事編第一』（一九七三・七、名著出版）は「日本教育資料に曰く」として、「唯朱明帰化ノ人王伯子ヲ聘シ、金沢ニ来寓セシム、然ドモ徒ニ顧問ニ充ルノ外、左右数名ノ徒学スルニ過ギズ」（三頁）とあり、大庭脩氏はこれを引く。(14) 以上挙げた数件の資料の記事は、概ね共通するが、微妙な相違がみられ、例えば傍線を付した箇所はそれぞれ独自なものといえる。ただ四書校正とか、数名の徒が学ぶのみというあたりは、依拠する所があるのだろう。

ともあれこれらの記事は、上記書翰の王国鼎と何らかの関係があろうとは思われるが、問題は、慶長六年（一六〇一）八月にすでに賀陽旅舎に居るとあるなど、年代が齟齬することである。ここにあげた諸資料では、王伯子は前田利長（慶長十九年〔一六一四〕没）に仕えたことになるが、宗礀宛書翰では一六二〇年（元和六年）に安南順化に入ったとあり、矛盾する。『燕台風雅』にせよ『又新斎日録』にせよ、慶長年中から時を隔てた、後年の資料だけに、誤伝が混じる可能性はある。王国鼎は早くに慶長年間に前田利長の許に仕えたが、失職したので宗礀にすがろうとしたかとも想像できるが、書翰の方が資料的価値は高いとも思われる。ただ仕官斡旋依頼だけに、いささかの潤色表現があるのかもしれない。王国鼎書翰以外の、右に見てきた金沢におけるやや後代の資料には、宗礀の名が全く現れてこない。宗礀が加賀に赴いたのは、記録で確認できる限りでは三回かと思われ、京都に拠点がある儒生の痕跡が、金沢に残らないのはゆえなしとしない。ただ宗礀の事績を探りたい者としては、残念なことであり今後の調査を待ちたい。

しかし、王国鼎の二通の書翰は、内乱を避け、明から渡来した知識人の実態を知る、一資料として貴重であろう。尾張の藩祖徳川義直に招かれ、書・医・菓子など多方面に才能を発揮した陳元贇、また水戸の光圀に遇され、水戸学とも影響しあった朱舜水のような著名な存在ではないにしても、『燕台風雅』が指摘するように、彼らよりも七十余年早く金沢においても王国鼎のような事績が伝えられるのは特記してよい。宗礀伝の探索という側からみれば、元和七年（一六二一）八月の時点で宗礀と王国鼎とは知己で、宗礀は太守前田利常に、明人の留任希望を仲介し得るほどに信頼を得ていたことがわかる点で重要である。宗礀が王国鼎と接点を持ったのは加賀金沢であり、また、書翰の文面に「足下一至り、乃ち空谷の足音聞えて」「譚吐歓びを尽し」「賡歌和韻、他郷にあるを忘記」（二一一頁）などとあることから推察するに、宗礀は明人と話せたか、少なくとも筆談はできたのであろう。

注

（1）井上宗雄「也足軒・中院通勝の生涯」（『国語国文』四〇巻一二号、一九七一・一二）によれば、通勝父通為の代から、中院家は加賀に所領があり頻繁に加賀と行き来したという。また日下幸男「俊成・定家・為家本伝来管見」（『中世文芸論稿』五号、一九七九・五）に前田家の定家本蒐集は中院通村を通じて行われたとある。

（2）小高敏郎『松永貞徳の研究』（一九五三・一一、至文堂）一九四頁。島本昌一『松永貞徳　俳諧師への道』（一九八九・三、法政大学出版局）一六八頁。

（3）『尺五堂先生全集』〔近世儒家文集集成11〕（二〇〇〇・一〇、ぺりかん社）。

（4）津田修造「木下長嘯子資料雑編（四）」（『江戸時代文学誌』八号、一九九一・一二）。

（5）吉田幸一編『長嘯子新集　下巻　資料・論考』〔近世文芸資料23〕（一九九三・九、古典文庫）所収の「資料解説」（一）賀州行記では、昌三の七言絶句を五十五首とするが、№８の七言絶句（宗礀作）を昌三作と誤認している（一七六頁）。

（6）津田修造編『長嘯子新集　中巻　資料・論考』〔近世文芸資料23〕（一九九三・九、古典文庫）所収の、津田修造・吉田幸一編「木下長嘯子年譜」寛永六年（一六二九）▽九月八日、〇九月二十日の条も参照（四五六頁）。

（7）注（3）の『全集』の解題・解説。

（8）『中華若木詩抄』は、183「淵明菊を采る」と題する七言絶句（了彦登）の、第三・四句「秋香を老い尽くせども花落ちず古今天地の一淵明」とあるのについて、「菊花ハ旧ノ晋様ニテ始終色香ヲ改メヌホドニ、淵明ガ一段愛《する》レ之《を》ゾ。三四ノ句ハ、菊ハ総ジテ花ガ落ヌモノゾ。ソレニツイテ種々ノ批判アルゾ。」とし、以下に宋・史正志撰の菊譜の後序に拠るという説を引く（要約）。

　菊には花が落ちる類もあり、落ちない類もあるという。王荊公（安石）が「黄昏風雨打《ち》二園林《ヲ》一、残菊飄零満地金《の》云々」（残菊が地に落ちて黄金の如くなる）と詠んだ。これを見て、欧陽脩は「秋花不レ比《せ》二春花《の》落《つるに》一、為《に》報《ず》詩人子細《に》看《よと》」（秋菊は春の花のようには落ちない、細かく観察しなさい）と難じた。これについて荊公は、欧陽は不勉強だ、『楚辞』離騒に「夕飡《にす》二秋菊之落英《を》一」とあるのを知らないか、蘇東坡は欧陽脩の門人であるが、「落英」という語を『楚辞』に基づいて正しく理解して、詩を作っていると反論した。

　さらに、王彦賓は荊公の『楚辞』解釈も不十分だとして、つぎのようにいう。「落英ヲ飡ス」とある「落」は始めての意で、初めて開いた芳香ある菊花を食すと採るべきである。そこを理解せずに荊公は欧陽脩を笑ったようだ。そして『詩抄』は「サアレバ、菊ハ落チヌ花ト見エタル也。秋香ハ、衰老スレドモ、落チズシテ霜下ニ凜然トシテアルゾ。古今其ノ花ノ如ク行跡ノアル者ハ、天地ノ間ニ二人トモアルマイ。淵明一人マデ也」と説く（新日本古典文学大系『中華若木詩抄・湯山聯句鈔』二一七〜二一八頁）。以上の、菊花をめぐる欧陽脩と王荊公との応酬に関する詩話は、『詩人玉屑』巻十七・半山老人「秋菊落英」に載る。

（9）「小乗僧様軾」の箇所、「小乗僧」は否定的な評価であり、相手の言動をいうのではおかしい。自らのさまを卑下するものか。『蘇東坡詩集』巻三十九に、「定慧の欽長老の寄せらるるに次韻す　八首」と題する詩の、第一首目（五言律詩）の尾聯に「崎嶇《きく》真に笑ふべし　我は是れ小乗の僧」とある。蘇州定慧の守欽長老が、恵州にいる蘇軾の安否を問いつつ漢詩十首を贈ってきた。蘇軾はその詩を褒め喜び、八首を和した。自分はこせこせした日常を過ごしており、悟りの薄い卑小な僧をまぬかれない、という意である。この状況は、菊花の季節に逼塞している昌三を見舞い、宗礀が自作の詩を贈ってきた、というのに類似している。昌三は蘇軾の右掲の詩を想起し、自らを小乗僧と自嘲した蘇軾、と自分とを重ね合わせ、宗礀からの詩を喜んで拝見する、というのではないだろうか。

（10）同書第三部の三「明人王国鼎の宗礀あて書状について」。

（11）中島楽章「十六・十七世紀の東アジア海域と華人知識層の移動――南九州の明人医師をめぐって――」（『史学雑誌』一一三編

一二号、二〇〇四・一二）二九頁。

（12）池田温編『日本古代史を学ぶための 漢文入門』（二〇〇六・一、吉川弘文館）一七頁。

（13）『加越能文庫解説目録 下巻』（一九七五・五、金沢市立図書館）六〇三頁左、No.九五八四、架蔵番号16・90―1。

（14）大庭脩『古代中世における日中関係史の研究』（一九九六・二、同朋舎出版）三六九頁。

第十章　松永昌三の『宗磵老生誄并叙』

死者の生前の徳行を重ねて記し称え、それを不朽に表し、哀悼の意を示す文章が誄である。標題は、元和九年（一六二三）冬に宗磵に誘われ加賀行を共にした、松永昌三が執筆した宗磵追悼文で、全八二〇余字（ぺりかん社版、一八五～一八七頁）を費やす。これによって彼の生涯の概略が知れる。上来探索してきた宗磵の事績の確認、および補足の意味を兼ねて、全文を私に断句訓読し、折々の転機がわかるように十七の部分に分け、簡略な解説を加える（原文・訓読とも異体字は本のままとし、訓読の段の〔　〕内に通行の字体を記す）。難解な文章で、未読の異体字も残り、誤読多きを恐れる（参考までに『尺五堂先生全集』の中に、類似の用例がある箇所〔括弧内頁数〕を示す）。

一　宗磵の死を惜しむ

宗磵老生誄并叙

寛永二年六月三日庚辰、井口氏宗磵老儒卒。

嗚呼哀哉　　嗚呼、哀しいかな。

天道昭著　　天道昭著なり、　　【昭著】明らかにあらわす。

佑賢與義　　賢を佑け義に與す。

如何司命　如何ぞ司命、
殲斯吉士　かかる吉士を殲す。
誰不盡傷　誰か盡傷《きよくしやう》せざる、
艾餘即冥　艾餘《がいよ》にして冥に即く。
南風何急　南風何ぞ急ぎ、
伴黄梅零　黄梅零を伴ふ。
炎暑焦思　炎暑を焦思し、
鶬声送哀　鶬〔鵑〕声哀れを送る。
芳烈何朽　芳烈何ぞ朽ちん、
貽厥兼該　貽厥《いけつ》を兼該す。
令嗣居喪　令嗣は喪に居し、
情過戚痛　情は戚痛を過ぐ。
爰擬誄文　爰に誄文に擬し、
助彼至慟　彼の至慟を助く。
其辞曰　其の辞に曰く、

【司命】寿命を司る神。
【盡傷】甚だしく悼むこと。
【艾餘】老年、七十歳余と解しておく。
【南風】五、六月の風。
【黄梅零】梅の実が黄色になる頃降る雨、五月雨。
【鵑声】時鳥の鳴き声。
【芳烈】立派な功績。
【貽厥】徳を積み子孫の栄えるようなはかりごと。
【令嗣】立派な後継ぎ。
【至慟】ひどく悲しむ。

〔天は賢を助けるはずなのに、このような好人物を亡くした。皆が惜しんでいる。七十余歳であの世に赴いた。五月雨が降り、暑い夏を思い時鳥が哀声で鳴く。宗磵の業績は朽ちることなく、子孫に残る。嗣子が喪に服すが、悲しみは極まりなく、誄文を草しその思いに寄り添う。〕

二　資質・人格に優れ、若くして逸材たること

天挺秀質　天挺秀質にして、　【天挺秀質】「天質英挺、夙智明哲」（『尺五堂全集』一二一頁上右）

豪気英颯　豪気英颯たり。

弱齢魁梧　弱齢にして魁梧、　【魁梧】大きく立派なさま。

岐嶷抜衆　岐嶷《ぎきょく》衆を抜く。　【岐嶷】「天生岐嶷トシテ莫質敏捷シ渥洼ノ麒児」（『尺五堂全集』一〇一頁上右）

渥洼騏児　渥洼《あくわ》の騏児、　【渥洼】名馬が生れた川の名。【騏児】優れた子。

超志无窮　超志窮りなし。

太山栱把　太山は栱《きょう》把《は》し、　【栱把】太くなる。

成材穹窿　成材は穹窿たり。　【穹窿】高く弓なりにそる。

神童淑姿　神童の淑姿、

相倫重瞳　重瞳を相倫〔備〕ふ。　【重瞳】天才の相。

〔宗礀は生来優れた資質を持ち、若くして抜群の能力に恵まれていた。麒麟児の如き志は無限で、大きく豊かに育ち、神童の名にふさわしく重瞳であった。〕

三　音曲を楽しむ

王氏簡清　王氏簡清にして、　【簡清】つつましく邪念がない。

夙資郁濃　夙資郁濃たり。　【夙資】生まれつき。【郁濃】気高く濃厚。

楊家捷辨　楊家の捷辨、
稟性隶雍　稟性雍に隶《およ》ぶ。
撃甹試習　撃甹を試習し、
楽苑心悰　楽苑に心悰《たの》しむ。
公廷萬羽亡　公廷〔庭〕に萬羽亡く、
鮑郭欽容　鮑郭欽〔歛〕容たり。
曲撢幽賾　幽賾を曲撢し、
謳賡高蹤　謳《おう》〔謳〕賡《かう》高蹤たり。

【楊家】瑟《おおごと》の名門、漢の楊家。「伝二鼓瑟干楊家一」（『玉台新詠』序）
【雍】琴をよくし、孟嘗君を感動流涕させた斉の雍門周か（『説苑』善説篇）。
【撃甹】皷をうつ。
【楽苑】音楽の場。
【公庭】朝廷の席。【萬羽】「羽」は五音の澄んだ音か。
【鮑郭歛容】鮑は鮑肆で小人の集まる所、郭は城の外囲い。歛容は慎み深いこと。
【曲撢】つぶさに及ぶ。
【謳賡】詩を作り歌い和すこと。【高蹤】高い足跡。

〔生まれつき、漢の楊揮の如く音曲の才にも恵まれ、楽器の演奏を楽しんだ。「公庭萬羽亡　鮑郭歛容」以下は未詳。演奏の場所がなかった意か。〕

四　壮年に至り反省し、寸暇を惜しみ学問に専念する

爰迨壮歳　ここに壮歳に迨《およ》び、
回思旁索　思ひを回し旁く索す。
従知技蓺　知技の蓺〔藝〕に従ふは、
有損無益　損有りて益なし。
空悔貿然　空悔貿然たり、
費寸晷碩　寸晷《すんき》を費すこと碩なり。

【蓺】この字、藝か。ここは音曲にたずさわるの意か。
【貿然】気落ちする。
【寸晷】一寸の光陰、わずかな時間。

優逞昼囿　昼囿〔書園〕を優逞〔遊〕し、　【優逞】ゆったりする。【昼囿】書園。

要艘仁宅　要《もと》めて仁宅に艘《いた》る。　【要艘仁宅】仁宅は未詳だが、徳を備えた人の意か。

旭煆曛煉　旭に煆し曛に煉り、　【旭煆曛煉】朝夕励む。「旭煆曛煉、夜以継日」（『尺五堂全集』一九頁右下）

昼涌夜釋　昼に涌き夜に釋す。　【昼涌夜釋】「梵行不懈、昼涌夜釈、薫修不息」（『尺五堂全集』一九九頁上左）

惟日不足　これ日も足らず、　【惟日不足】『詩経』小雅・天保「これ日も足らず」。

発憤択掄　発憤択掄す。　【択掄】選ぶ。

〔壮年に達した頃、楽器演奏に執心するのは無益だと後悔した。そして書物の世界に入り込み、昼夜を問わず学問に励んだが、それでも時間が足りなかった。〕

五　六藝・百家を学ぶ

五行殆奉　五行奉《ほう》に殆《およ》び、　【五行殆奉】後漢の応奉は聡明で、五行を一度に読み下した（『蒙求』応奉五行）。

暗誦追巡　暗誦追巡す。

口六藝文　六藝の文を口し、　【六藝】詩・書・礼・楽・易・春秋の六経書。

繙百家紉　百家の紉〔紉《じん》〕を繙く。　【百家】経書以外の諸学派の著作。【紉】なわ。むすぶ。

張皇至渺　至渺を張皇し、　【至渺】深遠。「張二皇敷嶋ノ之幽眇ヲ一」（『尺五堂全集』一一五頁上右）

發揮墜論　墜論發揮す。

積功累労　功を積み労を累ね、

㐺悳稡純　㐺悳〔麗徳〕稡《そつ》純たり。　【㐺悳】うるわしい徳。【稡純】あつまり明らかなこと。

〔四書五経のみならず、中国の思想や歴史文化万般に及び研鑽を重ねた。〕

六　声望あり、講筵に受講者多し

遠明近僚　遠明近僚、

暇従窺闞　暇に窺闞に従ふ。　【窺闞】ともにうかがう意。

負笈亍謁　笈を負ひて亍《かん》〔于〕謁《えつ》し、　【亍謁】謁見を求める。

精覈詢謨　精覈詢謨す。　【精覈】調べ明らめる。【詢謨】尋ね探る意。

肆設講筵　肆《ゆゑ》に講筵を設け、

群囂競趨　群囂し競趨す。　【囂】かまびすしい。【競趨】競いおもむく。

媺誉高揚　媺誉高揚し、　【媺誉】媺は未詳。この句、盛名が上がった意か。

鴻庇普鋪　鴻庇を普く鋪く。　【鴻庇】大きな庇。

〔その結果、宗礀の学徳を慕う門下生が、遠くから、近くから参集したようだ。「笈を負ひて亍謁し」「肆に講筵を設け」「鴻庇を普く鋪く」とあるあたりからは、講義用の建物を建てたのかと想像される。〕

七　特に儒学を教授する

挙世挙人　世を挙げ人を挙げ、　【挙世挙人】世間はこぞって。

崇尚程朱　程朱を崇尚す。　【崇尚】崇め尊ぶ。【程朱】朱熹らの哲学的な学。

讀論讀孟　讀論讀孟し、　【讀論讀孟】世間流行の程朱の学に対して、論語・孟子を重んじた。

演宣融玄　演宣は融玄たり。
詩昼礼易　詩昼〔書〕礼易、　【詩書礼易】詩経・書経・礼記・易経。
旧旨覃研　旧旨を覃研す。　【旧旨覃研】元の意義を深く探る。
祖述師傅　師傅を祖述し、　【祖述師傅】師匠からの伝授を受け継ぐ。
私義何穿　私義何ぞ穿《うがた》んや。　【私義】一人よがりの解釈。
謙遜忝倹　謙遜にして忝倹、　【忝倹】つつましやか、因に松永昌三の号は忝倹。
悦幕先賢　悦んで先賢を幕《おほ》ふ。
人誰訕々　人誰か訕々せん、　【訕】そしる。
吾無間然　吾間然とするなし。　【無間然】非難する点がない。

〔「程朱を崇尚す」「読論読孟」「詩書礼易」とあり、朱熹などの宋の儒学、論語・孟子・詩経・書経・礼記・易経などが講じられた。その態度は「謙遜にして忝倹、悦んで先賢を幕ふ」もので「吾〔昌三〕間然とする無し」というものであった。〕

八　詩作・文章・和歌に優れる

騒場専媺　騒場専媺、　【騒場】詩の席。【専媺】美しい。
英咀奇摘　英を咀《あぢは》ひ奇を摘む。　【英咀奇摘】文章の妙味を味わう。英は英華、すぐれた文章。奇も同じ。
花庭樽前　花庭樽前、　【樽前】酒樽の前。
於詩無敵　詩において敵なし。　【詩無敵】杜甫「春日李白を憶ふ」に「白〔白居易〕也詩に敵無し」。

文渕鈎深　文渕鈎〔鉤〕深にして、

蘊奥劃剔　蘊奥を劃〔劃《かく》〕剔《てき》す。　【蘊奥】奥義。

剽竊陳編　陳編を剽竊し、　【陳編】古い書物。

提要愽覓　提要を愽〔博〕く覓《もと》む。

本邦謌篇　本邦の謌篇、

蒐猟洽覿　蒐猟洽覿《かふてき》す。　【洽覿】あまねく見る。

優柔厭飫　優柔にして厭飫、　【優柔】ゆったりと落ち着く。【厭飫】満足する。

与分縷拆　与に分け縷〔縷〕拆す。　【縷拆】詳しく分け述べる。

〔詩作や文章に優れ、古典を自分のものにし、要点を把んでいた。また我国の和歌にも通暁していた。〕

九　世俗の諸分野にも通暁

古制遺法　古制の遺法、　【古制】昔の制度。【遺法】先人の残した法。

尽微極公　微を尽くし公を極む。　【極公】全く公平である意か。

有鄙夫問　鄙夫有て問ふに、　【鄙夫】愚かで賤しい人。

渙然氷消　渙然として氷消す。　【渙然】さらりと解ける。「然後字義渙然氷釈」（『尺五堂全集』二一二頁上右）

虞初稗官　虞初稗官、　【虞初稗官】小説や野史の類い。

言逮蒭蕘　言は蒭蕘《すうぜう》に逮《およ》ぶ。　【蒭蕘】賤しい者。

多材多藝　多材多藝にして、　【多材多藝】「能く多材多芸にて、能く鬼神に事《つか》ふ」（『書経』金縢）

器類瓊瑶　器類は瓊瑶たり。
茂勲成績　茂勲の成績、
煥乎藉醞　煥乎にして藉醞《しゃうん》。
天与善人　天は善人に与す、
定理无隠　定理隠れなし。

【器類瓊瑶】詩文などは玉の如く美麗。
【茂勲】立派な手柄。
【煥乎】光り輝く。【藉醞】ゆとりがあって奥ゆかしい。
【天与善人】「天道は親《しん》〔えこひいき〕無し、常に善人に与す」（『老子』七十九章）

〔宗礀はたんに儒学だけでなく、さまざまな分野で才能を発揮した。「古制遺法」「虞初稗官〔小説のこと〕」にまで通じ、「多材多藝にして、器類は瓊瑶たり」、結果「天は善人に与す、定理隠れなし」、その才能・人徳が広く知られることになる。〕

十　肥侯（加藤清正）に招かれ往還す

是以肥侯　是を以て肥侯、
徴求崇謹　徴求崇謹す。
衜慕桓躬　衜《とう》を慕ひ桓躬し、
虚左聘問　虚〔虚〕左聘問す。
揚震淳行　揚震の淳行、
横渠温良　横渠の温良。
関西清標　関西の清標、
可弃按焉　按焉を弃〔棄〕るべし。

【徴求】求める。
【衜】道のこと。【桓躬】大きく敬意を表す。
【虚左聘問】上席を用意し、聘物をもって賢者を招く。
【揚震】後漢の人、博学で関西〔函谷関以西〕の孔子。
【横渠】北宋の張載の号。その学派を関学という。
【清標】上品な姿、ここは宗礀のこと。
【按焉】安んじること。

捍索桅竿　捍索桅竿《きせん》　　【捍索桅竿】帆柱につける綱。「捍索桅竿立つて空に嘯く」（蘇東坡「慈湖夾にて
漂泊溟洋　溟洋を漂泊す。　　風に阻まる　五首」）
怒濤将覆　怒濤まさに覆さんとするも、
安達去剛　剛きを去り、安達す。　　【安達】無事に到着する。
鮫龍夾艇　鮫龍艇を夾むも、　　【鮫龍】みずちと龍、水神に仕える想像上の生き物。
存破壁強　壁強く存破す。
迣還兇回　迣〔往〕還兇〔幾〕回りぞ、
風帆軽揚　風帆軽揚す。　　【風帆】風をはらんだ帆。

〔肥侯加藤清正は、宗磵に最高の敬意を表して招聘したものと思われる。揚震は後漢の学者で字は伯起、博学で関西の孔子と称された（『蒙求』楊震関西）。また横渠は北宋の学者張載の号で、宋学の先駆者の一人である。温良は温和で素直なことだが、子貢が孔子の言動を評した五徳のうちの言葉である（『論語』学而）。関西は本来は函谷関以西の地をいうが、ここでは逢坂の関以西をいうか。宗磵を揚震・横渠に譬え、その気高い様を清標と称えたのであろう。この後に「往還幾回りぞ、風帆軽揚す」とあるところからみると、肥後に定住したわけでなく、京都と行き来したようだ。〕

十一　肥侯没し、宗磵京に帰る

肥侯永訣　肥侯永訣し、
豸文愴惻　豸文愴惻たり。　　【豸文】豸は未詳、追悼文の意か。【愴惻】悼み悲しむ。

尓後旋洛　しかる後洛に旋り、
避俗屋塞　俗を避け塞に屋〔居〕す。
上師聖人　上は聖人を師とし、
下友群識　下は群識を友とす。

【上師聖人、下友群識】「迂叟（司馬光）平日書を読むに、上は聖人を師とし、下は群賢を友とす」（司馬光「独楽園記」、『古文真宝後集』）

〔しかし、「肥侯に永訣し」たのちは洛に帰る。この時期の苦衷は、第四章や第六章で触れたところでもある。京都では「俗を避け塞に居す。上は聖人を師とし、下は群識を友とす」と隠遁的な生活をしたようだが、また加賀太守に誘われることになる。〕

十二　加賀太守（前田利常）に招かれ、儒学を推奨する

加之太守　加之太守、
旺北洪徳　旺北洪徳。
七徴八辟　七徴八辟し、
遊事其国　其国に遊事す。
闔境歓迎　闔境《かふきやう》歓迎し、
政治得暇　政治まり暇を得る。
幽邑僻巷　幽邑僻巷、
藺学不野　藺《げん》学野ならず。
絃誦声發　絃誦声を發し、

【加之】ここでは加賀の意。
【旺北】旺は未詳、北国へ赴任の意か。【洪徳】大きな徳。
【徴】【辟】ともに君子が臣下を召すこと。
【遊事】他国に行き仕える。
【闔境】国じゅう。
【暇】高低を平らにする砥石。
【僻巷】辺鄙な町。
【藺学】藺は妍に同じで、学に習熟する意。【不野】野蛮でなくなる。
【絃誦】儀礼と雅楽、儒において国を治める方法。

推奨儒雅　儒雅を推奨す。
君子明上　君子は明上し、
小人安下　小人安くんぞ下さん。
周孔何欺　周孔何ぞ欺んや、
夷変於夏　夷夏に変ず。

【儒雅】正しい儒学。

【明上】聡明な君主。

【小人】統治される庶民。

【周孔】周公（孔子が聖人と仰いだ）と孔子のこと。

【夷変於夏】夏（中国）の良風俗が蛮風を変え改める。「用レ夏変レ夷」（『孟子』滕文公上）

〔こんどは加賀の太守〔前田利常〕から丁重に招聘された。「幽邑僻巷、薗学野ならず、絃誦色を発し、儒雅を推奨す」と国中に儒の学が奨励され、野蛮な風俗が一掃された。〕

十三　松永昌三、宗磵の加賀行きに随行、詩作などの薫陶に感謝

癸亥冬暮　癸亥の冬暮、
誘吾北征　吾を誘ひ北征す。
晨問昏定　晨に問ひ昏に定め、
同舘随行　舘を同じくして随行す。
親炙清容　清容に親炙し、
薫陶篤情　薫陶篤情たり。
遠塗芳懇　遠塗芳懇にして、
拊毓野生　野生を拊毓《ふいく》す。

【癸亥冬暮】元和九年（一六二三）十二月。
【晨問昏定】「昏定晨省」（『尺五堂全集』一八八頁下右）
【親炙清容】「薫陶親炙」（『尺五堂全集』一八八頁下右）
【薫陶】感化する。
【遠塗】長い道のり。
【野生】私の謙称。【拊毓】慈しみ育てる。

東湖放纜　東湖に纜を放ち、　【東湖】琵琶湖。「白沙東湖水穏」（『尺五堂全集』一一八頁下右）
製詞吐芬　詞を製し芬を吐く。　【芬】香り豊かな言葉。
北蠻衮雪　北蛮に雪を衮《つ》〔衝〕き、
麗章開蘊　麗章蘊を開く。　【麗章】美しい詩文。【蘊】蓄積。
木目嵽嵲　木目の嵽嵲《てつげつ》、　【木目】木芽峠。【嵽嵲】山が高いさま。
加我慇懃　我にほどこすに慇懃たり。
水嶋戯流　水嶋の戯流、　【水嶋】手取川の扇状地、松任市の辺。
矜我労勤　我を矜《あはれ》み労り勤む。
誠慤在中　誠慤中にあり、　【誠慤】まごころがあって素直なこと。
餘恩紛紜　餘恩紛紜たり。　【餘恩】あとまで残る恩恵。
慈恤鴻廕　慈恤《じじゅつ》鴻廕、　【慈恤】あふれる慈悲。【鴻廕】大きなおかげ。
蕪詞何云　蕪詞何を云はん。　【蕪詞】粗末な言葉。

〔「癸亥の冬暮」は元和九年（一六二三）十二月、松永昌三は宗礀に誘われて加賀へ赴く。寝食を共にする旅の間、昌三は宗礀の温顔に親しみ、様々なことを問い、教えられ文字どおり薫陶よろしきを得たのであろう。この後に旅の途中と思われる東湖・北蛮・木目・水嶋など、各地で詩作したことを記すが、これは前に紹介した『智仁親王詠草類　二』所収や、『賀州行紀』中の詩と符合している。そして宗礀に世話になった厚恩に対し、御礼の言葉もないというのである。〕

十四　疲労のため発病を恐れ、昌三帰京する

予憂採薪　予採薪を憂ひ、　【採薪】自らの病。

帰轡囍難　轡を帰すに囍難《かんなん》す。　【轡】たづな。

眊老憊発　眊老憊《つか》れを発し、　【眊】未詳。

漫増嗟嘆　漫りに嗟嘆を増す。

再艿雒社　雒〔洛〕社に再艿〔会〕し、

喜未疲残　未だ疲残せざるを喜ぶ。

〔この段落、昌三は自己の疲労、発病を心配し、宗礀より先に京に帰ったと読んでみた。そして、京で宗礀に再会、互いに元気なのを喜んだ。〕

十五　宗礀、龍安に僧房を創建す。昌三、隠居家を訪い歓談

初卜菟裘　初めて菟裘を卜《ぼく》し、　【菟裘】退隠する、ついのすみか。

相攸龍安　攸〔所〕を龍安に相《はか》る。

創建僧房　僧房を創建し、

土木功完　土木の功完《そな》わる。

脩竹千竿　脩竹千竿《かん》し、　【脩竹千竿】長い竹がたくさん植わる。

周統寺砌　寺砌を周統す。

浄緑黝䨝　浄緑黝䨝《いうしゆく》　【黝䨝】䨝は靃に同じか、盛んに茂るさま。
掩藹簾際　簾際を掩藹《えんあい》す。　【掩藹】覆い隠す。
泉流潺湲　泉流潺湲《せんかん》として、　【潺湲】水が流れる音。
湘瑟容滴　湘瑟容滴す。　【湘瑟】水や風の音。【容滴】水がやすらかにしたたる意。
禽語幽咽　禽語幽かに咽び、　【禽語】鳥の鳴き声。
禅談迢遰　禅談迢遰《てうてい》せり。　【迢遰】はるかに高い。
夆景曠神　夆〔萬〕景の曠神、
千粧凝背　千粧背を凝らす。

〔龍安寺近くに隠居の地を定め、僧房を建てた。周囲は竹林に囲まれ、緑豊かで泉が流れ、風や鳥の音の中で、禅談を交した。「浄緑黝䨝」とあることから判断すれば、加賀から帰京した昌三が宗礀の僧房を訪れたのは、元和十年（一六二三）夏の頃か。〕

十六　宗礀、病に臥す

寝疾斯処　斯る処に寝疾し、　【寝疾】病の床に臥す。
以待其瘳　以て其の瘳《いゆ》るを待つ。
久勩叵復　久勩復し叵〔難〕く、　【久勩】長い間の疲れ。
沈痼難修　沈痼修し難し。　【沈痼】長患い。
秦扁罄枝　秦扁枝を罄〔盡〕し、　【秦扁】戦国時代の名医扁鵲。【盡枝】手腕を発揮する。

魏佗究謀　魏佗謀を究む。

形容枯槁　形容枯槁し、

病態熾尤　病態熾尤《しいう》たり。

【魏佗】名医の意だろうが未詳。養性の術に長じた後漢末期の名医華佗のことか。
【形容枯槁】「顔色憔悴し、形容枯槁す」（『楚辞』漁夫）
【熾尤】さかんなこと。

〔病に襲われ快癒を待ったが、薬石効なく患いは重篤で、やせ衰えた。〕

十七　宗磵、没す

荏苒曰循　荏苒曰〔因〕循にして、

一禩運遒　一禩〔祀〕運りて遒る。

礼正華晥　礼正華晥、

執守威儀　威儀執り守る。

敬整巾冠　敬て巾冠を整へ、

不繋媚児　媚児を繋がず。

命矣斯人　命なるかなこの人、

捐舘長辞　捐舘長辞す。

孝墻丹誠　孝墻〔子〕丹誠し、

位血漣洒　位血漣洒す。

彭殤斉去　彭殤斉《ひとし》く去り、

悲笑何禆　悲笑何ぞ禆《おぎな》ふ。

【荏苒】長引く。【因循】ためらう。
【一祀】一年。【遒】迫る。尽きる。おしまいになる。
【華晥】美しいこと。
【巾冠】かんむり。
【媚児】賢人、親愛なる人。
【命矣斯人】「命なるかな、斯《こ》の人にして斯の疾あること」（『論語』雍也）
【捐舘】貴人の死。【長辞】いつまでも去ったまま。
【丹誠】まごころ。
【位血漣洒】悲痛の涙がしたたり流れるさま。
【彭殤】長命も短命も。「難レ憑壮歳誇《ヲ》、彭殤人世異《ナリ》」（『尺五堂全集』二〇頁上右）

監前勲往烈　前勲の往烈を監みて、
天介祉基　天は介祉《かいし》の基。
鳴呼哀哉　鳴呼哀しい哉。

【前勲往烈】先代のてがら。かつての功績。
【介祉】大きな幸福。

〔宗碉の没については、その身分からして当然かもしれないが、公卿の日記などには死亡記事は見出せない。本書冒頭でふれたが、わずかに、深い交流があった中院通村に追悼の和歌「宗碉法師百ケ日　なへてふる比をもまたすしくれけり雲もかなしき別をや思ふ」（『中院通村家集　下』〔古典文庫643〕三三二頁）がある。〕

十八　小括

以上、松永昌三が著した「宗碉老生誄并叙」を、十七節に分けて紹介した。昌三が宗碉に誘われ加賀に同行したのは元和九年（一六二三）十二月のことであった。この金沢行きは、後に彼が前田家に何度も招聘されるきっかけになったであろうし、旅中宗碉の学問・人格を身近に感じ、誘掖されたことは容易に想像される。それからわずか一年半後の訃報に接し、昌三は深い哀悼の意をこの誄に籠めたのである。重複になるが、内容の概略を述べておく。

冒頭、その死を惜しみつつ、宗碉が優れた資質を備えた逸材であったことを称える。三の部分はよく解読できていないが、若い頃音曲の演奏に熱中したことをいうのか。ただし壮年になり、それを反省し、以後学問に専心したとある。日夜時間を惜しんで四書五経などの勉強に励み、世に知られる存在となり、彼に教えを請う者が多く参集、私塾のようなものを開いたと解してよいであろう。宗碉は『論語』・『孟子』や五経などの古典的な学を専らとした。詩文の作製に優れ、本朝の和歌にも詳しかった。古来の法制の細部にも通暁しており、小説や稗史の類にも理解があった。様々な分野に才能を発揮し、すぐれた人格の持ち主である彼は、天は善人〔柔軟な人〕の味方をするというとおり、肥後侯（加藤清正）に招かれた。航路の困難をしのぎ、京と肥後とを往還した。清正没時には追悼文を草し、のち京に帰り、以後は俗との交際を避け、聖人を師とし識者を友として暮らした。

しかしまた、加賀の太守（前田利常）から招かれ、かの国にも学問、とくに儒学の教えを推奨した。周公・孔子の教えは偽りでなく、優れた風俗が浸透したのである。元和九年冬、宗碩はわたくし（松永昌三）を加賀に同行した。朝晩、館を同じくし、清容な人格に触れ、学問のみならず多方面にわたり、薫陶よろしきを得た。道中、琵琶湖の景色、雪の山路では詩作に接し、木芽峠や水嶋の景はわたくしを慰労した。宗碩から受けた真心や慈悲に対しては、御礼の言葉も尽くせないほどである。ところが、わたくしは病いを恐れ、早めに帰京した。京都で宗碩に再会した時は、嬉しくて疲れは残らなかった。

宗碩は隠居の地を龍安寺付近に定め、僧房を造った。竹に囲まれ、簾近くに緑樹があり、水の流れや鳥の鳴き声のする住まいで、一日禅談を楽しんだ。ところが間もなく、宗碩は発病した。回復を待ったが、疲れが蓄積し長患いとなった。名医が治療に努めたものの、病勢は進み憔悴した。そうこうしているうちに、この賢人を繋ぎとめることはできず、死が訪れた。長命も短命も、人は等しく世を去り、喜びと悲しみは相殺される、というのか。

第九章まででみてきた宗碩の事績を振り返ると、中院通勝や西洞院時慶、また文英清韓や林羅山との交流の件などは、この誄ではまったく触れられていない。その理由は、誄という文章において、あくまで昌三が著したい宗碩像であるのだろう。その中で、三の部分（音曲を楽しむ）のような、若年の頃の悔恨事（他の資料では全く痕跡がない）が見られるのは、あるいは加賀への旅の途中、宗碩が思わず漏らしたものであろうか、興味深い。

結び　篠屋宗礀の生涯

最後に宗礀の生涯と事績をふり返り、まとめとしたい。宗礀は井口氏の出身というものの、この井口氏がどのような家柄かは不明である。彼の事績から判断すると、京都の裕福な町衆かと想像される。父母兄弟や、京のどこに住んでいたのかも、よくはわからないが、三宅亡羊の『履歴』の記事から想像すれば、京都のかなりの中心地を住処としていたであろう。息甚蔵（若くして亡羊に才を認められ『四書』を教授されてもいる）が、上洛した伊達政宗の接待のために西洞院時慶に召集されていることや、中院通村の依頼で古典籍の装丁などに関わっていることから想像すると、貴顕の間に出入りが許され、書物の表紙や装丁、料紙の準備など、ある種の文化的な事業に関与した町人で、仕事柄公卿衆や武家、寺僧との交流があり、業の傍ら学問に励んだものと思われる。ゆかりの人々との関係から推測した結果、弘治元年（一五五五）頃の生れと思われ、彼の二、三年前に西洞院時慶が、二、三年後に中院通勝が誕生している。そして天正・文禄・慶長・元和といった、関ヶ原合戦・大坂の冬夏の陣をはさむ、激動の時代に生き、漸く徳川の世に落ち着きが見え始め、豊饒な寛永文化が開花する寛永二年（一六二五）に没した。

幼年から優れた資質を具備したようで、青年期に勉学に励み、私塾のごときものを開き、そこに多くの門人が参集したことは、羅山の書翰や松永昌三の宗礀誄から窺えるが、誰に学んだのかといった具体的なことは未詳である。しかし、おそらく四十歳ごろまでに、彼の学殖は京で知られることになったのであろう。文禄二年（一五九三）の十二月晦日、連歌師の里村紹巴から書翰が届き、修善寺紙を贈る旨が記されている。これが、年次の判明する宗磵の事績の嚆矢であるが、もちろんそれ以前から交流があったかと想像される。慶長八、九年（一六〇三、〇四）以前から、玉仲宗琇・惟杏永哲・剛外令柔・梅仙東逋・集雲守藤といった五山の禅僧たちと、聯句の会で席を同じくしたり、漢詩の贈答や添削をするなどの交際が生れた。当然のことながら無位無官の彼が、高位の人物の中に交わることができたのは、町衆としての信用のほかに、学問の力量が認められてのゆえであろう。

肥後の加藤清正に招かれたのは、天正十六年（一五八八）の清正の肥後入部以後のいつかは、よくわからない。ただ、肥後に居た文英清韓が、宗磵の西下を喜んで贈った七言絶句を載せる詩文が残る。その日付によって宗磵の肥後下向は、慶長十五年（一六一〇）九月であるとわかる。しかし、これ以前にも肥後に赴いていた可能性は否定できない。清正と縁を結ぶきっかけも未詳だが、すでに清正に仕えていた南禅寺の文英清韓や、公卿出身の下津棒庵が介在しているのかもしれない。宗磵は肥後に定住したわけでなく、あくまで京都に根拠を置き、肥後と京とを往還したようだ。肥後での事績はほとんど不明で、わずかに素丹と漢和聯句をした痕跡（慶長十四年以前）が知られるのみである。

慶長十三年（一六〇八）には、中院通勝の『源氏物語』講釈を聴聞し、そこに参加していた前田家の旧臣浅井左馬助孝子の世話をしている。『源語秘訣』のある種の写本の奥書に浅井左馬助の名が見え、この講釈との関連が想定される。この浅井左馬助は『白山万句』に何度か連歌を出詠し、京都では金森宗和らと茶席を共にしており、また儒者三宅亡羊とも交流があったようで、注目すべき文化人といえる。同じく源氏関係では、慶長十九年（一六一四）に、連歌師玄仲に松風巻の書写を依頼している。大部の『源氏物語』を何人かで書写する調製の、連絡役をつとめたのであろう。聯句の会では慶長十四年（一六〇九）三月、発句を加藤清正が詠む百韻連歌に、また元和三年（一六一七）十月、同四年九月に近衛信尋邸での会に詩の衆として参加した。

公卿衆で交流の深かったのは、西洞院時慶、中院通勝・通村父子などがあげられる。西洞院時慶は加藤清正とも縁が深く、宗礀は清正に仕える下津棒庵とは時慶邸で出会った。宗礀は堀河具世筆という『八代集』の写本を、中院通勝の許に持ち込み筆跡の鑑定を乞う。おそらく息通村はその場に居合わせたであろう。通勝没後、通村は『八代集』のうち『古今集』半分が欠けていたのを、慶長十六年（一六一一）七月、書写し奥書を加えている。『隔蓂記』によれば、この『古今集』半分は、後年龍安寺の偏易に下賜されている。因みにこの偏易は先の三宅亡羊に教えを受け、林羅山・中院通村・金森宗和・松永昌三らと交流を持ち、『徒然草』を書写し、その注釈にも一家言を有したらしい人物である。また、仮名草子作者で俳人でもある山岡元隣は、偏易の教えを受けてもいる。

宗礀は筆跡への関心も深く、『伊勢物語』のある写本の筆者が、細川幽斎かどうかの確認を烏丸光広に頼んでいる。また、もと松花堂昭乗が所持しており、小堀遠州を通じて前田利常の許に収められたといわれる、藤原定家筆『十五首和歌』（前田育徳会尊経閣文庫蔵）が定家真筆か否かを、光広に問うたことがわかる、宗礀宛書翰も残る。中院通村とは『万葉集』加点のこと、『源氏物語』紅梅巻の書写のことなど、古典の書写の件を通じて交流があり、加賀の前田利常は宗礀を通じて通村に、『源氏抄』の入手を依頼している。このように古典学の調整役のような存在であったらしいことは、元和六年（一六二〇）十一月には宗礀が発起人となり、中院通村の『百人一首』講釈が行われ、土御門泰重もこれを聴聞している記録からも窺える。宗礀はまた、この時代の儒者の常として医薬の分野にも関わり、西洞院時慶と共に曲直瀬玄朔の講釈（おそらく医書）を聴聞している。

智仁親王に対する漢籍講釈も、宗礀の事績として特筆すべき点で、慶長十四年（一六〇九）から元和二年（一六一六）の間に、『三略』『孟子』『史記』などを断続的に講釈しており、一介の町衆でありながら、彼の学殖とその人格が高い評価を得ていたことを想像させる。

慶長十六年（一六一一）六月、加藤清正が没すると、直後に清正追悼文を草し、深く哀悼の意を表すが、しだいに肥後での立場が困難になる。同様な状況にあった文英清韓の宗碙宛書翰から判断すると、同年の十二月には宗碙は帰京していただろう。清韓の書翰の文面から想像するに、両人はごく打ち解けた交際をしていたと思われる。帰洛後は「俗を避け塞に居し、上は聖人を師とし下は群識を友」（宗碙老生誄）としたという。慶長十七年、一時京へ帰っていた林羅山は、十一月に宗碙へ書翰を送る。十二月にまた駿府へ赴く羅山に対し、宗碙は送別の文章を草する。それらによれば、林羅山とは早く天正十六年（一五八八）頃に知り合い、学問を通じて交流したと推測される。また年次は未詳であるが、羅山が京都に帰っていた某年二月、詩を贈られたであろう宗碙は、それに和する漢詩を作り自ら羅山の許へ持参してもいる。

京にいた宗碙はこの後、加賀太守（前田利常）から三顧の礼を尽くして招聘される。これがいつなのかも正確にはわからないが、宗碙が最初に加賀を訪れたのは、おそらく元和元年（一六一五）冬（利常二十三歳）のことで、翌年の二月下旬には京へ帰っている。さらに元和二年十月十五日にも、再度加賀を目指して京都を出発した。この時の旅程を詠んだ漢詩は作者名はなく、『智仁親王詠草類』に混入しているが、おそらく宗碙作と推定され、当時の北国行の様が窺える貴重な紀行詩である。加賀での事績もさだかではないが、彼の地で儒雅を推奨したようである。元和八年（一六二二）八月には明人王国鼎から、加賀藩で留任できるよう太守利常への斡旋を頼まれている。この時までに金沢で、国主に明人の雇用を推薦し得るような立場にあり、それ以前に王国鼎と知り合いになっていたと思われる。とすれば、元和七年までに一、二回は、加賀に赴いていたとみるのが自然であろう。癸亥冬の暮（元和九年・一六二三）十二月、宗碙は松永昌三を誘い加賀に同行した。おそらく、互いの胸底に共通する心根を持っていたであろう二人は、その間、旅の艱難を味わい、それを材に詩作も共にし、一層昵懇の間柄となった。帰洛後、宗碙は隠居の地を龍安寺の側に定め、僧坊を創建した。ここに多くの書物を集積、多福文庫と称し篇板も掲げ蔵書印も備えた。一日、昌三は閑雅な新居を訪問し歓談したのであるが、間もなく宗礀は発病し、寛永二年（一六二五）六月三日に没した。七十歳前後だったと推測される。

宗礀自身が書き残した作品としては、和漢聯句の漢詩、北陸への紀行詩など、漢に関わるわずかの詩文しか探し得ず、また和歌は一首も管見にない。智仁親王に講釈しているのは『史記』『孟子』『三略』などの漢籍類である。一方、本邦の古典籍にも関心は深く、作品名をあげれば、『万葉集』『源氏物語』『伊勢物語』『八代集』『詠歌大概』『百人一首』などの書写・講義・享受などに関与しており、後掲の多福文庫には多くの漢籍のほか、『方丈記』『河海抄』『太平記』なども蔵されたはずである。どちらかといえば漢学に重点をおく、和漢兼学の文事に優れた町衆として、公家・僧などから重用されたと思われる。身分的にも表立っては目立たないが、著名人の間隙に置いてみることによって、当時の京の文化人の動静が、より明らかになる貴重な存在で、近世初期の京都文化圏の中に確実に定位されるべき人物と言える。肥後・金沢における宗礀の事績や、近世初期の学芸上の要人と推察される三宅亡羊・浅井左馬助・偏易らとの関係など、さらに追究すべき問題は多いが、今後の課題としたい。

附章　多福文庫について

一　「多福文庫」印をめぐって

本書の冒頭で、『大雲山誌稿』多福の記事を紹介したように、宗礀は龍安寺西源院の傍に僧房を構え多福文庫と称した。その「多福文庫」印（四周双辺長方形、朱陰刻）は早くから注目されていたようではあるが、印主については説が定まらなかった。少しく、種々の『蔵書印譜』類を通覧し諸説を展望しておく。

『集古十種』印章部に「孟子古写本所印／蔵未詳」（国書刊行会本、四、五二九頁）として載り、これについて平野喜久代編『蔵書印集成』第一巻（一九七四・五、私家版）の解説は以下の如く記す。

集古十種印章部に載す、所用者不詳／経籍訪古志所載毛詩注疏零本八巻／陳簡斎詩注十五巻に印記あり／右印文古拙にして時代は相當古いものと思考す。／一、多福文庫　白文長印　續資治通鑑綱目　明版十五冊に捺す／勝海舟旧蔵（三五頁上）

松平定信の『集古十種』に印面が載り、『経籍訪古志』が引く『毛詩注疏』『陳簡斎詩注』にこの印が捺されるとあり、また勝海舟旧蔵の明版『續資治通鑑綱目』にも「白文長印」が見えるといい、印文の古拙なる様を認めるがとくに印主には言及していない。また、「浜野文庫善本略解題」（大沼晴暉著『慶応義塾大学附属研究所斯道文庫蔵　浜野文庫目録――附善本略解題』二〇一一・三、汲古書院）によれば、同文庫蔵『諸家蔵書印譜』（森立之・約之編、自筆本）にも双辺「多福文庫」陰刻朱印が収められるという（一〇六頁下）。この印譜は「立之・約之父子が、諸書から摸写或いは切取った蔵書印を貼込んだ」もので、『経籍訪古志』の調査資料でもあったのだろう。

長谷川延年著『平安・鎌倉・室町・江戸　秘奥印譜』（一九九二・八、国書刊行会）は「多福文庫印　竜安寺々中多福庵／又或武州武蔵多福寺右二説」とし、『孟子』古写本所印を載せる（五〇一頁）。この書の初名は『博愛堂集古印譜』（安政四年版）で、それを改編した渡辺守邦・島原泰雄「影印改稿・博愛堂集古印譜」（『調査研究報告』五号、一九八四・三）の第十一蔵経書印之部も同様である（一五九頁）。両氏編『蔵書印提要』（日本書誌学大系44）（一九八五・三、青裳堂書店）は「（大徳寺多福庵）（多福文庫）」（一一九頁）と併記し、渡辺守邦・後藤憲二編『新編蔵書印譜』（日本書誌学大系79）（二〇〇一・一、青裳堂書店）は印面を載せる（二九四頁）ものの印主名を挙げない。

大谷大学蔵の『開元天宝遺事』にも「多福文庫」印が捺されるが、その解説（『大谷大学図書館蔵　神田鬯盦博士寄贈図書善本書影』一九八八・一〇、大谷大学図書館）には大徳寺多福院を指す（一七一頁）とあり、大谷大学博物館の二〇〇四年度特別展『京の文化人とその遺産――神田家の系譜と蔵書――』図録（二〇〇四・一〇）にも同趣が説かれる（五七頁上）。

さらに中善寺慎「東洋文庫所蔵本に押捺された蔵書印について（三）――僧侶、寺院の蔵書印、附神官、神社の蔵書印（下）――」（『東洋文庫書報』三七号、二〇〇六・三）の大徳寺の項に、『古文真宝後集』をあげ「多福文庫印は使用者に異説もあるが、ここに掲げておく。塔頭多福庵はすでに廃絶。」（四八頁）とある。

なお、国文学研究資料館電子図書館の蔵書印データベース（二〇一六年六月二八日更新）で「多福文庫」印を検索すると、蔵書印主篠屋宗礀とあり、典拠資料として『蔵書印譜』（早稲田大学図書館蔵、チ10 03869）が示される。早稲田大学図書館のデータベースによれば、同印譜は市島謙吉（春城）蒐集の貼込帖で、その第三冊（『蔵書印譜 續篇 乾』、末尾に「明治四〇年一月／春城閑人」とあり）の五〇コマ目に「多福文庫」印二顆が載り、その右に「京都妙心寺文庫仝章二枚」と墨書される。春城が、「妙心寺文庫」の印であると認定した依拠資料は未詳である。

以上のように、龍安寺中多福庵・大徳寺多福院・武蔵多福寺（渡辺守邦氏の御教示によれば、ここではない由）・妙心寺文庫などと諸説一定せず、依拠する所も未詳であった。前引『大雲山誌稿』の記事により「多福文庫」印が篠屋宗礀のものであると認定してよいだろう。近時刊行された渡辺守邦・後藤憲二共編『増訂 新編蔵書印譜 上』（日本書誌学大系103（1））（二〇一三・一〇、青裳堂書店）は本印を登載し、「儒者 龍安寺近傍ノ多福文庫主／寛永2歿」（四四〇頁）と注記する。

二 多福文庫旧蔵書および宗礀が関係した典籍

宗礀の文庫には漢籍を中心に多くの典籍が収蔵されていたようで、以下は多福文庫の印記あるものか、何らかの形で宗礀が関与したと判断される典籍を紹介しておく。〔番号〕『書名』巻冊、現蔵者（架蔵番号）、その他の印記、掲載目録・図録・解題・参考文献などの順で記す。

《「多福文庫」印が捺され、現在の所在が明らかな本》

〔1〕『**論語義疏**』五冊、影山輝國氏蔵〈富岡謙蔵・石井積翠軒旧蔵〉室町写本。他印に「北固山／西源禅院／卍字堂」〈双辺分銅形陽刻朱印、妙心寺西源院〉、「春／龢堂」〈方形陽刻朱印、若林正治〉。

〔目録〕

・『富岡文庫御蔵書入札目録』〈一九三八・五〉図版二三。〔参考〕反町茂雄『一古書肆の思い出2　賈《かいひと》を待つ者』〈一九八六・一二、平凡社〉二七六頁。

・『石井積翠軒文庫善本書目』〈一九八一・五、複製版、臨川書店〉本文篇六一頁、図録篇No.一〇七。

・『創立六十周年記念稀覯書入札図録』〈一九七〇・一一、東京古典会〉特No.15、二七頁に巻三の写真掲載。

・『古典籍下見展観大入札会目録』〈一九七五・一一、東京古典会〉No.55、三頁上に「室町中期写　多福文庫西源禅院伝来、第一冊は古写別本補配」とあり、図版一〇頁に巻五巻頭写真あり。

・『古典籍展観大入札会目録』〈二〇〇九・一一、東京古典会〉目録二頁上No.二七、図版一頁上。

〔参考〕

・高橋智「「大事小辨、急事緩辨」」〈『日本古書通信』九八〇号、二〇一一・三〉。

・影山輝國「〈研究余滴〉まだ見ぬ鈔本『論語義疏』（二）」〈『実践国文学』七八号、二〇一〇・一〇〉六六頁に「拙蔵　○桃華斎本　十巻五冊　室町写　大徳寺多福庵旧蔵　桃華富岡謙蔵旧蔵　石井光雄積翠軒文庫旧蔵　九行二十字」とある。

・『アジア遊学』一四〇号〈旧鈔本の世界　漢籍受容のタイムカプセル〉〈二〇一一・四、勉誠出版〉の表紙カバーに巻三のカラー写真掲載、「多福文庫」等の朱印が明視できる。

〔備考〕本書の伝来過程はつぎの如くか。

西源院→多福文庫→富岡謙蔵→石井光雄→若林正治→東京古典会→影山輝國氏。

〔2〕『**後漢書**』五〇冊、国立公文書館内閣文庫蔵（二七九・七八）昌平坂学問所旧蔵。朝鮮刊本。

〔目録〕『内閣文庫漢籍分類目録』（一九五六・三）六〇頁上。

〔3〕『**氏族大全**』一〇巻九冊、国立国会図書館蔵（WA七・一二二）。他に「瑞巌圓光／禪寺蔵書」（長方形陽刻朱印）。

〔図録〕『国立国会図書館蔵古活字版図録』（一九八九・一一、汲古書院）六二頁下に解説、三二八頁に図版掲載No.154、古活字本、元和五年（一六一九）刊。

〔参考〕本書は住吉朋彦『中世日本漢学の基礎研究　韻類編』（二〇一二・二、汲古書院）の第三章『氏族大全』版本考、に「同　日本元和五年（一六一九）刊（古活字）十三行　翻（南北朝）刊本」の一本として書誌解題が記される。「多福文庫」印については「大徳寺多福庵旧蔵」とある（五六二頁下）。

〔4〕『**千字文註**』整版本一冊、国立公文書館内閣文庫蔵（別四九・五）。室町刊。〔内題『新板増広附音釈文千字文註』〕、1オ右上欄上に印あり。他に「浅草文庫」「日本政府図書」および「佐伯侯毛利／高標字培松／蔵書画之印」の朱印。

〔目録〕『内閣文庫漢籍分類目録』五一頁上。

〔参考〕川瀬一馬『五山版の研究　上巻』（一九七〇・三、ABAJ）四七七頁上。

〔5〕『**新編古今事文類聚**』一二七冊、国立公文書館内閣文庫蔵（三五七・一二）。明刊。昌平坂学問所旧蔵。未見。

〔目録〕〔5〕〔6〕〔7〕とも『内閣文庫漢籍分類目録』二九二頁。

〔6〕『**新編古今事文類聚**』六一冊、国立公文書館内閣文庫蔵（三六五・三一）。刊本。林（大学頭）家旧蔵。未見。

〔7〕『**新編古今事文類聚**』一一三冊、国立公文書館内閣文庫蔵（子一一四・一）。刊本。佐伯藩毛利高標旧蔵。未

見。

〔8〕『**景徳伝灯録**』一〇冊、国立公文書館内閣文庫蔵（別四一・八）。刊本。後修。昌平坂学問所旧蔵。他に「浅草文庫」印。

〔目録〕『内閣文庫漢籍分類目録』三〇八頁上。

〔参考〕川瀬一馬『五山版の研究　上巻』一一二頁・三七一頁下。

〔9〕『**禅林僧宝伝**』三冊、西尾市岩瀬文庫蔵（七六・五）。五山版、左右双辺、有界一一行。他に「北固山」「北固山／卍字堂／西源禅院」「苕香／山房／之印」「素石／園印」（木村素石）の印、識語「譲天修補」とあり。この譲天は、『大雲山誌稿』二一に「頃年市間に於て斯印記書数本を得、以て西源に置」(49) いたとある譲天老漢であるか。本の補修は彼の行為として納得できる。

〔目録〕『岩瀬文庫図書目録』（一九九二・一二、西尾市教育委員会）二五九頁下。

〔10〕『**五百家註音辯昌黎先生文集**』一四冊、名古屋市立鶴舞中央図書館蔵（河村文庫）（河シ・一二）。古活字本、四周双辺、一面九行。「多福文庫」の印、多くは朱で塗潰す。

〔11〕『**全室外集**』（九巻）合一冊、天理図書館蔵（五山版、九二一・二一イ五七）。五山版、四周双辺、有界一一行。ほかに印記

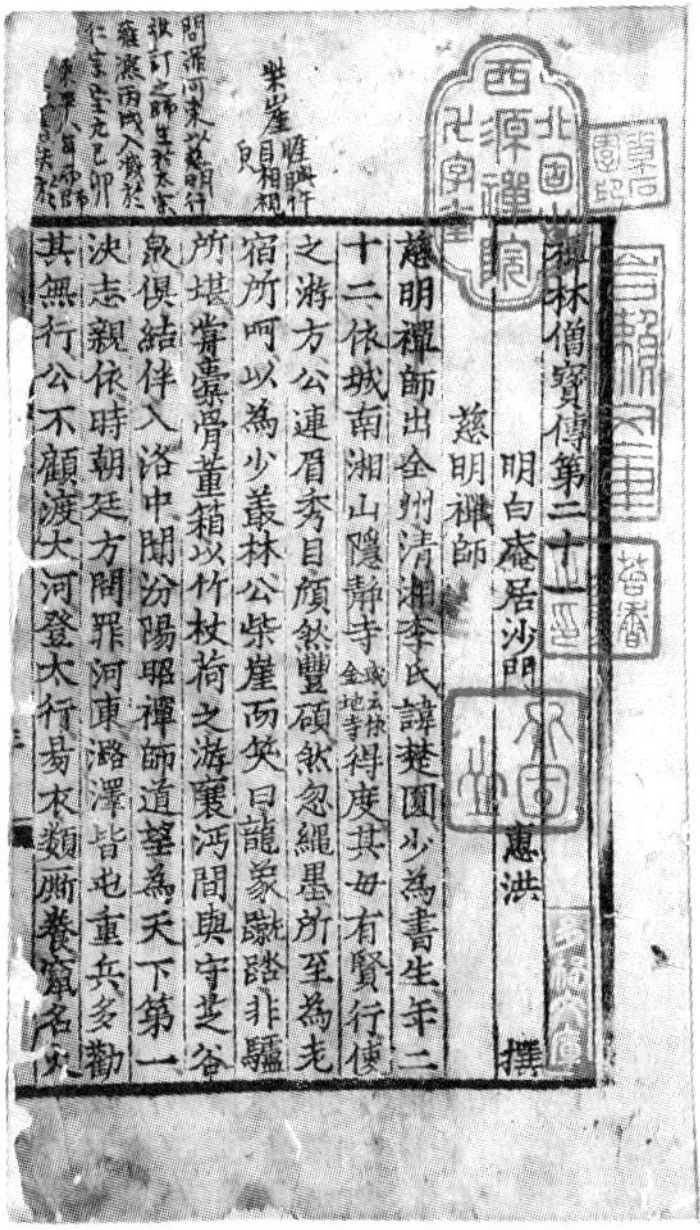
禪林僧寶傳第二十一
明白庵居沙門　惠洪　撰
慈明禪師
慈明禪師出全州清湘李氏諱楚圓少為書生年二
十二依城南湘山隱靜寺得度其母有賢行使
之游方公連眉秀目頎然豐碩然忽繩墨所至為老
宿所呵以為少叢林公柴崖而笑曰龍象蹴踏非驢
所堪脊聳骨董箱以竹杖荷之游襄沔間與守芝谷
泉俱結伴入洛中聞汾陽昭禪師道望為天下第一
決志親依時朝廷方問罪河東潞澤皆屯重兵多勸
其無行公不顧渡大河登太行易衣類廝養竄名火

〔9〕『**禅林僧宝伝**』
（西尾市岩瀬文庫蔵、人〔第三冊目〕巻頭、1行目右下に「多福文庫」印）

「北固山／卍字堂／西源禅院」。

〔目録〕
・『石井積翠軒文庫善本書目』本文篇七九頁、図録篇No.一四四に図版あり。
・『天理図書館稀書目録三』（一九六〇・一〇）四八三頁下（三一〇九）。
〔参考〕川瀬一馬『五山版の研究 上巻』四〇四頁下。
〔12〕『**汪有泉集**』一冊、国立公文書館内閣文庫蔵（三一七・九三）。明萬暦二十二年（一五九四）刊。他に「浅草文庫」「日本政府図書」「佐伯侯毛利／高標字培松／蔵書画之印」。
〔目録〕『内閣文庫漢籍分類目録』三五九頁下。
〔13〕『**新刻芥隠筆記**』渡辺守邦氏蔵。宋の龔頤正撰を、明の胡文煥が校したもの。未見、渡辺守邦氏にお送りいただいたカラー複写による。巻頭右下に「多福文庫」の印。欄上右に「木人／居」の方形陽刻朱印、『増訂 新編蔵書印譜 中』（日本書誌学大系103（2））（二〇一四・二、青裳堂書店）の六三三頁右上に掲載、印主は長曽我部木人〔名古屋・篆刻家〕とある。
〔14〕『**増補六臣註文選**』一冊（巻十九・二十）、京都大学附属図書館谷村文庫蔵（四・〇二、モ1・貴（谷村））。慶長十二年刊直江版、四周双辺有界、一面一〇行。他に「秋郁遺愛」（長方形陽刻朱印、谷村一太郎）。
〔目録〕『京都大学谷村文庫目録』（一九六三・三）一九四頁右。

〔参考〕高木浩明「古活字版悉皆調査目録稿（二）」（『書籍文化史』一二集、二〇一一・一）一六五頁下。
〔15〕『**魁本大字諸儒箋解古文真宝後集**』一〇巻四冊、東洋文庫蔵（三Ａｅ一六）。未見。中善寺慎「東洋文庫所蔵本に押捺された蔵書印について（三）――僧侶、寺院の蔵書印、附神官、神社の蔵書印（下）――」（『東洋文庫書報』

三七号、二〇〇六・三）の大徳寺の項による。

〔解題〕『岩崎文庫貴重書書誌解題Ⅲ』（二〇〇〇・四、東洋文庫）二〇八・二〇九頁参照。解題によれば、巻末に元和二年八月の集雲守藤の識語あり。他に「大心／宝蔵」の円形墨印、「櫻山文庫」（鹿島則文）の円形朱印ある由。

〔16〕『**新彫　皇朝類苑**』一五冊、慶応義塾図書館蔵（一一〇X／四〇）。元和七年（一六二一）後水尾天皇勅版。他に、「節堂」（小林節堂か）「奚疑／斎／蔵書」（沢田一斎、京都、風月堂主人）印。

〔解題など〕

・『慶応義塾図書館蔵　日本古刊本展観書解題』（一九五四・四、慶応義塾図書館）四二頁。

・『慶応義塾図書館蔵　和漢書善本解題』（一九五八・一一、慶応義塾図書館）一二九頁。

・『慶応義塾図書館八十年記念　和漢書善本百選　展示会図録』（一九九二・一一、丸善）八四頁。

・『慶応義塾図書館和漢貴重書目録』（二〇〇九・三、慶応義塾図書館）三八頁。

〔17〕『**開元天宝遺事**』一冊、大谷大学図書館蔵。元和年中古活字本。神田喜一郎旧蔵。他に「北固山／西源禅院／卍字堂」「桂春／書室」（方形陽刻朱印）「神田家蔵」（双辺長方形陽刻朱印）。

〔図録〕

・『大谷大学図書館蔵　神田鬯盦博士寄贈図書善本書影』（一九八八・一〇、大谷大学図書館）一七〇頁。

・『京の文化人とその遺産――神田家の系譜と蔵書――』（二〇〇四・一〇、大谷大学博物館）二七頁下に図版、五六頁下に解説。

〔18〕『**梅花無尽蔵**』八巻八冊、国立公文書館内閣文庫蔵（特一二三・二）室町末写。巻首右下に印。他印に「書籍

館印」「日本政府図書」「浅草文庫」「内閣文庫」「和学講談所」など。

〔目録〕『改訂 内閣文庫國書分類目録 下』（一九七五・一二）三一五頁下。

〔19〕『拾芥抄』六冊、神宮文庫蔵（八九一）。版本。他に「林崎文庫」、村井古巌奉納印。

〔目録〕

・『神宮文庫圖書目録』（一九八二・三、訂正影印版第二刷、汲古書院）六七七頁下。

・『神宮文庫所蔵和書総目録』（二〇〇五・三、戎光祥出版）六二一頁右。

・『林崎文庫・鹽竈神社 村井古巌奉納書目録 下二』（神道書目叢刊 六）（一九九九・三、皇學館大學神道研究所）九頁下、№一七五一。

〔参考〕川瀬一馬『増補古活字版之研究』九二〇頁に「村井敬義奉納／多福文庫旧蔵」とあるもの。『時慶記』慶長十四年十月十一日条に「一 也足へ見廻、次ニ源氏目録ノ事申候処、同心候、入麺・酒アリ、篠屋宗澗（礀）モ同会候、拾芥ノ内大内ノ図等ヲ見候」（四、二七五頁）とある。中院通勝邸で披見された『拾芥抄』と思われる本が、誰の蔵かは不明だが、宗礀周辺に『拾芥抄』が存在したことの傍証とはなろう。

〔20〕『方丈記』写本一冊、国文学研究資料館蔵。

〔図録〕『国文学研究資料館創立40周年特別展示 鴨長明とその時代 『方丈記』800年記念』（二〇一二・五、国文学研究資料館）二七頁。

〔備考〕江戸前期書写。ほかに「左京市人蔵本」（田中勘兵衛）「稽古堂記」（亀田長保〈鶯谷〉、漢学者〈一八〇七〜八二〉）「三柚書屋」「一馬」（川瀬一馬）の印。見返し右端に「多福文庫ノ印雖有之、承應弐閏六月ニ久首座より請」〈Aとする〉の墨書あり。また巻尾に本書旧蔵者川瀬一馬の、つぎのような識語がある（図録写真による)。

この本見返に／多福文庫ノ印雖有之承應貳壬六月ニ久首座より請／とあるにより承應以前の書写なるも、その書風より推して／寛永頃の筆と見ゆ、もと日野角坊文庫田中勘兵衛旧蔵／なるも、吉田久兵衛君予か新註国文学叢書方丈記を出版／したる記念にとて寄贈す／本文流布本と異なるありて参考となる一本なり／首に「左京市人蔵本」とある朱印は田中教忠勘兵ヱ蔵印也／昭和二十三年十月九日

川瀬一馬識　(印)

墨書Aについて、承応二年は一六五三年で閏六月がある。また、「多福文庫の印があるけれども、久首座から請けた」とある筆致からすると、Aは多福文庫の何ものなるかを知悉していたものと読み取れる。Aの久首座に該当しそうなのは、『大雲山誌稿』二一多福に全久首座號桂芳とある人物か。彼は「多福に住み中興をなし、愚溪庵を開創す、才器最も優れ、筆翰妙なり、時彦〔当時の優れた士〕として器重〔才気を重んじる〕され、自ら正誤宗派図を譔し、上梓し世に行ふ、儒士松永昌三これに序す、三乃ち貞徳之子也、明暦二　申閏四月四日多福に於て寂す」(40)とある。宗派図は『仏祖正伝宗派図』(慶安元年・一六五〇)をさすだろう(『国書人名辞典』二・一五八頁上に掲載。松永昌三に「正誤佛祖正傳宗派圖序」があり、『尺五堂先生全集』巻十序類、所収)。久首座は明暦二年(一六五六)に没しており、その三年前に架蔵の『方丈記』をAに譲渡した、と想定しても不自然ではない。

宗礀は寛永二年(一六二五)六月に没、さらに『大雲山誌稿』のいう旧記によれば、多福文庫は明暦二年(一六五六)に頽廃したという。とすれば、頽廃する以前に、その蔵本が同じ多福の久首座の許に齎されたと見てもよい。川瀬識語は寛永頃書写としており、ならば宗礀最晩年の新蒐書であろうか、あるいは

宗碩自らの書写を想像したくもなるが、残念ながら宗碩の筆跡は確認していない。蔵書印や識語などから、本書の伝来を推測すれば、多福文庫→久首座→A→亀田鶯谷→田中勘兵衛→吉田久兵衛〔浅倉屋〕→川瀬一馬→国文学研究資料館、となる。本書、展示で一見したのみで、同資料館データベースでは検索できず未登録か。

なお本書の旧蔵者川瀬一馬氏は「細川幽斎自筆の方丈記について」（『続日本書誌学之研究』、一九八〇・一一、雄松堂出版、所収）のなかで、「幽斎朱校の慶長三年奥書本は、家蔵の多福文庫旧蔵の寛永頃写本に近い点もあり、また同じく家蔵の文禄三年写本も多福文庫旧蔵本と近く、さらにこの両本ともに、ここにいう保寂〔最〕自署本〔細川幽斎の慶長三年奥書本を以って朱校書入を行なってある保寂自署（黒印）本方丈記（吉沢義則博士蔵）一冊―川瀬同論文一一六一頁〕と同系統に属するものと見られる」（一一六八頁）という。ここにいう保寂本は、国文学研究資料館の上記図録掲載の神田邦彦「先行研究に見る、『方丈記』の諸本とその影印・翻刻・解題一覧（稿）」のⅠ広本系a古本系統の19（一一七頁）に、武庫川女子大学附属図書館蔵として登載される（三一頁に図版）。

ここまで紹介した〔1〕～〔20〕の概ねにおいて、「多福文庫」印は巻首右下に捺されており、他の印よりは古いものかと推察される。

《現在の所在は未詳だが、目録などから「多福文庫」印あるを認められる本》

〔21〕『**毛詩注疏**』零本八巻〔旧鈔本、求古楼蔵〕。『経籍訪古志』巻一所載（『解題叢書』一七頁上）。『求古樓展観書目』

（西尾市岩瀬文庫蔵、一四六・一八〇）の第四冊に登載（1ウ）。

〔22〕『**孟子**』七冊、阿波国文庫旧蔵。
渡辺世祐「徳島県下史料採訪復命書」（『史学雑誌』四七編四号、一九三六・四）に以下の記述あり。
県立光慶図書館には蜂須賀家旧蔵の図書が冊数にして三万九百五冊が寄托せられて居て、これ等には殆んど総て「阿波国文庫」の印が捺してある。（中略）写本孟子七冊、各冊に印文不明の印二顆を捺し、その下に「多福文庫」の印がある。第十四巻の清原宣賢の奥書の後の柴野栗山、寛政十年四月識語によれば、この清家写本孟子七冊は、藤貞幹の蒐集に係るものか、栗山に伝来した。（五二九頁）
前掲、平野喜久代編『蔵書印集成』の「多福文庫」の項（巻一ノ七）の冒頭に、「集古十種印章部に載す、所用者未詳」とあったが、その『集古十種　四』（一九八〇・一二、覆刻版、名著普及会）所載には「孟子古写本所印、多福文庫、蔵未詳」（五二九頁）とある。本書はこの『孟子』古写本に該当すると思われる。長澤規矩也「阿波国文庫焼亡貴重書目録」（『書誌学』復刊二一号、一九七一・二）に「孟子　一四巻　漢趙岐注　室町時代寫本　七冊／清家本のテキスト。原装のまゝ。新注を頭書。柴野栗山の手識が本奥書の末にある。／右清家寫本孟子七冊亡友藤子冬貞幹遺留物也子冬好古博物雖家貲僋石而蔵古抄本數十種是其一也不可不寳也寛政十年四月記　柴邦彦」（五九頁上）とある本に該当し、焼失らしい。同誌六三頁上段右に巻頭の図版があり、印記が認められる。

〔23〕『**続資治通鑑綱目**』、平野喜久代編『蔵書印集成』第一巻所載（解説三五頁上）、「明版十五冊に捺す／勝海舟旧蔵」。

〔24〕『**淮南鴻烈解**』三冊。『富岡文庫御蔵書入札目録』（一九三八・五）二六頁上、六一四、図版なし。

〔25〕『**陳簡斎詩注**』一五巻、朝鮮国刊本、求古楼蔵。『経籍訪古志』巻六所載（『解題叢書』一〇九頁下）。他に仁正

侯（近江仁正寺藩主、市橋長昭）の印。

〔26〕『枯木藁』（建仁寺二八七世、春沢永恩（永正八年（一五一一）〜天正二年（一五七四）八月十六日、六十四歳）の語録か）。『大雲山誌稿』二一（多福）に「古寫本在西源巻首押多福文庫印記」（15）。

《現在の所在は未詳だが、多福文庫旧蔵が明らかな本》

〔27〕『秦漢印統』八巻、『大雲山誌稿』一三「古書画　典籍　什宝」に「斯本旧多福文庫之内宗礀居士所持也」（35）とある。

《多福文庫蔵本を書写した本で、所在が明らかな本》

〔28〕『河海抄』二〇巻一〇冊、佐賀大学附属図書館小城鍋島文庫蔵（六・一〇）。正保二年（一六四五）写本。国文学研究資料館マイクロフイルム（二四六・八・二）にて確認。大本。奥書に「右河海抄者、多福文庫之以御本書写。落字違字如写本也。正保二年三月日　正量」。印記「曲肘亭」「叢桂館蔵」。正量が誰かは未勘、印記「曲肘亭」「叢桂館蔵」は、島津忠夫氏によれば、小城鍋島家の七代直愈《なおます》の兄直嵩《なおたけ》の蔵書印であるという（『島津忠夫著作集　第十巻　物語』（二〇〇六・一〇、和泉書院）付章「二、小城鍋島文庫善本書目解題」四六一頁）。

〔目録〕『小城鍋島文庫目録』（一九七六・九）三九頁。右掲『島津忠夫著作集　第十巻　物語』四六五頁。

《宗礀が書写などを斡旋し、あるいは架蔵し、現在所在が明らかな本》

〔29〕『源氏物語』松風、列帖装一冊。鶴見大学図書館蔵。奥書によれば、慶長十九年（一六一四）八月中旬、宗礀

の依頼により玄仲書写。

〔図録〕『古典籍と古筆切――鶴見大学蔵貴重書展解説図録』（一九九四・一〇、鶴見大学）№70、六一頁に図版、一〇六頁中に解説。

〔参考〕高田信敬「紫林閒歩抄（其参）篠屋宗礀が誂えた『源氏物語』」（『年報』三号、二〇一四・四、鶴見大学源氏物語研究所）。

〔30〕**『万葉集』**二〇冊、龍谷大学大宮図書館蔵（〇二一・四〇一・二〇）。慶長・元和中刊古活字本、双辺無界、一面八行一八字詰、全巻片仮名付訓。巻二十巻末に「此萬葉集廿巻者／予先師宗礀先生申降／中院後十輪院前内大臣通村公之手所筆／之點本終書写之也／于時萬治元年月日了」とある。
〔備考〕この万葉集は中院通村が点を付した本を、先師宗礀先生から申し受け、万治元年（一六五八）に、書写したとある。宗礀没後三十三年にして点書写の功を終えた予が誰であるかは未詳。中院通村の書翰にある『万葉集』に関係あるかどうかもわからない（本書一五七頁）。

〔参考〕
・『龍谷大学所蔵古活字本目録』（一九八二・一二）一頁下、二六頁下。
・高木浩明「古活字版悉皆調査目録稿（一二）」（『書籍文化史』一一集、二〇一〇・一）三九～四〇頁。
・鈴木淳「万葉集出版小史」（『江戸文学』一五集〔特集・江戸の出版Ⅰ〕、一九九六・六）。

〔31〕**『太平記』（西源院本）**四〇巻三九冊、龍安寺西源院蔵。『参考太平記凡例藁本』に「所謂西源院本者、元傳蔵于京洛儒生篠屋宗礀家者也、及宗礀没遺言蔵龍安寺中西源院、而使傳于後世、因稱西源院本」とある。本書は『参考太平記』に対校本として使用された。元禄二年（一六八九）に水戸藩が修史事業の一環として、龍安

寺西源院から本写本を借り出した際、右のような伝来の事情が伝えられたのであろう（拙稿「水戸史館の『太平記』写本蒐集の一齣――金勝院本・西源院本を中心に――」『軍記と語り物』三八号、二〇〇二・三）。以来、古態本として注目され、早くに翻刻が刊行された（一九三六・六、刀江書院）。東京大学史料編纂所の影写本（整理番号、三〇四〇・四、三、一～一三）があり、それを底本に影印の刊行もある（軍記物語研究叢書第一巻～第三巻、二〇〇五・九、クレス出版）。近時本書を底本にして、校注本が岩波文庫（全六冊、〔兵藤裕已校注〕二〇一四・四～二〇一六・一〇、岩波書店）で刊行された。

《所在は明らかだが、多福文庫旧蔵かは不明な本》

〔32〕『**重刊貞和類聚祖苑聯芳集**』三冊、西尾市岩瀬文庫蔵（一三四・三七）。五山版。第三冊は近世の補写。中国禅僧の偈頌を分類集成した義堂周信の総集。印記「多福蔵書」（四周単辺長方形〔四・九糎×一・六糎〕陽刻朱印）「洒竹文庫」（大野洒竹）「賢巖」（方形〔二・四糎〕陽刻朱印、一冊目のみ）。第一冊目の巻頭1オ欄上右端に「多福公／用全九／冊」と墨書、料紙に疲れが目立つなど使いこなされた痕跡が顕著な本である。「多福蔵書」印が、ここまで述べてきた多福文庫に関係あるか否かは未詳。

〔目録〕『岩瀬文庫図書目録』八一頁下。

〔参考〕川瀬一馬『五山版の研究 上巻』三九一頁。

〔33〕『**山谷詩集**』四冊、関西大学図書館長澤文庫蔵（L二三、D、二〇八五―二〇五八）。古活字本、見返しに「多福庵什物」と墨書されるが、この多福庵が西源院か大徳寺かは未詳。他に巻首右下に「神原家圖書記」（神原甚造）黒印、その上に「小汀文庫」の朱印。未見、高木浩明氏提供の写真による。この本は『石井積翠軒文庫

善本書目』本文篇一六六頁、図録篇№三三六に該当部分の図版が載る。

〔参考〕高木浩明「古活字版悉皆調査目録稿（四）」（『書籍文化史』一四集、二〇一三・一）四九〜五〇頁。

以上のように、多福文庫には漢籍を中心に多くの書が確認できる。その蔵書傾向は外部資料から窺える宗礀の事績とも矛盾しないし、とくに〔1〕〔9〕〔11〕〔17〕には「北固山／卍字堂／西源禅院」の印も捺され、また〔26〕〔31〕は印はないが龍安寺西源院蔵でもあることを示しており、その傍らに多福文庫を構えた宗礀蔵書に相応しい。文字どおりの管見であり、今後さらに多くの多福文庫旧蔵本が発掘されることを期待したい。

【追記】再校時、つぎの二点にも「多福文庫」印が捺されることを知り得たが未見、仮に番号を付し紹介する。

〔34〕**『新刻釈常談』**三巻一冊、関西大学図書館長澤文庫蔵（L二三A二三四）、（明）胡文煥校、万暦葵巳（一五九三）刊本の後印か。この件、関西大学図書館長澤文庫検索システムによる。多福文庫旧蔵本では、〔13〕『新刻芥隠筆記』も胡文煥の校による。近藤春雄『中国学芸大事典』（一九七八・一〇、大修館書店）によれば、胡文煥は「明の銭搪（浙江省）の人。字は徳甫。号は全庵、また抱琴居士。明の神宗の万暦（一五七三―一六二〇）ごろ在世し、音律に精通し、皷琴をよくした」（二四八頁）。宗礀と近い世代の明人が校訂に関与した漢籍が、多福文庫に複数存するのは注意される。

〔35〕**『倭名類聚抄』**二〇巻五冊、静嘉堂文庫蔵（一〇四・四六・一八五九）。他に「舩橋蔵書」（墨印）、「山田本」（朱、山田以文）。この件、高木浩明氏の御教示による。『静嘉堂文庫國書目録』（一九二九・二、静嘉堂文庫）に「和名類聚抄　二〇巻、源順撰　狩谷望之校　元和三刊（活版）五　一〇四　四六　山」（二〇頁）とある本。

篠屋宗礀年譜稿

大まかな区分だが、以下○は宗礀、および宗礀に何らかの関係を有する事項、＊は歴史上の事件、□は学芸・文化事項、△は関係者生誕、▼は関係者没を示す。@は年次特定が困難な事項で、その下限の辺に配する。『史料総覧』に載る事項は、同書を依拠資料にする。宗礀に関わる書翰・詩文は□で囲み、宗礀（宗澗）・岃庵・已陳斎・砨子・多福文庫は太字で示す。

大永五年乙酉（一五二五）

△紹巴生る（自著等の年齢から逆算）。

天文三年甲午（一五三四）

△四月二十二日、細川幽斎生る。

天文二十一年壬子（一五五二）

△十一月五日、西洞院時慶生る。

天文二十四年〔10／23改元〕**弘治元年乙卯**（一五五五）

△この年か、**篠屋宗礀**生る（推定）。

弘治二年丙辰（一五五六）

△五月六日、中院通勝生る（当家伝）。

永禄五年壬戌（一五六二）

△六月二十五日、加藤清正生る。

永禄十年丁卯（一五六七）

△八月三日、伊達政宗生る。

天正七年己卯（一五七九）

△正月八日、智仁親王生る（『史料総覧』十一）。

△烏丸光広生る（年月未詳）。

天正八年庚辰（一五八〇）

△この年か、三宅亡羊（奇斎）生る。

天正十一年癸未（一五八三）
△八月、林羅山生る（『羅山先生年譜』）。
△この年か、偏易生る。

天正十二年甲申（一五八四）
△この年、松花堂昭乗生る（異説あり）。

天正十四年丙戌（一五八六）
▼七月二十四日、誠仁親王（後陽成天皇・智仁親王の父君）没、三十五歳。没後、陽光院を追贈（『史料総覧』十一）。

天正十六年戊子（一五八八）
△正月二十六日、中院通村生る。
＊閏五月十五日、加藤清正、肥後に入部（『史料総覧』十二）。

天正十八年庚寅（一五九〇）
＊七月、小田原城の北条氏直、秀吉に降伏（『史料総覧』十二）。

天正十九年辛卯（一五九一）

○二月六日、七日、伊達政宗上洛につき、西洞院時慶から篠屋甚蔵（**宗礀息**）に使いあり（『時慶記』一）。政宗は二月四日に京入り、四月二十一日以前に帰国（『史料総覧』十二）。

＊二月二十八日、千利休、秀吉の命により自害、七十歳（『史料総覧』十二）。

○三月一日、西洞院時慶、篠屋甚蔵に伊達政宗の接待を依頼する（『時慶記』一）。

天正二十年（12／8改元）**文禄元年壬辰**（一五九二）

＊正月五日、秀吉、諸将に出陣を命じ、文禄の役始まる（『史料総覧』十二）。

＊三月十三日、秀吉、九州名護屋の諸将に、朝鮮への出陣を命ず（『史料総覧』十二）。

＊四月十四日、前田利長の臣浅井左馬助、越中にて闘諍の末、浪人となり能登に蟄居（『加賀藩史料』一）。

＊五月三日、小西行長、京城を陥とす（『史料総覧』十二）。

△この年、京都三条衣棚にて松永昌三生る。

＊この年、文英清韓、加藤清正に聘せられ肥後に到り、ついで渡韓す（『東福寺誌』）。

文禄二年癸巳（一五九三）

△八月三日、豊臣秀頼生る（『史料総覧』十三）。

@この年の秋から、東福寺の剛外令柔、西国に赴く（『鹿苑日録』三）。

△十一月二十五日、金沢城にて前田利常生る。

○十二月三十一日、紹巴から**畊庵宛**書翰あり、**宗礀**、修善寺紙五帖を贈らる（【待賈22・新収古書】）。

文禄三年甲午（一五九四）

＊二月二十七日、秀吉の吉野花見歌会。紹巴、随行す（『史料総覧』十三）。

文禄四年乙未（一五九五）【宗礀、推定で四十歳】

＊正月十三日、明将軍ら、小西行長に講和を求むも、議ならず（『史料総覧』十三）。

□三月二十六日、関白秀次の命により『謡抄』編まれる。惟杏永哲ら関与する（『言経卿記』六）〔七月の秀次事件で挫折し、編纂完了は慶長五年（一六〇〇）頃か〕。

▼七月十五日、豊臣秀次、高野山にて自害（『史料総覧』十三）。

＊文英清韓、このころから加藤清正に仕え肥後入りか（『大日本史料』十二之八）。

文禄五年〔10／27改元〕慶長元年丙申（一五九六）

＊閏七月十三日、畿内で大地震、伏見城天守など倒壊する（『史料総覧』十三）。

＊十二月十七日、豊臣秀頼、元服する（『史料総覧』十三）。

慶長三年戊戌（一五九八）

＊三月四日、家康、公用の料紙を立野・修善寺紙とする（『史料総覧』十三）。

□六月十九日、中院通勝（四十三歳）、『岷江入楚』序を著す（序文の年次）。
▼八月十八日、豊臣秀吉没、六十三歳（『史料総覧』十三）。
@この頃、**宗礀**、林羅山と知り合うか。

慶長四年己亥（一五九九）

△五月三日、近衛信尋（後陽成天皇第四皇子）生る（『史料総覧』十三）。
□七月十二日、文英清韓、肥後にて素丹と和漢聯句ありか（『素丹句集』）。
□十二月七日、中院通勝、勅勘を赦さる、四十四歳（『史料総覧』十三）。
@このころ（慶長三年、あるいは四年）、**宗礀**子甚蔵十六、七歳か。偏易と共に三宅亡羊の門弟子同然となる。甚蔵は四書講釈を受く（三宅亡羊『履歴』）。

慶長五年庚子（一六〇〇）

□七月二十七日、細川幽斎、丹後田辺城を包囲されるなか、智仁親王に『古今集』相伝終了の証明状を授く（『史料総覧』十三）。
＊九月十五日、関ヶ原の合戦、東軍勝つ（『史料総覧』十三）。

慶長六年辛丑（一六〇一）

□九月十八日、休閑、「何路百韻」（大阪天満宮蔵）に七句を出詠（『連歌総目録』）。

慶長七年壬寅（一六〇二）
＊二月十四日、徳川家康、上洛し伏見城に入る（『史料総覧』十三）。
▼四月十二日、連歌師里村紹巴没、七十八歳（『史料総覧』十三）。
○八月二十日、**宗礀**初めて西洞院時慶のもとを訪れる。下津棒庵と同席す（『時慶記』二）。
＊十二月四日、方広寺大仏殿炎上（『史料総覧』十三）。

慶長八年癸卯（一六〇三）
□二月十日、西洞院時慶、源氏講釈聴聞のため、近衛信尹の許へ参ず。玄仲も参会（『時慶記』三）。
＊二月十二日、徳川家康、征夷大将軍となり、江戸に幕府を開く（『史料総覧』十四）。
▼六月十二日、前東福寺住持、惟杏永哲没（『史料総覧』十四）〔＊『大日本史料』十二之一に立項せず。『扶桑五山記』は慶長十八年六月十二日没とし、『国書人名辞典』も同じく慶長十八年没とする〕。
@慶長七年（一六〇二）八月六日か、それ以前の八月六日、惟杏永哲禅師より**畊庵**宛聯句の会への招聘の書翰あり（【待賈43・名家真蹟】）。

@慶長八年（一六〇三）六月十二日〔永哲没〕以前の十月一日、惟杏永哲から**畊庵**宛書翰あり、「六句興行」と見え聯句会の招聘（【待賈43・名家真蹟】）。

@慶長八年（一六〇三）六月十二日〔永哲没〕以前の正月十八日、惟杏永哲から**畊庵**宛書翰あり、**畊庵**が贈った絶句二編の講評（【待賈22・新収古書】）。

@慶長八年（一六〇三）六月十二日〔永哲没〕以前の春か、**昕庵**から惟杏永哲へ漢詩が贈られ、その返事の詩文あり（【東西老舗・京王2006】）。

□慶長八年秋から九年にかけて、中院通勝、『岷江入楚』をもとに源氏講釈（日下幸男『中院通勝の研究』）。

慶長九年甲辰（一六〇四）

○六月二十四日、下津棒庵住吉に赴くにあたり、西洞院時慶を訪れ暇を乞う。住吉式部少輔も同席。**宗碩**も訪れ相伴する（『時慶記』三）。

＊閏八月十八日、加藤清正、伏見を発し肥後へ帰る（『史料総覧』十四）。

▼十一月十六日、大徳寺玉仲宗琇没、八十三歳（『史料総覧』十四）。

@玉仲宗琇は永禄十三年（一五七〇）二月十三日に大徳寺に住し、一一二世となる。以降、慶長九年（一六〇四）以前の三月の間に、玉仲宗琇より**昕庵**宛に書翰あり（【東京古典会1968】）。

@年次未詳九月二十二日、休閑（浮田）より**昕庵宗碩**老人宛に書翰あり。休閑風邪のこと、建築のこと、書物借りたしなど（【筑波46】）。

慶長十年乙巳（一六〇五）【宗碩、推定で五十歳】

□正月十四日、休閑（浮田）、相国寺雲泉軒での雅会に出席（『鹿苑日録』四）。

@慶長年中、休閑、林羅山と春首の漢詩を交換。仮にここに配する（『羅山先生詩集』）。

＊三月十九日、加藤清正、肥後から上洛し伏見に着く（『史料総覧』十四）。

＊四月八日、金沢城主前田利常（利光）、筑前守に叙任し、松平姓を称す〔利常を称すのは寛永六年（一六二九）四月〕（『史料総覧』十四）。
＊四月十二日、豊臣秀頼、右大臣となる（『史料総覧』十四）。
○四月二十四日、西洞院時慶、清正の狩衣裁縫の件に関与、**宗礀**も関わるか（『時慶記』四）。
＊五月一日、諸大名、伏見城にて徳川秀忠の将軍宣下を賀す（『史料総覧』十四）。
○五月二十六日、西洞院時慶、人を遣わし**宗礀**に清正のことを問う（『時慶記』四）。
＊六月二十八日、前田利長致仕し、利常三代目加賀藩主となる（『史料総覧』十四）。
□七月二十一日、徳川家康、林羅山を二条城に召す（『史料総覧』十四）。
＊八月二十日、加藤清正、肥後へ帰らんとし伏見を発す（『史料総覧』十四）。

慶長十二年丁未（一六〇七）

□正月十二日、孝子（浅井左馬助）、『白山万句』「賦唐何連歌」百韻（小塚淡路守主催）に十七句出詠、同二十二日の百韻には奉納者として出詠（十三首）（『白山万句　資料と研究』）。
□二月一日、休閑（浮田）、『白山万句』「賦　三字／中略　連歌」百韻を主催、発句を詠む（『白山万句　資料と研究』）。
□二月二十一日、『白山万句』「賦何船連歌」百韻に、浅井左馬助六句を出詠（『白山万句　資料と研究』）。
□三月八日、林羅山、駿府に至り家康に謁す（『史料総覧』十四）。

慶長十三年戊申（一六〇八）

□四月十九日、中院通勝の源氏（夢浮橋）講釈終了（実践女子大学常盤松文庫蔵『九条家本源氏物語聞書』）。

□六月九日、近衛信尹邸にて源氏講釈あり、壬生孝亮ら聴聞（日下『中院通勝の研究』）。六月九日・十日・十二日・十三日・十七日、九月四日・六日・二十三日も〔この講釈は通勝とは無関係か〕。

○六月十日、中院通勝から**畊庵**宛に書翰あり。浅左の風邪を心配、源氏講釈の件、今日か明日か予定を問う内容（【待賈36】）。

□七月八日、源氏講釈について、中院通勝から浅井左馬助宛に書翰あり（【明治古典会2008】）。

□八月十一日、中院通勝、『源語秘訣』奥書に浅井左馬助孝子のこと記す。

○八月十二日、中院通勝から**畊庵**宛に書翰あり。源氏講義終了、粗雑を恥じる（『日本書蹟大観』十二）。

＊八月二十日、勅使広橋兼勝・勧修寺光豊を駿府に遣わして、太刀・馬代を徳川家康に賜い、その移徙（家康が駿府城の殿舎に移ったのは三月十一日）を賀せしめる。中院通勝も随行か（『史料総覧』十四）。

□八月二十八日、勅使に随行した中院通勝、『職原抄』二冊を徳川家康に献ず（『当代記』）。

＊九月二十一日、この日までに中院通勝、京に帰る（『お湯殿の上日記』九）。

▼十月二十七日、前建仁寺住持梅仙東浦没、八十歳（『史料総覧』十四）。

@梅仙東浦没以前、梅仙東浦から甚蔵（**宗礀**息）宛書翰あり、双瓶のお礼など（【待賈43・名家真蹟】）。

慶長十四年己酉（一六〇九）

＊正月、これより先、豊臣秀頼、東山方広寺大仏再建に着手せんとす（『史料総覧』十四）。

＊三月六日、加藤清正、伏見を発し江戸に赴く（『史料総覧』十四）。

○三月十五日、漢和百韻聯句あり、発句加藤清正、**宗磵**は漢句九句詠む。（宮内庁書陵部蔵）。

○五月七日、西洞院時慶、加藤清正へ折りを送る。その際、**宗磵**へ遣わす書状を披露する旨本圀寺宿坊に遣わす（『時慶記』四）。

＊七月四日、宮中姦淫事件、露見す。烏丸光広・中院通勝女（権典侍）も連座（『史料総覧』十四）。

□九月十六日、浅井左馬助孝子、慶純興行の連歌会に参加（『時慶記』四）。

□九月晦日、東福寺の剛外令柔、薩摩から帰洛（『鹿苑日録』五）。

@某年八月二十七日、薩摩伊集院内の広済寺の令集禅師から**巳陳斎**宛書翰あり（【待賈43・名家真蹟】）。この令集は令柔とも読め、ならば剛外か。剛外は慶長十五年（一六一〇）に東福寺二三〇世となるが、それ以前の慶長十年（一六〇五）に広済寺に招聘されている（『伊集院由緒記』）。

○十月、**宗磵**、智仁親王に『三略』を講釈。この年親王三十一歳（『智仁親王御記』）。

＊十月一日、中院通勝女、宮中事件に関与し駿府に送られ、ついで伊豆新島に配流（『史料総覧』十四）。

○十月十一日、西洞院時慶、中院通勝のもとを訪れる。**宗磵**も同席す。時慶、通勝に「源氏目録」の件を申入れ、「拾芥ノ内大内ノ図」を見る（『時慶記』四）。

@素丹（肥後の連歌師）没（慶長十四年頃）以前に、**宗磵**・素丹和漢両吟あり（『素丹句集』）。

慶長十五年庚戌（一六一〇）

@中院通勝存命中に、**宗磵**が通勝のもとに『八代集』を持参、堀河具世筆か否か真贋を問う。慶長十六年（一六一一）六月、中院通村は欠失の『古今集』半部を補筆し、ついで同七月下旬校合を加える。この通村奥書は、後に寛文六

年（一六六六）二月、**宗磵**曾孫沽却の折、龍安寺の天寧が書写（『大雲山誌稿』二一）。

@中院通勝から**眀庵**宛、某年「二月五日」付、長文の書翰あり（【白木屋フェーアー1962】）。この他、中院通勝から**眀庵**宛書翰として、某年「六月十八日」付（『古典籍逸品稀書展示即売会目録』一九七一・一）、および「仲春廿日」付（『古典籍逸品稀書展示即売会目録』一九七二・一）が存在したようだ。

▼三月二十五日、中院通勝没、五十五歳（『史料総覧』十四）。

▼四月十七日、幕府の医師吉田宗恂（意安）没、五十三歳（『史料総覧』十四）。

▼八月二十日、細川幽斎没、七十七歳（『史料総覧』十四）。

○九月二十八日、この頃**宗澗**、加藤清正に随従して肥後に下る。文英清韓これを喜び**宗澗**に詩文を贈る（『潮音堂書蹟典籍目録』二二号）。

@年次未詳八月九日、烏丸光広から**眀庵**宛書翰あり。写本『伊勢物語』の書写者を細川幽斎と認め、『詠歌大概』書写を約束する内容。幽斎没以後のことか（【待賈22・新収古書】）。

慶長十六年辛亥（一六一一）

○正月吉日、文英清韓から**眀庵**宛に詩文稿あり（【待賈43・名家真蹟】）。

＊三月十七日、徳川家康上洛し、二条城に入る（『史料総覧』十四）。

＊三月二十七日、後陽成天皇譲位、後水尾天皇即位。二十八日、家康、二条城にて豊臣秀頼と会見（『史料総覧』十四）。

＊四月一日、宮中姦淫事件に関与した烏丸光広等、この日赦される（『史料総覧』十四）。

@年次未詳正月二十七日、文英清韓から**眀庵**宛書翰あり、大琳公の乱行。後年、清韓は方広寺鐘銘事件で元和元年

（一六一五）十月駿府に拘留されており、それ以前ならむ（【待賈22・新収古書】）。

▼六月二十四日、肥後熊本城主加藤清正没、五十歳（『史料総覧』十四）。

○六月**江湖散人砠子**、加藤清正追悼文を草す。清正没から旬日の作（『大日本史料』十二之八）。

○七月下旬、中院通村、**宗礀**持ち込みの堀河具世筆『八代集』のうち、欠失の『古今集』半分を書き、証明を加える（『大雲山誌稿』二一）。

○九月、無名子（**宗礀**か）、寵主（加藤清正）没後の悲哀を述懐（『山林儷葉』）。

@年次未詳十二月十七日、文英清韓から**宗礀**宛書翰あり（【東京古典会2003】）。秀頼（一五九三年生れ）がある程度成長の後か。

慶長十七年壬子（一六一二）

＊三月五日、文英清韓から伊勢の実家中尾伊介宛書翰あり、京に住むことを伝える（『大日本史料』十二之三十七）。

＊三月二十一日、幕府、キリスト教を禁じ、京都所司代板倉勝重に命じ、京の教会を破却せしむ（『史料総覧』十四）。

＊五月二十七日、文英清韓から長谷川藤広宛書翰あり（『大日本史料』十二之三十七）。

○八月九日、**宗礀**、智仁親王に講釈、書名未詳（『智仁親王御年暦』）。

○九月九日、**宗礀**、相国寺和尚（昕叔顕晫か）とともに、烏丸光広を訪問（『烏丸光広集』）。

○十一月下旬、林羅山「寄宗礀序」を**宗礀**に贈る（『大日本史料』十二之八）。

○十一月下旬、**宗礀**、駿府に赴く林羅山に送別の文を贈る（『大日本史料』十二之十）。

□十二月九日、林羅山、家康の命で駿府に移居す（『史料総覧』十四）。同年秋から十一月までは在京（鈴木『年譜稿』）。

慶長十八年癸丑（一六一三）

□八月十日・十二日、文英清韓、『東坡集』を進講（『史料総覧』十四）。

□八月十八日・二十一日・二十四日・二十七日・九月二日・六日、八条殿（智仁親王）にて、文英清韓、蘇東坡講釈あり（『言緒卿記』上）。

○九月二十一日、林羅山、昨年末以来書き継いだ「答宗磵叟」を宗磵宛に贈る（『大日本史料』十二之十一）。同じ頃、羅山「祖博の詩を和して、兼て**宗磵**に寄す」を駿府で草す（『羅山先生詩集』）。

慶長十九年甲寅（一六一四）

○三月八日、西洞院時慶、延寿院（曲直瀬玄朔）へ行き講釈を聴く。講後、愛宕教学院の三位に振舞いを受く。**宗磵**も同席（『大日本史料』十二之十七）。

○三月十五日、時慶、延寿院へ講釈聴聞に行く。延寿院、点に不審ありと**宗磵**・時慶に語り、時慶も同意する（『大日本史料』十二之十七）。

▼六月二十八日、舟橋秀賢没、四十歳（『史料総覧』十四）。

○七月中旬、里村玄仲、**宗磵**の求めに応じ『源氏物語』松風を書写（鶴見大学図書館蔵本奥書）。

＊七月二十一日、方広寺大仏鐘銘文（文英清韓稿）について、家康不興（『史料総覧』十四）。

＊八月十五日、文英清韓の住庵壊さる（『時慶卿記』『大日本史料』十二之十四）。

＊八月十七日、片桐且元、方広寺大仏鐘銘の件で弁疏のため駿河に赴き、この日丸子に至る（『史料総覧』十四）。

＊九月五日、文英清韓、伊勢の実家中尾右馬介宛書翰あり。家康から咎めを受け、配流の恐れありという内容（『大日本史料』十二之三十七）。
＊十月、大坂冬の陣、十二月、両軍講和す（『史料総覧』十五）。
□十一月二十日、近衛信尹、藤勘十宛書翰あり。文末「浅道甫」（浅井左馬助孝子か）への言伝あり（『墨』六六号）。
▼十一月二十五日、近衛信尹没、五十歳（『史料総覧』十五）。
□この歳、『羅山文集』刊行さる。

慶長二十年〔7／13改元〕元和元年乙卯（一六一五）【宗礀、推定で六十歳】
○正月二日、**宗礀**、中院通村のもとを訪れ、帯一筋を進呈する。通村は宗礀に対面せず（『中院通村日記』）。
▼正月二十九日、林羅山養父理斎没、七十二歳（『羅山年譜』上）。
@この年か未詳、二月十九日、**宗礀**、在京の林羅山に漢詩の返しを届け、羅山その礼状を書く（『潮音堂書蹟典籍目録』一九号）。
＊四月七日、家康、西国の諸大名に大坂再征を命ず（大坂夏の陣）（『史料総覧』十五）。
＊五月八日、大坂城炎上、豊臣秀頼自害、二十三歳（『史料総覧』十五）。
□七月二十日、中院通村、二条城にて徳川家康に『源氏物語』初音を講ずる（『史料総覧』十五）。
○八月八日から翌年六月三日まで（断続的）、**宗礀**、智仁親王に『孟子』を講釈（『智仁親王御年暦』）。
＊九月二十一日、文英清韓が鹿苑寺に預けた荷物（箪笥十四、長持三）など、発見さる（『本光国師日記』三）。
＊十月十四日、所司代板倉勝重、東福寺の清韓を捕え江戸に訴う。家康これを勝重のもとに拘置せしむ（『史料総覧』

十五)。

○この冬、**宗磵**、加賀を訪れたらしい(『智仁親王詠草類 二』所収詩文から推測)。

@慶長末・元和初め頃、中院通村から**宗磵**宛書翰あり。加賀への手紙の問い合わせ、『万葉集』暫時返却されたし、『源氏物語』紅梅書写の件など(【待賈43・名家真蹟】)。

@慶長末・元和初め頃、中院通村から**宗磵**宛書翰あり。書の鑑定、あるいは添削か(【筑波46】)。

元和二年丙辰(一六一六)

□正月三十日、浅井左馬助入道道甫、夜に中院通村邸を訪れる(『中院通村日記』)。

＊三月二十日、方広寺鐘銘文起草の件で捕われていた文英清韓、駿府に拘束さる(『史料総覧』十五)。

＊三月二十七日、家康、太政大臣となる(『史料総覧』十五)。

○三月二十九日、**宗磵**、中院通村を訪う。旧冬から加賀に赴き、去月下旬に上洛、その後南都に下向していたという。烏丸光広の富士山詠の噂話などあり(『中院通村日記』)。

▼四月十七日、徳川家康没、七十五歳(『史料総覧』十五)。

○五月二日、**宗磵**、智仁親王に『史記』を講釈す。同六月三日、講釈終る(『智仁親王御年暦』)。

○五月三日、中院通村、前日に女院(新上東門院)から賜った鯉を**宗磵**のもとに遣わす(『中院通村日記』)。

＊八月八日、幕府、中国船を除く外国船の来航を、長崎・平戸に限定する(『史料総覧』十五)。

○九月七日、**宗磵**、智仁親王に講釈す。書名未詳(『智仁親王御年暦』)。

＊九月十六日、中院通村、徳川家康の神号勅許の勅使(広橋兼勝・三条西実条)に随行して東下す(『史料総覧』十五)。

○十月十五日、**宗礀**、北国行に出発。堅田（十六日）、比良山下（十七日）、七里半（十八日）、木目峠（十九日）、越前入り・金津（二十日）、小松（二十一日）、金沢（二十二日）という行程（『智仁親王詠草類 二』所収詩文）。
□十二月九日、浅井左馬助道甫、鹿苑院を訪れ茶を戴く（『鹿苑日録』五）。

元和三年丁巳（一六一七）

□五月九日、浅井左馬助道甫、鹿苑院から笋を戴く（『鹿苑日録』五）。
○五月十三日、**宗礀**、中院通村を訪う。松平筑前守（前田利常）の依頼の『源氏抄』を求む。**宗礀**は同二年十月から加賀に下向。この日ごろ、前田利常は在江戸、ゆえに京へ帰る（『中院通村日記』）。徳川秀忠は五月十三日に前田利常の江戸邸に臨む（『史料総覧』十五）。
□五月十四日、浅井道甫、金森宗和らとともに鹿苑院の接待を受く（『鹿苑日録』五）。
□八月二十日、孝子（浅井左馬助）、「何路百韻」（発句昌琢）に八句出詠（『連歌総目録』）。
▼八月二十六日、後陽成天皇没、四十七歳（『史料総覧』十五）。
○十月二十六日、**宗礀**、近衛邸での詩歌会に詩の衆として参加。十一月二十六日にも詩会あり、「愚拙（昕叔顕晫）詩之衆也、其余町之衆二三人在之」とある（『鹿苑日録』五）。
▼十月二十六日、長谷川藤広（長崎奉行、堺奉行）没、五十一歳（『史料総覧』十五）。

元和四年戊午（一六一八）

○六月二十四日、八条殿（智仁親王）にて、陽光院（後陽成天皇・智仁親王の父）御三十三年御吊の御八講あり、**宗礀**も地下の衆として参る（『時慶卿記』）。

＊八月十日、これ以前に幕府、加藤忠広（清正嗣子）の家中騒動を裁す（『史料総覧』十五）。

□八月十五日以降、林羅山、駿河に拘禁中の文英清韓と漢詩贈答あり、計八首（『羅山先生詩集』、『大日本史料』十二之二十四・三十七）。

○九月十九日、**宗詢**、近衛信尋邸での百韻漢和連歌に参加、漢句九首を詠む（岩国徴古館蔵『和漢一会記』）。『鹿苑日録』五、同日条に「詣近衛殿漢和席」とあり。

元和五年己未（一六一九）

▼二月十四日、冷泉為満（冷泉家九代）没、六十一歳（『史料総覧』十五）。

▼九月十二日、藤原惺窩没、五十九歳（『史料総覧』十五）。

元和六年庚申（一六二〇）

□正月二十六日、文英清韓、東福寺に在。これ以前に赦免され駿府から帰る（『鹿苑日録』五）。

○この年か、二月一日、八幡瀧本房所持の藤原定家筆『十五首和歌』の書蹟に関し、烏丸光広から**昕庵**宛書翰あり、定家真筆と認む。同三日、同じ件で某（中院通村か）から**宗澗**宛書翰あり。同三日、冷泉為頼から中院殿宛に、定家真筆と認める書翰あり（尊経閣文庫所蔵）。

□八月二十四・二十七日、九月朔・四・八・十五・十九・二十四・二十七日、文英清韓、東福寺にて『四教儀』を講ず（『鹿苑日録』五）。

□九月十三日、文英清韓、禁裏にて『蘇東坡詩集』を講ず（『史料総覧』十五）。
○十一月二十三日、**宗礀**が発起人となり、中院通村の『百人一首』の講釈を開く（『泰重卿記』二）。
□この年、明人王国鼎、安南順化（ベトナム、フエ）に入る（「王国鼎書翰」）。
○この年十月七日（興意親王〔智仁親王兄〕の没）以前の聯句会に、**宗礀**参加する。智仁親王・有節周保・集雲守藤・昕叔顕晫・玄仲らと同座（『智仁親王詠草類　二』）。

元和七年辛酉（一六二一）

▼三月二十五日、文英清韓没、五十四歳（『史料総覧』十五）。
○十一月二日、**宗礀**、西洞院時慶を訪れ肥後の物語、数刻に及ぶ。革単皮二足土産、肥後よりの状を言伝う。三日、時慶、**宗礀**にお礼（『大日本史料』十二之四十一）。
□この年、明人王国鼎、東京（ベトナム北部）を通過するも、難破する（「王国鼎書翰」）。

元和八年壬戌（一六二二）

＊同年七月三日、前田利常室没（『史料総覧』十六）。
○八月朔日、金沢在の明人王国鼎、**宗礀**に書翰を送り、太守（前田利常）の許での留任を依頼する（「王国鼎書翰」）。
○八月二十五日、王国鼎、太守門下の客となることを認められ、**宗礀**へ礼状あり（「王国鼎書翰」）。
○十一月、勅により急遽東下の中院通村に、**宗礀**、七言詩を贈る（『中院通村家集』）。
＊十一月十七日、中院通村を江戸に派遣し、秀忠の江戸城本丸移転を賀さしむ（『史料総覧』十六）。

＊十二月十三日、中院通村、江戸で徳川秀忠に会う、秀忠の本丸移転の賀（『史料総覧』十六）。
＊通村、十二月二十七日には京に帰る（『大日本史料』十二之五十）。

元和九年癸亥（一六二三）

＊二月十日、幕府、松平忠直の不慎を咎め隠居を命じ、ついで豊後に配流す（『史料総覧』十六）。
＊七月二十七日、徳川家光、征夷大将軍となる（『史料総覧』十六）。
＊九月二十七日、これより先、伊豆新島に配流されていた典侍広橋氏・前権典侍中院氏（通村妹）赦免され、この日京に帰る（『史料総覧』十六）。
〇十二月二日、**宗礀**の子に甚蔵あり。加賀から届いた書物表紙の件で中院通村のもとに出入りする。経師藤蔵も（『中院通村日記』）。
〇十二月、**宗礀**、松永昌三とともに加賀へ赴く（『宗礀老生誄』）。

元和十年〔2／30改元〕**寛永元年甲子**（一六二四）

□正月十一日、松永昌三、京都の林羅山宅に年賀に赴く（『尺五堂先生全集』）。
□正月二十四日、梵舜、松永昌三への年賀の贈物を父貞徳に渡す（『舜旧記』六）。
@年次未詳三月二十四日、水宿子長向禅師から**宗礀**翁宛書翰あり。火災見舞い、摂津で丙丁童子徘徊を慨嘆（【待賈44・古文書】）。
□四月二十六日、松永昌三、年頭の返礼に梵舜宅を訪れる（『舜旧記』六）。

○九月九日、重陽のこの日、**宗礀**、松永昌三に菊花の詩を寄せる。昌三、詩文および五言絶句を返し添削を乞う。この年の春以来、昌三は病気がちであった（『尺五堂先生全集』）。

○十月二日、土御門泰重、中院通村と同道にて、早世した賀茂宮（後水尾天皇皇子）三回忌に二尊院に参る。帰途、龍安寺を訪う。終日、**宗礀**、接待をなす（『泰重卿記』二）。

@**宗礀**没以前の八月十四日、臨川寺での聯句会に、智仁親王・有節瑞保と参加（『智仁親王詠草類　二』）。

寛永二年乙丑（一六二五）

@**宗礀**、病篤くなり、架蔵の西源院本『太平記』を龍安寺西源院に蔵することを遺言（『参考太平記凡例藁本』）。

▼六月三日、**宗礀**没す。推定で七十歳（『宗礀老生誄』『大雲山誌稿』）。

○秋、中院通村、**宗礀**の百箇日に弔歌を詠む（『中院通村家集』）。

□九月十三日、浅井左馬助、小堀遠州の茶会に出席（『小堀遠州茶会記集成』）。

寛永六年己巳（一六二九）

▼四月七日、智仁親王没、五十一歳（『史料総覧』十六）。

寛永八年辛未（一六三一）

□この年、松永昌三、『賀州行紀』を編む。中に**宗礀**の漢詩を収む。

寛永九年壬申（一六三二）

▼十一月十八日、神龍院梵舜没、八十歳（『史料総覧』十六）。

寛永十五年戊寅（一六三八）

▼七月十三日、烏丸光広没、六十歳（『史料総覧』十七）。

寛永十六年己卯（一六三九）

▼六月七日、**宗磵**室（梅窓宗薫禅定尼）没（『大雲山誌稿』二一）。

▼九月十八日、松花堂昭乗没、五十六歳（『史料総覧』十七）。

▼十一月二十日、西洞院時慶没、八十八歳（『史料総覧』十七）。

寛永十八年辛巳（一六四一）

▼正月十五日、**宗磵**息宗栄（向斎宗栄居士）没（『大雲山誌稿』二一）。

正保二年乙酉（一六四五）

○三月、正量、**多福文庫**蔵の『河海抄』を書写す（佐賀大学附属図書館小城鍋島文庫蔵本奥書）。

慶安二年己丑（一六四九）

▼六月十八日、三宅亡羊没、七十歳（『履歴』）。

承応二年癸巳（一六五三）

▼二月二十九日、中院通村没、六十六歳（『公卿補任』三）。

○閏六月、久首座（全久首座桂芳か）、架蔵の『方丈記』（「**多福文庫**」印あり）を、某氏に譲る（国文学研究資料館蔵本識語）。久首座は明暦二年（一六五六）閏四月四日没（『大雲山誌稿』二一）。

明暦元年乙未（一六五五）

□五月二十五日、偏易、金森宗和の茶会に参加。明暦二年四月六日・七月二十九日・九月二十五日にも（『金森宗和茶会記集成』）。

明暦二年丙申（一六五六）

▼十二月十五日、金森宗和没、七十三歳（『隔蓂記』四）。

○この頃、**多福文庫**頽廃（『大雲山誌稿』二一）。

明暦三年丁酉（一六五七）

▼正月二十三日、林羅山没、七十五歳（『羅山年譜』）。

▼六月二日、松永昌三没、六十六歳（「辞世詩・付記」）。

明暦四年〔7／23改元〕**万治元年戊戌**〔一六五八〕
○この年、**宗礀**を先師とする人物、古活字本『万葉集』に付点を終える〔**宗礀**が中院通村から借り受け加点した同集から〕（龍谷大学蔵本識語）。

万治三年庚子〔一六六〇〕
□十二月十四日、堀河具世筆、及び中院通村補筆の『古今集』下巻、宮中にあり、後水尾院から鹿苑寺の鳳林承章に託される。鳳林承章、十七日に龍安寺に赴き偏易に渡す（『隔蓂記』四）。

万治四年〔4／25改元〕**寛文元年辛丑**〔一六六一〕
□八月、偏易、吉田氏の需めに応じ『徒然草』を書写する（国文学研究資料館蔵高乗勲氏旧蔵本奥書）。

寛文二年壬寅〔一六六二〕
▼十二月二十四日、龍安寺の偏易没、七十七歳（『大雲山誌稿』二四）。

寛文六年丙午〔一六六六〕
○二月、龍安寺西源院の天寧和尚、**宗礀**曽孫沾却の席に臨み哀嘆の余り、『八代集』の中院通村奥書（慶長辛亥夷則下浣）を書写する（『大雲山誌稿』二二）。

参考文献

（本文中に引用した文献には省いたものがある）

伊井春樹『源氏物語　注釈書・享受史事典』（二〇〇一・九、東京堂出版）
伊藤敏子『手紙をよむ　寛永の文化人たち』（一九八八・四、平凡社）
井上宗雄『中世歌壇史の研究　室町後期』〔改訂新版〕（一九八七・一二、明治書院）
井上安代『豊臣秀頼』（一九九二・四、自家版）
猪口篤志・俣野太郎『藤原惺窩・松永尺五』〔叢書・日本の思想家①〕（一九八二・一〇、明徳出版社）
揖斐高『江戸幕府と儒学者　林羅山・鵞峰・鳳岡三代の闘い』〔中公新書2273〕（二〇一四・六、中央公論新社）
入内島一崇『處士三宅亡羊』（二〇一四・九、文芸社）
宇野茂彦『林羅山・（附）林鵞峰』〔叢書・日本の思想家②〕（一九九二・五、明徳出版社）
大江文城『本邦儒學史論攷』（一九四四・七、全國書房）
太田青丘『藤原惺窩』〔人物叢書185〕（一九八五・一〇、吉川弘文館）
岡本勝・雲英末雄編『新版　近世文学研究事典』（二〇〇六・二、おうふう）
奥田勲『連歌師　その行動と文学』〔日本人の行動と思想41〕（一九七六・六、評論社）
小高敏郎『松永貞徳の研究』（一九五三・一一、至文堂）
小高敏郎『松永貞徳の研究　続篇』（一九五六・六、至文堂）

小高敏郎『近世初期文壇の研究』（一九六四・一一、明治書院）
小高敏郎『ある連歌師の生涯――里村紹巴の知られざる生活――』（一九六七・一二、至文堂）
笠嶋忠幸『日本美術における「書」の造形史』（二〇一三・一〇、笠間書院）
川上孤山著・荻須純道補述『増補　妙心寺史』（一九八四・六再版、思文閣出版）
川嶋將生『室町文化論考　文化史のなかの公武』〔叢書・歴史学研究〕（二〇〇八・八、法政大学出版局）
川瀬一馬『五山版の研究　上・下』（一九七〇・三、ＡＢＡＪ）
川瀬一馬『石井積翠軒文庫善本書目　本文篇　圖録篇』（一九八一・五複製、臨川書店）
木藤才蔵『連歌史論考　上・下　増補改訂版』（一九九三・五、明治書院）
近世堂上和歌研究会編『近世堂上和歌論集』（一九八九・四、明治書院）
日下幸男『中院通勝の研究』（二〇一三・一〇、勉誠出版）
熊倉功夫『小堀遠州の茶友たち』（一九八七・一〇、大絋書房）
熊倉功夫『後水尾天皇』〔中公文庫〕（二〇一〇・一一、中央公論新社）
久保貴子『後水尾天皇　千年の坂も踏みわけて』〔ミネルヴァ日本評伝選〕（二〇〇八・三、ミネルヴァ書房）
小堀遠州顕彰会『前田利常と小堀遠州』（一九八一・六、小堀遠州顕彰会）
小堀宗慶『小堀遠州の書状』（二〇〇二・五、東京堂出版）
小堀宗慶『小堀遠州の書状　続』（二〇〇六・一、東京堂出版）
小松茂美『手紙　人と書　Ⅱ』（一九六六・四、二玄社）
小松茂美『日本書流全史　上・下図録』（一九七〇・一二、講談社）

小松茂美編『日本書蹟大鑑　第十二巻』（一九七九・一、講談社）
酒井茂幸『禁裏本歌書の蔵書史的研究』（二〇〇九・一一、思文閣出版）
島本昌一『松永貞徳――俳諧師への道――』〔教養学校叢書4〕（一九八九・三、法政大学出版局）
杉本つとむ『異体字研究資料集成』全一〇巻・別巻二（一九七三・一二〜一九七五・一〇、雄山閣出版）
鈴木元・森正人『細川幽斎　戦塵の中の学芸』（二〇一〇・一〇、笠間書院）
鈴木健一『林羅山年譜稿』（一九九九・七、ぺりかん社）
鈴木健一『林羅山　書を読みて未だ倦まず』〔ミネルヴァ日本評伝選〕（二〇一二・一一、ミネルヴァ書房）
鈴木健一編『形成される教養――十七世紀日本の〈知〉』（二〇一五・一一、勉誠出版）
財団法人前田育徳会『前田利常畧傳』（一九五八・一一、廣瀬豊作）
高梨素子『後水尾院初期歌壇の歌人の研究』（二〇一〇・九、おうふう）
武田科学振興財団杏雨書屋編『曲直瀬道三と近世日本医療社会』（二〇一五・一〇、武田科学振興財団杏雨書屋）
谷晃『金森宗和　異風の武家歌人』〔茶人叢書〕（二〇一三・二、宮帯出版社）
谷晃校訂『金森宗和茶書』〔茶湯古典叢書四〕（一九九七・八、思文閣出版）
谷端昭夫『公家茶道の研究』（二〇〇五・九、思文閣出版）
内藤佐登子『紹巴富士見道記の世界』（二〇〇二・五、続群書類従完成会）
波多野幸彦『ホンモノニセモノ　茶掛けの書　利休・織部・遠州・光広・光悦・一休』（一九八七・四、主婦の友社）
波多野幸彦『書の文化史　書状にみる人と書』（一九九八・三再版、思文閣出版）
春名好重『寛永の三筆』（一九七一・一一、淡交社）

廣木一人編『連歌辞典』（二〇一〇・三、東京堂出版）
廣木一人『連歌師という旅人　宗祇越後府中への旅』（二〇一二・一一、三弥井書店）
廣谷雄太郎『解題叢書』（一九二五・一〇、廣谷國書刊行会）
深沢眞二『「和漢」の世界　和漢聯句の基礎的研究』（二〇一〇・一、清文堂出版）
深谷信子『小堀遠州　綺麗さびの茶会』（二〇一三・一〇、大修館書店）
福井久蔵『連歌の史的研究　全』（一九七八・三再版、有精堂出版）
福田安典『医学書のなかの「文学」　江戸の医学と文学が作り上げた世界』（二〇一六・五、笠間書院）
堀勇雄『林羅山』〔人物叢書118〕（一九七三・一〇第二版、吉川弘文館）
堀川貴司『五山文学研究　資料と論考』（二〇一一・六、笠間書院）
堀川貴司『続五山文学研究　資料と論考』（二〇一五・五、笠間書院）
増田孝『古文書・手紙の読み方』（二〇〇七・一一、東京堂出版）
増田孝『書は語る　書と語る　武将・文人たちの手紙を読む』（二〇一〇・四、風媒社）
宮川葉子『源氏物語の文化史的研究』（一九九七・一二、風間書房）
村山修一『京都大仏御殿盛衰記』（二〇〇三・一、法蔵館）
村山修一『安土桃山時代の公家と京都　西洞院時慶の日記にみる世相』（二〇〇九・三、塙書房）
森蘊『小堀遠州』〔人物叢書〕（一九八八・二新装版、吉川弘文館）
森正人・稲葉継陽編『細川家の歴史資料と書籍　永青文庫資料論』（二〇一三・三、吉川弘文館）
両角倉一『連歌師紹巴――伝記と発句帳――』〔新典社研究叢書144〕（二〇〇二・一〇、新典社）

柳田征司『室町時代語資料としての抄物の研究〈上冊〉〈下冊〉』（一九九八・一〇、武蔵野書院）
山口恭子『松花堂昭乗と瀧本流の展開』（二〇一一・二、思文閣出版）
冷泉為人監修『寛永文化のネットワーク　『隔蓂記』の世界』（一九九八・三、思文閣出版）
連歌総目録編纂会編『連歌総目録』（一九九七・四、明治書院）
綿抜豊昭『近世前期　猪苗代家の研究』〈新典社研究叢書114〉（一九九八・四、新典社）
『和漢聯句の世界』〈アジア遊学95〉（二〇〇七・一、勉誠出版）

あとがき

本書の成るにあたり、資料の閲覧・複写等にご高配を賜りました各地の図書館・文庫等や、様々な場面でご教示を頂きました先学・知友に厚くお礼申し上げます。特に前田育徳会尊経閣文庫・宮内庁書陵部・西尾市岩瀬文庫には、御所蔵資料の写真掲載について格別なご配慮を賜りました。また本書は、独立行政法人日本学術振興会平成二十八年度科学研究費助成事業（研究成果公開促進費）「学術図書」助成金の交付（課題番号：一六ＨＰ五〇三六）を受けての刊行で、審査にあたられた関係各位に深謝します。出版に際しては、汲古書院への仲介を忝くした今井正之助氏、刊行を引き受けて下さった三井久人氏、行き届いた校正等で何かとお助けいただいた編集部の飯塚美和子氏に深く感謝申し上げます。

篠屋宗礀に関連する旧稿は以下の四本で、本書はこれらを解体し、大幅に増補訂正したものである。

○「水戸史館の『太平記』写本蒐集の一齣――金勝院本・西源院本を中心に――」（『軍記と語り物』三八号、二〇〇二・三）。
○「篠屋宗礀覚書――近世初期、京洛の一儒生の事蹟をめぐって（上）――」（『奈良大学紀要』三四号、二〇〇六・三）。
○「篠屋宗礀覚書――近世初期、京洛の一儒生の事蹟をめぐって（下）――」（『奈良大学大学院研究年報』一一号、二〇〇六・

三)。

○「篠屋宗礀と多福文庫旧蔵本」(『汲古』六二号、二〇一二・一二)。

旧稿には文字通り無学ゆえの失考も実に多く、せめては浅学の域に近づきたいと、補訂に相努めたものの、結果はまことにおぼつかない為体である。未読の異体字や漢文表現の典拠未詳箇所も残り、漢詩の読解などでは、とんでもない誤りをおかしているであろうことは自覚している。学力乏しきを恥じ、御批正願うほかない。また宗礀に関わりの深い熊本や金沢、京都の龍安寺近辺(多福院あり)、笹屋町の名の残る地などを探索すれば、あるいは得られるものがあろうかとも思う。稿者の調査能力の不足はともかく、戦後数年頃の古書目録によれば、五十余通もあったという宗礀宛書翰が、現在十通ほどしか見出せないのはなぜなのか。また宗礀が文英清韓・中院通村、その他に宛てた書翰はほとんど存在が知れない。すべてが消滅したとは到底思えず、いずこかに眠っているであろう、それらとの遭逢を、残生の楽しみとしたい。

比較的はやい時期の谷沢永一氏の評論に、妙に忘れられない行文がある。「世には、俊英多数の後継者を擁し、その学風を喧伝される有徳の研究者もあれば、学統の人の流れの外にあって、目立たぬ場所に業績を散らし残して去る孤独の研究者も、また少しとしない」という一節である(「現代評論の古代像――板橋倫行・神田秀夫・土屋文明・窪田空穂・尾山篤二郎・井上通泰・松岡静雄」、『国文学　解釈と教材の研究』一三巻一四号〈特集・古代ロマンの世界〉、一九六八・一一、後に『標識のある迷路――現代日本文学史の側面――』、一九七五・一、関西大学出版・広報部、所収)。これは副題のうちの、板橋倫行氏についての記述だが(なお板橋氏の仕事は、その後『板橋倫行評論集』〈せりか書房〉として刊行された)、例えば前者の代表に林羅山を想定すれば、さしずめ篠屋宗礀などは後者の範疇にぴたりとあてはまる存在であろう。

宗碉の名は『参考太平記凡例藁本』（水府明徳会彰考館文庫蔵）のうちに一見して以来、なぜか気にかかる存在であった。彼が書き残したものはほとんど知られておらず、このままでは埋れ木に終るに違いなく、しかし要本である西源院本を伝来したことで『太平記』享受史に名を刻すべき人物と思い、調べ始めた。つたない調査では得ること少なく、わずか四本の成稿を得るまで十年以上を費やしたが、その間、従来知られていない資料を発掘し、新たな事績を見出す愉しみは格別であった。遅々とした歩みながらも、宗碉の相貌は像を結び始め、『太平記』写本の伝来などはほんの氷山の一角で、近世初頭の多様な文事に関与した痕跡のある、重要な文化人であるとの目途はついた。ただ、一応は軍記研究を表看板にしている稿者としては、無名の宗碉に関する専書を著そうとは思いもしなかった。その考えを変えるきっかけは、畏友南園氏に恵贈いただいた『年報』三号（二〇一四・四、鶴見大学源氏物語研究所）に拙稿の引用を見出したこと（高田信敬「紫林閒歩抄（其参）篠屋宗碉が誂えた『源氏物語』」）に尽きる。その冒頭「わからなかったことがわかる、それは学問の醍醐味である。自力で解明すれば格別、他人様から教えていただいた場合でも、感動に違いはない」との言は、真に感銘深いものであった。おりしも職を退いたばかりの稿者にとって、何よりの督励であり、篠屋宗碉を顕彰するためにも、旧稿を補足し一書にまとめておくのも、意義なしとしないと考えるに至ったのである。南園氏に感謝しつつ、いささか私事にわたり、本書成り立ちの所以を記す。

二〇一六年一二月

長坂　成行

著者略歴

長坂　成行（ながさか　しげゆき）

1949年　愛知県生まれ。
1978年　名古屋大学大学院文学研究科博士課程後期単位取得満期退学。
奈良大学文学部教授を経て、現在、奈良大学名誉教授。
専攻分野　日本中世文学、とくに軍記物語。

著　書　『伝存太平記写本総覧』（和泉書院、2008年）
編　著　『穂久邇文庫蔵 太平記〔竹中本〕と研究（下）』〔未刊国文資料〕（未刊国文資料刊行会、2010年）
共編著　『神宮徴古館本 太平記』（和泉書院、1994年）
『太平記秘伝理尽鈔』1〜4〔東洋文庫〕（平凡社、2002〜07年）
『校訂 京大本太平記』上・下（勉誠出版、2011年）

篠屋宗礀《ささやそうかん》とその周縁
近世初頭・京洛の儒生

平成二十九年二月七日　発行

著者　長坂成行
発行者　三井久人
整版印刷　富士リプロ㈱
発行所　汲古書院
〒102-0072 東京都千代田区飯田橋二-五-四
電話　〇三（三二六五）九七六四
FAX　〇三（三二二二）一八四五

ISBN978-4-7629-3632-6　C3091

Shigeyuki NAGASAKA ©2017
KYUKO-SHOIN, CO., LTD. TOKYO.

本書の全部または一部を無断で複製・転載・複写することを禁じます。

索　　引

凡　　例

1、この索引は本書の、本文・引用文・注（ただし「凡例」、「篠屋宗礀年譜稿」の依拠資料名、「参考文献」は対象としない）から、人名・書名・研究者名・蔵書印印文を採録し、通行の読み（読み未詳の項目は音読み）に従い五十音順に並べ、当該頁を示したものである。

2、索引は人名・書名・研究者名・蔵書印印文の四部に分ける。

3、人名は近世以前を対象とし、頻出する宗礀（畊庵）は除く。また著書名や論文名に含まれる人名・書名は採らない。

4、書名について、明治以降の著書等は除き（近世に成立したものは採る）、漢籍など書名に角書がある場合は〈　〉内に示し、配列においては角書の読みは採らない。

5、近代の所蔵者〈古書肆〉は研究者名に入れる。

人名索引　（太字は宗礀にとくに関係深い人物）

【さ】

【し】

【す】

【と】

【な】

【に】

【ね】

【の】

書名索引

【さ行】

【た行】

【な行】

【は行】

【ま行】

研究者名索引　（含、明治以降の所蔵者・古書肆）

【さ行】

【た行】

【な行】

【は行】

【ま行】

蔵書印印文索引

（括弧内は印主、／は印面改行）